GENAU MEIN BEUTEL SCHEMA

Sebastian Lehmann

AF196642

 aufbau taschenbuch

SEBASTIAN LEHMANN, geboren 1982 und laut Marc-Uwe Kling ein »Hunter S. Thompson auf Club Mate«, erzählt von Liebesleid und Beutelzügen einer Generation zwischen 90er-Party, Hipstertum und Röhrenjeans. Er lebt in Berlin und liest auf Poetry Slams in ganz Deutschland und bei der Lesebühne Lesedüne in Kreuzberg.
Im Aufbau Taschenbuch ist ebenfalls sein Roman »Kein Elch. Nirgends« lieferbar.
Mehr zum Autor unter www.sebastianlehmann.net.

Mark, Anfang 30, hat's nicht leicht: Älterwerden an sich ist schon nichts Schönes, und spätestens wenn man mit Begriffen wie Postironie nichts mehr anfangen kann, weiß man, dass jung die anderen sind. Dann trifft er Christina, eine Frau, die ihm in jeder Hinsicht voraus ist – außer beim Alter. Ihr Werdegang ist schon mit Anfang 20 beeindruckender als Marks typische Berliner Bohème-Karriere, und er muss sich ins Zeug legen, um mit ihr mitzuhalten. Als er einem merkwürdigen Hipster-Schwund in Kreuzkölln auf die Spur kommt, wird endgültig klar, wie hart das Dasein zwischen Nachtleben und Tagträumen sein kann. Schon bald muss er sich entscheiden – zwischen Musikertraum, Brotjob und Frau mit Stoffbeutel.

GENAU MEIN BEUTEL SCHEMA

Sebastian
Lehmann

Roman

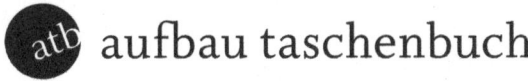
atb aufbau taschenbuch

ISBN 978-3-7466-2940-7

Aufbau Taschenbuch ist eine Marke
der Aufbau Verlage GmbH & Co. KG

3. Auflage 2024
© Aufbau Verlage GmbH & Co. KG, Berlin 2013
www.aufbau-verlage.de
10969 Berlin, Prinzenstraße 85
Umschlaggestaltung morgen, Kai Dieterich
Autorenfoto © Hendrik Schneller
Druck und Binden CPI books GmbH, Leck, Germany

Printed in Germany

»I'm losing my edge to better-looking people with better ideas and more talent. And they're actually really, really nice.«

LCD Soundsystem

»... ein weiteres gewöhnliches Mysterium, bei dem sich eine Ebene der Existenz vor meinem begriffsstutzigen Blick vorübergehend mit einer anderen kreuzte.«

Jonathan Lethem, *Chronic City*

1

Quit PLAYING GAMES with my Heart

Ich kann nicht glauben, dass sie hier wirklich dieses Lied spielen. Aber die Leute auf der Tanzfläche rasten aus, werfen ihre Hände in die Luft und singen lauthals mit:

»Quit playing games with my heart.«

Ich schaue mich um. Wahrscheinlich waren die alle noch nicht mal in der Schule, als dieses Lied rauskam, ich scheine der Einzige zu sein, der es aus den neunziger Jahren kennt und hasst. Wie alt war ich damals? Sechzehn vielleicht?

»Quit playing Games with my Heart.«

Erinnerungen an meine Schulzeit blitzen auf, Englischstunde bei Mrs. Franzen. *Bravo*-Starschnitte mit den grinsenden Gesichtern der Backstreet Boys gingen durch die Reihen, und wir Jungs bemalten sie mit Hitlerbärtchen, schließlich verachteten wir Boybands von ganzem Herzen. Aber im Grunde waren wir nur neidisch, weil unsere Angebeteten aus der letzten Reihe Nick Carter viel süßer fanden als uns und lieber mit den Achtzehnjährigen aus der Oberstufe gingen. Hört auf, Spielchen mit meinem Herz zu spielen. Eigentlich war das damals ein Song über mich.

Und jetzt muss ich mir das wieder anhören. Solche Musik hätte ich vielleicht bei Ü30-Partys erwartet, aber nicht in einem illegalen Kellerclub in Neukölln. Inzwischen sind also die neunziger Jahre wieder angesagt. Stecken wir nicht noch mitten im Achtziger-Jahre-Revival? Langsam verliere ich den Anschluss.

»Quit playing Games with my Heart.«

Wie lange dauert dieses Lied denn? Und besteht es nur aus dem Refrain?

Ich gehe zur Bar, die aus einem dilettantisch zusammengezimmerten Holztresen besteht, und bestelle ein Bier.

»Sold out.« Der dürre Barkeeper, der eine lila Federboa trägt, blinzelt mich gelangweilt an. »There's only Club-Mate-Wodka left«, sagt er in einem hessisch eingefärbten Englisch. Er deutet auf den heruntergekommenen Kühlschrank hinter sich, gefüllt mit unzähligen Flaschen des aufputschenden Teegetränks.

»Okay, then I'll take one«, sage ich, und der Barkeeper stellt eine große Mate-Flasche vor mich auf den Tresen, ich muss etwas abtrinken, er füllt mit Wodka auf, schüttelt die Flasche kurz und händigt sie mir aus. Sofort nehme ich einen großen Schluck. Ich wünschte, ich wäre jetzt so richtig betrunken, aber wahrscheinlich kann man sich diese Musik nicht einmal schön trinken. Ich dachte, in Neuköllner Clubs spielen sie nur komplizierten Elektro oder deepen Tech-House. Aber nein. Außer man würde »It's My Life« von Dr. Alban als Elektro bezeichnen.

Die Tanzenden sehen auch nicht gerade so aus, als würden sie zu Hause solch schreckliche Chart-Mucke aus dem vorletzten Jahrzehnt hören. Sie tragen ausgelatschte Bauernstiefel, hautenge Röhrenjeans und ausgeleierte Oversize-T-Shirts mit Brustausschnitten, die beinahe bis zum Bauchnabel reichen, außerdem kleine Wollmützen und riesenhafte

Rundschals, obwohl es hier im Keller bestimmt dreißig Grad sind. Ihr wichtigstes Utensil hängt ihnen lässig über der Schulter: ein Stoffbeutel, bedruckt mit grotesk-lustigen Sprüchen, wie zum Beispiel »Du hast keine Angst vorm Hermannplatz« oder »Deine Kinder sind hässlich und dumm. Ich hasse dich, geh doch zurück nach Prenzlberg und trink Bionade, bis du kotzen musst«. Frauen und Männer unterscheiden sich kein bisschen. In Neukölln wurde das dritte Geschlecht erfunden: das Hipster.

»Du tanzt ja gar nicht«, sagt jemand hinter mir, aber in diesem Moment beginnt gerade der schreckliche Neunziger-Trash-Hit »Coco Jamboo« von Mr. President.

»Die Musik«, stammle ich, drehe mich um und schaue einer mir völlig unbekannten, aber ziemlich gutaussehenden Frau in die pastellblauen Augen. Sie trägt ausgelatschte Bauernstiefel, hautenge Röhrenjeans und ein riesiges Oversize-T-Shirt. Auf ihrem Stoffbeutel steht: »Shut up and sleep with me.« Das irritiert mich kurz, aber ich nehme es als gutes Omen.

»Was ist mit der Musik?«, fragt sie und fährt sich mit der Hand durch ihren hellblond gefärbten Undercut.

»Scheißmusik«, präzisiere ich. Ich sollte langsam anfangen, richtige Sätze zu bilden. Schon wieder muss ich an meine Englischlehrerin Mrs. Franzen denken, wie sie mich immer ermahnte: »Please answer in a whole sentence.«

»Als das Lied rauskam, war ich gerade sechs.« Sie lächelt mich an.

Erschrocken weiche ich einen Schritt zurück. Vielleicht sollte ich mir erst mal ihren Ausweis zeigen lassen, bevor das hier weitergeht.

»Dann bist du noch ziemlich jung?«, rufe ich ihr ins Ohr.

Jetzt lächelt sie nicht mehr.

»Ich bin einundzwanzig Jahre alt, habe letztes Jahr mein Kommunikationsdesign-Studium mit einem Bachelor of Arts abgeschlossen und arbeite jetzt bei Universal als A&R-Managerin.«

Das ist ja schrecklich. Mit einundzwanzig habe ich damals vor zehn Jahren mein Studium ja erst angefangen. Wahrscheinlich verdient dieses junge Ding auch noch doppelt so viel wie ich.

Ich versuche zu lachen, als hätte sie gerade einen Witz gemacht, aber ich ahne schon, dass das ihr purer Ernst war.

»Mir kommt es immer so vor, als seien die Neunziger gerade erst vorbei«, sage ich, werde allerdings von einem ohrenbetäubenden Chor unterbrochen: der Anfang des uralten Hits »Happy People« von Marky Mark.

Meine junge Gesprächspartnerin hüpft sofort los und macht dabei hysterische Armbewegungen. Das sieht ein bisschen lächerlich aus, aber auch ziemlich happy. Dann hört sie zum Glück wieder auf, beugt sich vor und schreit mir ins Ohr: »Wie heißt du?« Dabei kann ich ihren Atem riechen. Er riecht nach Rauch und Club Mate mit einer Note Wodka.

»Ich heiße Marky Mark«, sage ich.

Ich kann mich übrigens grundsätzlich nicht beherrschen, jeden schlechten Witz zu machen, der sich aufdrängt. Aber meine junge Gesprächspartnerin lächelt zum Glück.

»Mein Name ist Christina Aguilera. Vielleicht wollen wir was trinken an der Bar? Was meinst du, Marky?«

Ich überlege, einen Witz über sie als »Genie in a Bottle« zu machen, beherrsche mich aber gerade noch. Christina

Aguilera zieht mich durch die Menschenmenge zur Bar und bestellt auf Englisch zwei Wodka-Shots beim hessischen Barkeeper. Wir stoßen an und exen die kleinen Plastikbecher. Sie verzieht kurz ihr Gesicht, und das sieht natürlich wahnsinnig niedlich aus.

»Warum tanzt du denn nicht, Marky?«, fragt sie. »Das ist doch deine Musik.«

»Genau deswegen. Außerdem bin ich doch jetzt Schauspieler.«

»Stimmt, besonders gut hast du mir als Dirk Diggler in *Boogie Nights* gefallen.«

Ich verschlucke mich an meiner Mate, aber Christina hat sich schon wieder dem Barkeeper zugewandt und verhandelt über eine zweite Runde Wodka. Wir exen abermals die kleinen Becher, und langsam verfliegt meine Nervosität. Ein bisschen eingeschüchtert bin ich doch, man wird schließlich nicht jeden Tag von hübschen Frauen angesprochen. Und Christina Aguilera fällt hier trotz ihrer Neukölln-Uniform auf. Da kann man auch mal über ihre straighte Karriere im bösen Musikbusiness hinwegsehen.

»Bist du hier öfter?«, frage ich schließlich, weil mir nichts Besseres einfällt.

»Der Club hat doch erst letzte Woche aufgemacht.«

Vielleicht sollte ich den Spruch auf ihrem Stoffbeutel wirklich ernst nehmen, zumindest den ersten Teil.

»Irgendwie kommst du mir bekannt vor«, sagt Christina plötzlich ziemlich ernst dreinschauend.

»Ich bin ja auch sehr berühmt«, sage ich.

»Berühmt ja, aber für was?«

»Na ja, ›Dirrty‹ ist jetzt auch nicht gerade das komplexeste und anspruchsvollste Lied.«

»Aber meine Stimme, Marky. Die ist ja wohl spektakulär.« Sie berührt mich beiläufig und lässt ihre Hand ein wenig zu lange auf meinem Arm liegen.

»Ich hab eigentlich nie so sehr auf die Musik geachtet, mich haben eher die Videos interessiert.«

»Dagegen ist der Text von ›Happy People‹ wirklich ein lyrisches Meisterwerk.« Christina beugt sich vor und singt mir noch mal das gerade verklungene Lied ins Ohr:

»I want to see more happy people

Happy people want to see more happy people

Where are all those happy people?«

Sie kann zwar nicht so schön röhren wie ihre Namensvetterin, aber ich bin jetzt trotzdem auch ziemlich happy. Das scheint doch alles gar nicht so schlecht zu laufen.

Auf einmal steht ein Typ neben uns und flüstert Christina Aguilera etwas zu. Er trägt eine dieser riesigen schwarzen Brillen, die man aus Fernsehdokus über die 68er-Proteste und von alten Familienfotos kennt. Nerd-Brillen heißen die inzwischen. Ansonsten sieht er natürlich genauso aus wie alle hier. Auf seinem Stoffbeutel steht: »Ich bin intelligenter und fotogener als du.«

»Mein Kollege Dr. Alban«, stellt Christina ihn mir vor. »Und das ist Marky Mark.« Sie deutet auf mich. Ich muss unkontrolliert lachen, da macht noch jemand gern schlechte Witze. Dr. Alban hält mir aber unbeeindruckt seine Hand hin.

»Unterhaltet euch. Ich geh aufs Klo«, ruft Christina und stolpert Richtung Ausgang.

»Ich bin nicht ihr Freund«, sagt Dr. Alban und sieht mich ausdruckslos an.

Na toll, dann wohl ihr Beschützer, auch nicht besser.

Schon wieder beginnt ein neuer Song, »Hyper Hyper« von Scooter. Unglaublich, ich kenne wirklich jedes Lied.

»Immer wenn man denkt, es könnte nicht schlimmer werden, wird es doch noch schlimmer«, sage ich und beobachte die Hipster-Jünglinge auf der Tanzfläche, wie sie zu diesem unterirdischen Landproleten-Großraumdisko-Hit abgehen.

»Gefällt dir die Musik nicht?« Dr. Alban blickt mir ernst in die Augen.

»Soll das ein Witz sein?« Ich merke, wie ich langsam schlechte Laune bekomme. Dieser Dr. Alban ist mir sofort unsympathisch, keine Ahnung, wieso. Vielleicht weil er intelligenter und fotogener ist.

»Tut mir leid«, sage ich. »Ich kann das nicht ironisch gut finden. Ich bin mit dem Scheiß aufgewachsen. Ich habe meine ganze Jugend damit verbracht, mich von den Backstreet Boys und diesem Eurodance-Mist abzugrenzen. Und jetzt kommt das alles wieder zurück. Das Achtziger-Jahre-Revival konnte ich noch mitmachen. Duran Duran oder Wham! musste ich ja in meiner Jugend nicht ertragen. Aber das hier geht zu weit.«

Dr. Alban betrachtet mich eingehend, als wäre ich eine exotische Insektenart und er ein Tropenforscher mit riesiger Brille. Ich will noch einen Schluck Club-Mate-Wodka nehmen, merke aber, dass die Flasche leer ist.

»Das ist auch nicht ironisch, Mark«, sagt Dr. Alban trocken. »Das ist postironisch.«

Postironisch? Meint er das jetzt ironisch? Oder postironisch ironisch? Oder gar ernst? Und was ist der Unterschied? Ich suche in seinem Gesicht nach einem Hinweis, aber er starrt mich ausdruckslos an. Mir fällt nichts mehr ein, was ich dazu noch sagen könnte, deswegen frage ich, wo Christina Aguilera denn so lange hin sei.

»Christina Aguilera?« Auf Dr. Albans Gesicht zeichnet sich so etwas wie Unverständnis ab. Seine erste halbwegs eindeutige Gefühlsregung.

»Na, du weißt schon, deine Freundin. Also, nicht Freundin, sondern, ja …« Ich beschließe, diesen Satz nicht zu beenden.

»Please speak in a whole sentence«, sagt Dr. Alban.

In diesem Moment steht Christina wieder vor uns, und ich stelle mit Entsetzen fest, dass sie ihre Jacke trägt und einen riesigen Rundschal um ihren Hals gewunden hat. In der Hand hält sie einen grünen Parka.

»Marky, wir müssen leider los.« Sie reicht Dr. Alban seinen Parka. »Vielleicht hast du ja mal Lust auf ein Duett? Meld dich einfach bei meinem Manager.«

Sie umarmt mich kurz, und ich rieche wieder ihren Geruch, der natürlich nicht nur nach Rauch und Mate riecht, sondern auch nach, ja – nach was? – nach ihr.

Drei Sekunden später drängeln sich die beiden durch die tanzende Menge Richtung Ausgang. Aber kurz bevor sie die Treppen zum Hinterhof erreichen, dreht sich Christina noch einmal um und lächelt mich an, ganz unironisch, und ich hoffe auch unpostironisch. Dann verschwinden die beiden im Gedränge am Ausgang. So viel hat sich auch nicht geändert seit meiner Schulzeit. Die hübschen Mädchen spielen immer noch Spielchen mit meinem Herzen.

In diesem Moment verklingt gerade DJ Bobos Überhit »There is a Party«, und die ersten Akkorde von …

Ich kann es nicht glauben, der DJ spielt es einfach noch einmal, das letzte Mal ist doch gerade eine halbe Stunde oder so her. Aber die Menge feiert wieder total, alle singen mit, wenn die Backstreet Boys mit verletzlichem Timbre zum Refrain ansetzen:

»Quit playing games with my heart.«

2
It's My Life

Berlin ist ein Dorf. Das sagen die Neuzugezogenen gern, wenn sie davon ablenken wollen, dass sie diese anonyme, manchmal furchtbar abweisende Großstadt ziemlich mitnimmt. Berlin ist kein Dorf. Man kann jahrelang durch Berlin laufen, es mit der U- und S-Bahn oder unter Lebensgefahr mit dem Fahrrad durchqueren, ohne eine Menschenseele zu treffen, die man auch nur über drei Ecken kennt oder wenigstens schon einmal aus der Ferne gesehen hat.

Wie soll ich also Christina jemals wiederfinden?

Zu allem Überfluss wohne ich nicht in Neukölln. Ich wohne auch nicht in sonst einem angesagten und tollen Stadtteil. Ich wohne in Tiergarten. Der Tiergarten ist zwar auch der große Park mitten in Berlin, an dessen Rand der Zoologische Garten liegt, aber vor allem ist Tiergarten ein ganz normaler Stadtteil. Das wissen natürlich alle Berliner, trotzdem fangen sie ausnahmslos an zu lachen, wenn ich ihnen erzähle, dass ich tatsächlich da wohne. »Tiergarten«, rufen sie dann, und einer macht »Muh Muh« und »Piep Piep«, und alle lachen noch lauter. In Tiergarten wohnt man nicht. Niemand, den ich kenne, wohnt in Tiergarten, also Freunde jetzt. Der Drogi an der U-Bahn-Haltestelle, die Prostituierte auf dem Parkplatz nebenan oder die ältere Frau aus dem Hinterhaus, die mich immer »junger Mann« nennt, wohnen hier natürlich schon.

Wie es der Zufall will, treibe ich mich heute Abend aber wieder in Neukölln rum. Na gut, mit Zufall hat das nicht viel zu tun. Ich bin ja hingefahren, bei vollem Bewusstsein und mit der Absicht, mir nicht einzugestehen, nach Christina Aguilera Ausschau zu halten.

Allerdings habe ich keine Ahnung, wie ich sie wiederfinden soll. Immerhin hat sie mir erzählt, dass sie bei Universal arbeitet, wenn das kein Witz war. Aber warum sollte das ein Witz sein? Es muss ja nicht jeder mit über dreißig immer noch nicht wissen, was er mit seinem Leben anfangen soll, und kann durchaus schon mit einundzwanzig bei einer großen Plattenfirma im Vorstand sitzen. Ich könnte also morgen bei Universal anrufen: »Hallo, mein Name ist Marky Mark, ich würde gern mit Christina Aguilera sprechen.« Wenn ich Pech habe, verbinden sie mich noch mit der echten Christina A…

Ich irre durch Neukölln und versuche, den Kellerclub wiederzufinden, aber Christina wird wohl kaum schon wieder an den schicksalhaften Ort unserer Begegnung zurückgekehrt sein. Wir sind hier schließlich nicht in einer billigen Hollywood-Liebeskomödie. Eher kommt mir mein Leben manchmal wie ein moderner Adoleszenzroman vor, in dem nichts passiert.

Und wäre das mit uns nicht auch ziemlich kompliziert bei diesem Altersunterschied? Christina ist in den neunziger Jahren geboren, während ich in diesem Jahrzehnt popkulturell das Laufen gelernt habe. Die Neunziger sind meine Zeit. Die Welt war damals einfach noch besser und klarer strukturiert: Es gab kein Internet, keinen Terrorismus und keine Rihanna (was ja in etwa das Gleiche ist). Und Kommunikationsdesign studieren hieß noch Briefträger bei der Post werden.

Langsam verliere ich vollständig die Orientierung. Nicht nur die Menschen sehen in Neukölln alle gleich aus, auch die Bars und Cafés sind kaum zu unterscheiden, mit offenen Backsteinwänden an der Rückseite, wackligen Tischchen und kaputten Sperrmüllsesseln. Darauf hat es sich allerlei Hipstervolk mit alkoholischen und koffeinhaltigen Mischgetränken bequem gemacht. Wenn sie genug getrunken haben, torkeln sie aufgekratzt zur nächsten, identischen Bar, trinken noch mehr von dem politisch korrekten Mateteegetränk, bis sie am nächsten Morgen zurück nach Kopenhagen fliegen und drei Wochen nicht schlafen können. Kopenhagen muss an den Wochenenden immer komplett leer sein.

Ich laufe vorbei an Stoffbeutelshops und Getränkeshops, die auch Stoffbeutel verkaufen, und Galerien, in denen Stoffbeutel ausgestellt werden. Vor einem Schaufenster bleibe ich stehen und lese die Sprüche auf den fein säuberlich drapierten Beuteln. Auf einem steht: »Benimm dich deinem Alter entsprechend.« Auf einem anderen: »Nur weil wir mal einen Wodka-Shot zusammen getrunken haben, heißt das noch lange nicht, dass ich dich cool finde.«

Ich wende mich ab und laufe weiter, stoße aber mit einem der überall herumtorkelnden Hipster zusammen. Wir sehen uns erschrocken an, und zuerst erkenne ich mein Gegenüber gar nicht, doch dann setzt er sich seine riesige Brille auf die Nase, und mir wird klar, wer vor mit steht: Es ist Dr. Alban.

»Berlin ist ein Dorf«, sage ich.

»Das sagen die Neuzugezogenen gern, wenn sie davon ablenken wollen, dass sie diese anonyme, manchmal furchtbar abweisende Großstadt ziemlich mitnimmt«, sagt Dr. Alban. »Berlin ist kein Dorf.« Er betrachtet mich wieder sehr ernst und auch ein wenig missbilligend.

Ich habe tatsächlich Christinas Freund oder Beschützer oder was auch immer getroffen – zufällig. Und ganz zufällig wird er mir verraten, wie und wo ich Christina wiedersehen kann.

»Sollen wir nicht vielleicht irgendwo was trinken gehen? Das ist doch ein lustiger Zufall.«

Dr. Alban findet unser Treffen augenscheinlich gar nicht witzig, sein Gesichtsausdruck changiert kaum merklich zwischen gelangweilt und genervt.

»Wo sollen wir denn hingehen? Hier gibt's ja nichts.«

Wir stehen direkt vor einer dieser gemütlichen Sperrmüllmöbel-Bars, aber Dr. Alban schüttelt sofort den Kopf, bevor ich auch nur vorschlagen kann, die nächstbeste Kneipe aufzusuchen.

»Da gibt es höchstens diese eine Bar ein paar Straßen weiter, die keinen Namen trägt und in der nur No-Name-Produkte ausgeschenkt werden, sozusagen als konsumistische Kritik am überhandnehmenden Markenwahn.« Er zeigt die Straße hinunter.

»Eine ausgezeichnete Idee!«

Habe ich das gerade wirklich gesagt? Eine *ausgezeichnete* Idee? Wie klingt das denn? Als wäre ich kein einunddreißigjähriger Tiergarten-Bewohner, sondern ein einundachtzigjähriger Deutsches-Theater-Abonnent. Egal, Hauptsache, wir gehen zusammen irgendwohin. Dr. Alban trägt heute übrigens einen Stoffbeutel mit der Aufschrift: »It's my life.« Er sieht trotzdem intelligent und fotogen aus.

Die Bar befindet sich allerdings nicht gerade in nächster Nähe. Auf dem Weg laufen wir an etwa zweiunddreißig Cafés und Kneipen vorbei, bis wir endlich an besagter No-Name-Bar ankommen. Sie sieht genauso aus wie alle anderen Bars auch. Wir gehen rein, setzen uns an eines der schiefen Sperrmülltischchen und trinken jeder eine Club Mate, von der vorher irgendjemand fein säuberlich die Etiketten abgepult hat.

Ich sacke in mich zusammen. Jetzt sitze ich also hier und muss etwas Schlaues sagen, denn ich kann mir beim besten Willen nicht vorstellen, dass Dr. Alban über irgendwelche Belanglosigkeiten redet. Und dann, wenn er mich nett und interessant findet und vor allem auch total intelligent, kann ich ihn vorsichtig auf Christina ansprechen. So sieht der Plan aus.

»Kennst du Christina gut?«, frage ich.

Völlig unbeeindruckt von meiner überbordenden Leidenschaft nimmt Dr. Alban seine riesige Brille von der Nase und putzt sie vorsichtig mit Hilfe seines Rundschals. Irgendwie sieht die Brille so aus, als würde sie nur aus Fensterglas bestehen. Ich nehme einen Schluck von meiner No-Name-Mate und sacke noch ein wenig mehr in mich zusammen. Dieser Dr.-Alban-Typ entzieht mir jegliche Energie.

»Wie es der Zufall will, sind Christina und ich Mitbewohner.«

Langsam gewinne ich Gefallen an diesen ganzen Zufällen.

»Ich habe gestern natürlich sofort registriert, dass bei euch gewisse Spannungen und Sympathien entstanden sind. Du brauchst mir also nichts weiter zu erklären, Marky. Ich denke, ein erneutes Treffen ist machbar, trotzdem …« Er hält kurz inne und setzt sich seine Brille wieder auf, anscheinend gefällt er sich in der Rolle des Unterhalters. »Trotzdem würde ich es sehr zu schätzen wissen, wenn du mir einige Informationen über dich mitteilen würdest.«

Also doch der Beschützer.

»Was willst du wissen?« Ich muss theatralisch gähnen. Dieses Mate-Zeugs macht mich schon lange nicht mehr wach, langsam brauche ich härtere Sachen.

»Mir ist dein unbedruckter Stoffbeutel aufgefallen. So etwas habe ich noch nie gesehen. Woher kommt das?«

Ich stutze. »Ich dachte, du fragst mich, was ich beruflich mache, wie viel Geld ich verdiene und ob ich immer pünktlich die Beiträge für die Krankenkasse überweise oder so?«

»Ja, okay.« Dr. Alban lässt sich in seinen Sperrmüllsessel sinken. »Was machst du beruflich?« Dabei betont er das Wort »beruflich« so komisch, als sei ihm diese Konversation höchst zuwider.

»Ich bin Journalist«, sage ich bedeutungsschwanger. Das wird ihn, diesen wahrscheinlich arbeitslosen Pseudo-Intellektuellen, gehörig beeindrucken. Doch Dr. Alban verharrt mit abwesendem Gesichtsausdruck in seinem Sessel und scheint an etwas vollkommen anderes zu denken. Diese jungen Leute von heute – eine Aufmerksamkeitsspanne von einer SMS. Eigentlich bin ich ganz froh, dass er nicht genauer nachfragt, sonst müsste ich ihm erzählen, was für ein »Journalist« ich bin. Ich arbeite nämlich für ein Berliner Stadtmagazin. Bis dahin eigentlich noch ganz in Ordnung. Allerdings besteht mein Aufgabenfeld nicht in erster Linie darin, über coole Konzerte, krasse Partys und sexy Promis zu berichten – und auch nicht in zweiter oder dritter. Sondern, wenn ich ehrlich bin, in gar keiner Linie. Ich betreue nämlich die Kleinanzeigen im hinteren Heftteil. Also zum Beispiel die Rubrik: »Sie sucht Ihn.« Oder: »Er sucht Sie.« Oder: »Er sucht so ziemlich alles, Hauptsache, man kann Sex damit haben.« Ja, it's *my* life.

»Weißt du, worüber ich gerade nachgedacht habe?«, fragt Dr. Alban und rutscht nervös auf seinem kaputten Sessel herum. »Mir ist aufgefallen, dass diese Post-Elektroclash-Bands der mittleren nuller Jahre wie zum Beispiel das ewig unterschätzte Elektroprojekt Die Stereotypen oder das Turban-tragende Inderkollektiv Sikhs on Speed als Blaupause für diese neuen Berliner Shoegaze-Techno-Gruppen dienen.« Dr. Alban ist jetzt ganz aufgeregt, der Gedanke scheint ihn wirklich zu begeistern.

Woher kennt er Die Stereotypen? Weiß er mehr von mir, als er sagt? Abgesehen davon habe ich keine Ahnung, wovon er spricht, deswegen schaue ich erst einmal interessiert und sage »Äh …« und »Ach so …«, dann fällt mir nichts mehr ein. Außerdem macht mir diese Müdigkeit immer mehr zu schaffen, gleich fallen mir die Augen zu.

»Natürlich ist das Neuköllner Shoegaze-Elektro-Duo Smashing Schönheit mit seinem Debütalbum ›I smash the Schönheit‹ in diesem Zusammenhang ein Paradebeispiel. Deren Sänger ahmt ja bis in die kleinsten Details den leicht stotternden Gesangsstil der Sikhs on Speed nach. Die Beats klingen ebenfalls fast identisch, sind nur etwas cleaner.«

Dr. Alban ist während seiner kleinen Rede aufgestanden und gestikuliert wild vor mir rum. Obwohl ich gar nicht mehr auf seinen Redeschwall reagiere, hört er einfach nicht auf zu dozieren.

22

Die Bedeutung seiner Wörter verschwimmt zusehends, bis ich gar nicht mehr verstehe, was er sagt. Schließlich gebe ich meinem Verlangen nach, die Augen zu schließen. Eine Woge des Wohlbefindens überschwemmt mich. Ich merke, wie ich langsam vom Wachzustand in den Schlaf hinübergleite, und zwei eigentlich sehr beunruhigende Gedanken versinken im Zeitlupentempo in meinem Unterbewusstsein:

1. Langsam verliere ich meinen popkulturellen Wissensvorsprung (wenn ich den überhaupt mal hatte). Die junge Generation weiß jetzt schon so viel mehr als ich. Vielleicht hat das ja mit dem Älterwerden zu tun, vielleicht aber auch nur mit diesem verdammten Internet.
2. Ich habe Dr. Alban noch gar nicht gefragt, wann ich Christina wiedersehen kann.

Dann schlafe ich ein.

Stille.

Als ich wieder aufwache, liege ich mit dem Kopf auf dem Sperrmülltisch in einer Lache Mate. Ich richte mich schwerfällig auf. Dr. Alban ist verschwunden. Wie lange habe ich geschlafen? Ich schaue mich in der Bar um, niemand scheint Notiz von mir zu nehmen. Am Nebentisch sitzen zwei Hipster und starren cool aus dem Fenster auf die dunkle Straße. Alles ganz normal.

Ich habe tatsächlich meine Chance vertan herauszufinden, wie ich Christina wiedertreffen kann.

Schwerfällig erhebe ich mich aus meinem Sessel und stolpere zur Tür. Immer noch ziemlich müde und erschlagen, mache ich mich auf den Nachhauseweg. Ich will zur U-Bahn-Station Hermannplatz, finde aber den Weg nicht mehr. Die No-Name-Bar scheint ganz woanders gewesen zu sein, als ich dachte. Ich habe allmählich das ungute Gefühl, die ganze Zeit im Kreis zu gehen.

An einer Straßenecke steht vor einer Hertha-BSC-Fankneipe ein bärtiger älterer Mann in einer abgetragenen Lederweste und blickt an mir vorbei. Die Fankneipe ist komplett in Blau-Weiß gehalten, den Hertha-Vereinsfarben, hinter den speckigen Fensterscheiben hängen vergilbte Wimpel und uralte Poster von schnurrbärtigen Achtziger-Jahre-Fußballern mit Vokuhila-Frisuren – eigentlich sehen sie kaum anders aus als die heutigen Hipster.

Der bärtige Mann harrt regungslos vor der Kneipentür aus, und sein Gesicht lässt erahnen, dass er ein ziemlich hartes Leben hinter sich hat. Er verkörpert das alte Neukölln. Das Neukölln der gutbürgerlichen Gemütlichkeit und türkischen Betriebsamkeit, heimgesucht von brutalen Jugendgangs, die dachten, sie wären hier im krassen Ghetto. In Rest-Deutschland denken ja immer noch die meisten Leute, dass es in Neukölln so zugeht wie in der Bronx oder im Südjemen.

Ich bleibe ein paar Meter von dem Mann entfernt stehen und stelle verwundert fest, dass er nicht etwa ein Bier in der Hand hält, sondern eine halbvolle Mate-Flasche. Verunsichert laufe ich weiter, aber als ich an ihm vorbeigehe, beugt er seinen Kopf nach vorn und flüstert mir zu: »Willkommen im Club Mate.«

Ein starker Geruch geht von ihm aus, ein Verwesungsgeruch, denke ich entsetzt. Er riecht genau wie dieses Parfüm, mit dem sich die Gothic-Leute immer besprühen, weil es so schön nach Gruft und Mittelalter duftet. Ich bleibe stehen, aber ehe ich mich versehe, dreht er sich um und wankt schwerfällig zurück in die Hertha-Kneipe. Die große alte Eichentür fällt krachend hinter ihm ins Schloss.

Langsam gehe ich weiter und stehe auf einmal vor der Rütli-Schule, die ja vor ein paar Jahren in den Medien war, weil es dort anscheinend »Gewaltexzesse« gab, Schüler Lehrer mit Maschinengewehren und Handgranaten bedrohten, was weiß ich. Auch so ein berühmt-berüchtigter Ort des alten Ghetto-Neuköllns. Inzwischen ist aus der Schule ein ansehnlicher, frisch renovierte Bau geworden, vor dem seltsamerweise zwei riesige grüne Froschskulpturen stehen.

Nach einer weiteren halben Stunde finde ich endlich den Hermannplatz und erwische gerade noch die letzte U-Bahn. Als ich mich auf einen freien Sitz fallen lasse, fällt mir auf, dass etwas auf meinem Stoffbeutel steht. Ich drehe ihn um und lese die krakelige Edding-Schrift: »Freitag, Reuterstraße 84, Galerieeröffnung. Wir warten auf dich.«

3

How Much is the Fish?

Ich wache Sonntagmittag auf, nachdem ich wegen der ganzen Club Mate, die ich gestern getrunken habe, erst am Morgen eingeschlafen bin. Ich kann die Sonne hinter meinen dicken Vorhängen erahnen und dass heute ein ziemlich schöner Tag ist.

Sofort denke ich an Christina Aguilera. Und ich habe noch nie nach dem Aufwachen an Christina Aguilera gedacht. Zumindest seit zehn Jahren nicht mehr. Ich blicke zu meinem Stoffbeutel, der an der Zimmertür hängt. Noch bis Freitag muss ich warten, bis ich sie wiedersehe. Falls ich Dr. Alban trauen kann. Aber mir bleibt ohnehin nichts anderes übrig.

Ich schäle mich aus der Bettdecke, schlurfe langsam in die Küche und koche mir einen Kaffee. Die alte Frau aus dem Hinterhaus fegt in Slow Motion den Hinterhof, obwohl gar keine Blätter auf dem Boden liegen. Mein schönes Tiergarten scheint mehr als nur ein paar U-Bahn-Stationen von Neukölln entfernt zu sein.

Eigentlich ging das gestern doch besser als gedacht, immerhin habe ich, wenn schon nicht sie selbst, Christinas Mitbewohner gefunden. Und eine Woche werde ich bestimmt irgendwie rumkriegen, ich habe ja schon genug Wochen in meinem Leben irgendwie rumgekriegt.

Mir fällt ein, dass ich heute mit meinem besten Freund auf dem Mauerpark-Flohmarkt im Prenzlauer Berg verabredet bin. Babyklamotten kaufen. Er ist nämlich schwanger. Das sagt er immer und lacht dann. Ich lache nicht. In mir blitzen nur verstörende Bilder von diesem unsäglichen Film mit Arnold Schwarzenegger und Danny DeVito auf, in dem sie wirklich schwanger sind. Also, Schwarzenegger, was weiß ich, ich habe den Film seit fünfzehn Jahren nicht gesehen. Aber wahrscheinlich ist der auch bald wieder hip, und Leute wie dieser Dr. Alban finden das dann postironisch.

Eine halbe Stunde später sitze ich in der U-Bahn Richtung Prenzlauer Berg. Warum muss eigentlich ausgerechnet ich mit zum Babysachenkaufen? Ich kenne wenige Menschen, die weniger Ahnung von Babybekleidung haben als ich. Überhaupt von Babys und Kindern im Allgemeinen. Wahrscheinlich müsste ich Babys auch langsam süß und niedlich finden. *Du kommst ja jetzt auch so langsam in das Alter.* Wie oft musste ich diesen Spruch in letzter Zeit hören? Selbst von Leuten, bei denen ich das gar nicht erwartet hätte, radikalen Anarchisten oder Party-Hedonisten mit starken Drogenproblemen zum Beispiel.

Ich steige an der Eberswalder Straße aus und schlendere inmitten von Touristen- und Familienhorden, die das gleiche Ziel haben wie ich, Richtung Mauerpark. Am Eingang zum Flohmarkt steht ein Gitarrenspieler mit Rastalocken und singt voller Inbrunst »Smells like Teen Spirit« von Nirvana. Das tut er dort jeden Sonntag. Wahrscheinlich seit 1992. Ein Lied, das ich nur noch unter Schmerzen ertragen kann.

Wie der Sänger von Nirvana ist mein schwangerer Freund übrigens auch immer schlechtgelaunt, schön selbstmitleidig und ziemlich verzweifelt über die ach so schreckliche Welt. Ich sollte ihn nur noch Kurt Cobain nennen.

Und tatsächlich steht Kurt mit düsterem Gesichtsausdruck am Fruchtsaftstand neben dem Gitarrenspieler. In einer Hand balanciert er sein Handy und tippt wild darauf rum, in der anderen hält er einen überdimensionalen Plastikbecher mit frischgepresstem Orange-Mango-Grapefruit-Aloe-Vera-Saft. Als er mich erkennt, lässt er beide Arme sinken und blickt mich genervt an.

»Du bist viel zu spät. Ich muss doch nachher noch zum Geburtsvorbereitungskurs.«

»Kannst du mal bitte aufhören, so ein Klischee zu sein. Wir sind hier im Prenzlauer Berg, da kannst du doch nicht ernsthaft von Geburtsvorbereitung sprechen!«

Ich kenne Kurt schon ewig. Wir hatten uns am ersten Tag in der Uni kennengelernt, am Anfang haben wir sogar das Gleiche studiert, aber schon bald gingen wir fächermäßig getrennte Wege.

Wir stürzen uns ins Flohmarktgedränge. Hier ist es noch voller als im besten Club der Stadt an einem Samstagabend. Wahrscheinlich sind es auch in etwa die gleichen Leute. Außer natürlich, dass die älteren unter ihnen ihre Kinder mitgebracht haben und glaubhaft Sonnenbrillen tragen. In Clubs mit Sonnenschutz vor den Augen aufzutauchen, ist inzwischen ja eher verpönt. Aber hier, an einem sonnigen und warmen Frühlingsmittag, darf man natürlich ungestraft seiner Ray-Ban-Leidenschaft frönen.

»Na, warst du wieder das ganze Wochenende feiern?«, stichelt Kurt. Manchmal habe ich das Gefühl, wir beide kennen uns schon etwas zu gut, wissen genauestens über die Schwächen des anderen Bescheid und haben überhaupt keine Skrupel mehr, andauernd auf ihnen rumzureiten.

»Klar. Ich war in Neukölln in einem illegalen Kellerclub und in einer von diesen Bars mit Sperrmüllmöbeln.« Ich überlege noch, ob ich ihm von Christina Aguilera und Dr. Alban erzählen soll, aber Kurt regt sich schon wieder auf.

»Diese ästhetische Eintönigkeit«, sagt er etwas zu laut und weicht einem etwa vierjährigen Kind aus, das zu seinem niedlichen Ringel-T-Shirt eine dunkle Ray-Ban-Sonnenbrille trägt und durch das Gedränge stolpert. »Es wäre mal total neu und abgefahren, in Berlin eine Bar ausschließlich mit modernen, nagelneuen Möbeln einzurichten.«

Seit Kurt schwanger ist, hat er natürlich dem Nachtleben vollkommen abgeschworen, und ich kann es ihm eigentlich nicht verübeln. Wenn es zu Hause gemütlich ist, mit Freundin und großem Wohnzimmer, warum sollte man sich da noch in verrauchte Keller zwängen, wo ohnehin alle mindestens zehn Jahre jünger sind, das Bier warm und abgestanden und vor allem die Musik schrecklich? Aber bei mir zu Hause ist es eben nicht besonders gemütlich.

Wir bleiben vor einem Stand mit Stoffbeuteln stehen, auf die ausnahmslos Berliner Sehenswürdigkeiten gedruckt sind. Kurt zeigt schockiert auf einen Mini-Stoffbeutel, auf dem ein Fernsehturm prangt.

»Der ist für Kinder«, sagt die Verkäuferin. Neben ihr steht natürlich ein Kind, seinen distanzierten Blick hinter einer dunklen Sonnenbrille verborgen. Auf dem winzigen Beutel steht: »Willst du nicht auch ein niedliches Kind? Du kommst doch langsam in das Alter.« Ich zerre Kurt schnell zum nächsten Stand. Dort werden mit Berlinmotiven bedruckte T-Shirts und Kapuzenpullis angeboten. Am Stand daneben selbstgebastelte Fernsehtürme aus Pappe und Poster mit dem Spruch »Arm, aber sexy«. Dazwischen überall sonnenbebrillte Kinder und ihre coolen, junggebliebenen Eltern.

»Weißt du, was die jetzt wieder in den Clubs spielen?«, frage ich Kurt, als wir angewidert vor der nächsten Auslage mit Berlinutensilien haltmachen. »Neunziger Jahre. Aber nur die schlechten Sachen: Backstreet Boys, DJ Bobo, Eurodance.«

»Ich fand ja Scooter immer eine der am meisten unterschätzten Bands«, antwortet er. »Hast du dir zum Beispiel mal den Text von ›How Much Is the Fish‹ genau angehört? ›I want you back for the rhythm attack/Coming down on the floor like a maniac ... I want you back, so clean up the dish/ By the way, how much is the fish? Argh! Resurrection!‹ Das ist doch Expressionismus der guten alten Georg-Heym-Schule.«

Ich starre Kurt an. Er kann tatsächlich den Text von »How Much Is the Fish« auswendig? Manchmal überrascht er mich doch.

Wir machen an einem Stand halt, an dem es endlich Babyklamotten gibt. Allerdings sind auch auf die Strampler Fernsehtürme und Brandenburger Tore gedruckt.

»Man hat das Gefühl, die gefeierte Berliner Kreativszene erschöpft sich im Bedrucken von American-Apparel-Klamotten.« Kurt wirkt persönlich beleidigt. Er ist ja Graphikdesigner und weiß, wovon er spricht. Auch wenn er meistens nur für Nagelstudios und Solarien billige Werbemotive entwirft und nicht für irgendwelche hippen Bands oder Dot-

Com-Firmen Kampagnen kreiert. Kreativszene hin oder her, Kurt zählt sich trotzdem mit einigem Stolz dazu.

Nach weiteren zehn Minuten geben wir auf und finden uns wieder am Eingang bei den Fruchtsaftausschenkern ein. Was ist bloß aus Flohmärkten geworden? Wo sind all die älteren Herren hin, die verzaubert die Auslagen von Ständen mit historischen Handwerksgeräten aus dem 19. Jahrhundert durchstöbern? Oder die seltsamen Verkäufer mit lila Plastikgeschirr aus den siebziger Jahren? Hätte nicht gedacht, dass ich die mal vermissen würde.

»Wie ist es denn inzwischen so im Nachtleben, abgesehen vom Neunziger-Jahre-Expressionismus?«, fragt Kurt, nachdem ich mir einen Passionsfrucht-Ingwer-Saft gekauft habe. Dabei scheint er fast ein bisschen wehmütig, aber vielleicht bilde ich mir das auch nur ein.

»Alle sehen jetzt gleich aus: Röhrenjeans, riesige T-Shirts, dreckige Stiefel und natürlich Stoffbeutel mit lustigen Sprüchen drauf. Wie Klone.«

Kurt muss schmunzeln, ein ungewohnter Anblick bei ihm, und zeigt mit dem Finger auf mich. Ich sehe an mir herunter. Ich weiß nicht, was er hat. Mein neues Oversize-Shirt sitzt perfekt, und meine Röhrenjeans und die dreckigen Stiefel passen stilsicher zusammen.

»Immerhin steht kein lustiger Spruch auf deinem Stoffbeutel«, sagt Kurt und wendet sich zum Gehen. »Ich muss los.«

Der schwangere Kurt entschwindet, um mit seiner Courtney die Geburt vorzubereiten.

Ich schaue auf meinen Stoffbeutel. Die Edding-Schrift konnte Kurt nicht sehen, weil ich sie nach innen trage. Aber das wäre natürlich die Gelegenheit gewesen, ihm von meinem Wochenende, von Christina Aguilera und Dr. Alban zu erzählen, aber irgendwie würde es sich seltsam anfühlen, mit ihm über meine sogenannten Partybekanntschaften zu reden, das versteht er doch gar nicht mehr. Unsere Lebenssituationen sind inzwischen zu verschieden. Er bekommt ein Kind, und ich versuche, ein Kind rumzukriegen, wenn ich das mal so drastisch ausdrücken darf. Gut, immerhin ist man mit einundzwanzig offiziell erwachsen …

Früher hatten Kurt und ich noch halbwegs die gleichen Probleme: Wo ist die nächste Party? Woher bekomme ich das Geld dafür? Und wie verdränge ich möglichst effektiv, dass ich in einer Woche diese Hausarbeit über die Transzendentale Deduktion der Verstandesbegriffe in Immanuel Kants »Kritik der reinen Vernunft« abgeben muss? Aber inzwischen hat das Leben ganz schön zugeschlagen. Wir arbeiten in richtigen Jobs und gründen Familien. Also zumindest Kurt, ich nicht – und das ist das Problem. Ich weiß nur nicht genau, wessen.

Ich drängle mich an den Bio-Essenständen neben dem Flohmarkteingang vorbei, um den Nachhauseweg anzutreten, dabei stoße ich fast gegen einen Touristen in beigefarbener Multifunktionskleidung. Er studiert aufmerksam die Spezialitäten, die auf dem Grill vor sich hin brutzeln. Schließlich deutet er auf etwas und fragt: »How much is the fish?«

4

All That She Wants

Den Psychologenratschlag *Nehmen Sie die Arbeit nicht mit nach Hause, machen Sie sich frei von den belastenden Erfahrungen des Arbeitstages* sollten nicht nur Ärzte auf Krebsstationen oder Gefängnisseelsorger beherzigen, sondern auch Kleinanzeigenbetreuer. Wenn ich den ganzen Tag über meine sinnlose und eintönige Tätigkeit nachdenken würde, gerade während der Arbeitszeit, wäre ich innerhalb kürzester Zeit ein psychisches Wrack. Kleinanzeigen bleiben eben Kleinanzeigen. Selbst in ihren abartigsten Sexphantasien sind Leute, die in Stadtmagazinen inserieren, immer noch zutiefst durchschnittlich. Im Prinzip haben doch alle den gleichen Fetisch.

Ich fahre vom Büro direkt nach Neukölln zu der Adresse, die Dr. Alban auf meinen Stoffbeutel geschrieben hat und wo heute die Galerieeröffnung stattfindet. Und eigentlich sollte ich gute Laune haben, schließlich treffe ich gleich Christina wieder, wenn alles gutgeht. Aber die Vorstellung, mich mit einer erfolgreichen Musikmanagerin womöglich über meinen sogenannten »Beruf« unterhalten zu müssen (ich höre sie schon unschuldig fragen: »Und was machst du so?«), lässt meine Stimmung auf Kurtsches Niveau herabsinken. Kleinanzeigenbetreuer – das habe ich in meinem Leben also erreicht. Na ja, ich habe auch Philosophie studiert. Fünfzehn Semester lang – mit Abschluss dann sogar. Besser als nichts. Ein ziemlich müdes Lebensmotto.

Was habe ich in meinem Leben noch gemacht? Ich habe »Das Kapital« von Karl Marx bis Seite 57 gelesen (gutes Buch). Ich habe in der Schule mal den besten Aufsatz zu Michael Endes »Momo« geschrieben, den der Lehrer dann sogar vor der ganzen Klasse vorgelesen hat (das hat mir allerdings bei den Mädchen weder street credibility noch einen Zungenkuss eingebracht). Ich habe ein unbezahltes Praktikum bei einem Verlag gemacht und es nach zwei Wochen abgebrochen, weil ich nicht einmal Kaffee kochen durfte (die Maschine war sehr teuer, meinte der Chef). Mit der vielbeschworenen künstlerischen Selbstverwirklichung habe ich es vor ein paar Jahren natürlich auch probiert, das versucht wohl jeder in Berlin. Aber wie die meisten »Künstler« in dieser Stadt habe ich am Ende doch mehr Bier getrunken als Kunst gemacht.

Eins dieser Hip-Hop-Kinder betritt die U-Bahn und stellt sich direkt vor mich. Es ist genau genommen kein Kind, sondern ein sogenannter Jugendlicher. Er trägt Hosen, die bis zu den Kniekehlen hängen, sowie eine überdimensionale neongelbe Schirmmütze und hampelt die ganze Zeit nervös zu der Musik herum, die viel zu laut aus seinen Kopfhörern dröhnt. Genervt wende ich mich ab.

Manchmal frage ich mich, was ich eigentlich die ganze Zeit während meines Studiums angestellt habe? Ich kann mich an kaum etwas erinnern. Das einzige Philosophiebuch, das ich in meinem Leben von vorn bis hinten gelesen habe, ist »Sophies Welt«. Und das war sogar noch vor dem Studium.

Besser als nichts. Könnte auch heißen: Du hast nichts erreicht, dein Lebenslauf ist suboptimal, und wenn du stirbst, fehlt der Welt nichts. Ich komme mir mit meinem Selbstmitleid immer mehr wie Kurt vor. Oder wie diese ganzen Indie-Helden aus den netten Feelgood-Filmen und Pop-romanen, wie der sympathische Loser aus Nick Hornbys »High Fidelity« – auch so ein Phänomen der neunziger Jahre, von dem man nicht mehr loskommt, wenn man damals aufgewachsen ist. Nicht einmal mit meinen Lebensniederlagen kann ich noch originell sein. Darüber könnte ich schon wieder in Selbstmitleid verfallen – ein ewiger Kreislauf der Tristesse.

Ich beobachte wieder den Hip-Hop-Jugendlichen, der jetzt auch noch nervös auf sein Smartphone eintippt und wahrscheinlich seinen Status bei Facebook aktualisiert: »Hey, ich bin grad in der U-Bahn, voll krass, Alter.« Außerdem rappt er zur Musik mit und macht mit seinem anderen Handy (warum haben diese Jugendlichen eigentlich immer zwei Handys?) ein Foto von seinen riesigen bunten Sneakers. Ein wahres Multitasking-Genie. Aber wahrscheinlich hat er nur ADS. Hat ja heute jedes Kind.

Genauso wie alle Mädchen jetzt laktoseintolerant sind, was so vor vier oder fünf Jahren angefangen haben muss. Dass man keine Laktose verträgt, merkt man übrigens daran – so erklären das die meist sehr hübschen, ausschließlich blonden Mädchen –, wenn man sich nach elf Latte macchiato irgendwie schlapp fühlt, anfängt zu zittern und manchmal sogar leichte Bauchschmerzen bekommt. Da könnte ich ja auch behaupten, ich wäre bierintolerant. Wenn ich elf Augustiner trinke, fange ich auch gern mal an zu zittern und bekomme hin und wieder sogar leichte Bauchschmerzen.

Vor lauter Aufregung wäre ich beinahe am Hermannplatz vorbeigefahren. Ich springe im letzten Moment aus der U-Bahn und mache mich auf den Weg zur Galerie. Schon aus der Ferne hört man trockene Minimal-Elektro-Beats über das untere Ende der Reuterstraße wehen. Immerhin die Musik ist erträglich, denke ich, als ich mich der Adresse nähere. Kurt hatte natürlich keine Zeit mitzukommen, ich weiß gar nicht, warum ich ihn noch frage.

»Außerdem wird da doch bestimmt geraucht, und da muss man aufpassen, wenn man schwanger ist«, hat er am Telefon gesagt.

»Du bist nicht schwanger.«

»Du bist auch keine einundzwanzig mehr und treibst dich trotzdem immer noch auf allen Partys rum.«

Manchmal ist Kurt echt anstrengend. Dabei verstehe ich ihn eigentlich, er macht das schon alles richtig. Vielleicht sollte ich ihm das mal sagen, aber irgendwie können wir auch darüber nicht reden. Wahrscheinlich liegt es an mir. An meiner Angst oder wie ich es nennen soll, dass ich am Ende übrigbleibe, allein in meiner Wohnung im tristen Tiergarten.

Vor der Galerie hat sich eine Menschentraube gebildet, Christina und Dr. Alban scheinen aber noch nicht da zu sein. Die Galerie selbst ist klein, und nur ein paar ältere Herren in Sakkos stehen herum und betrachten die weißen Wände. Wobei sie nicht ganz weiß sind, wie ich auf den zweiten Blick feststelle, denn an der Wand hängen mehrere, ebenfalls weiße Leinwände. Ich beobachte die Sakkomänner, wie sie gefühlte fünf Minuten vor einer Leinwand stehen, sich dabei nachdenklich am Kinn kratzen, einen Schluck aus ihrem Sektglas nehmen und schließlich zur nächsten weißen Leinwand gehen und dort das Procedere stoisch wiederholen. Einmal sagt einer von ihnen leise: »Stark, diese gefühlvolle Darstellung von nichts.«

Ich nehme mir schnell einen Sekt vom unbeaufsichtigten Tisch im noch kleineren Hinterzimmer der Galerie und gehe wieder nach draußen. Christina und Dr. Alban sind immer noch nicht gekommen. Ich habe keine Ahnung, was ich jetzt tun soll. Die anderen Hipster scheinen sich alle zu kennen und würdigen mich keines Blickes, und im Gegensatz zu den Sakkoherren sind sie natürlich alle wahnsinnig jung.

Ich fange an zu schwitzen, wie immer, wenn ich mich unwohl und überflüssig fühle. Und dazu noch nervös bin. Manchmal wünschte ich, ich würde rauchen. Dann hätte ich jetzt etwas zu tun. Leider stirbt man ja vom Rauchen, sonst würde ich sofort, ohne zu überlegen, damit anfangen. Blöderweise finde ich aber den Tod noch unangenehmer als solche peinlichen Situationen.

Ich schiele auf den Stoffbeutel des Hipsters, der sich neben mir mit einem identisch aussehenden Neukölln-Exemplar unterhält. Auf dem Beutel steht: »Die kommt doch bestimmt eh nicht.«

»Und dann bin ich am U-Bahnhof Kurfürstenstraße aufgewacht«, sagt er, »keinen Plan, wie ich da hingekommen bin. Ich meine – fuckin' Tiergarten! Das ist mitten in Berlin und trotzdem der Arsch der Welt. Da gibt's wirklich nichts außer Straßenstrich und Alki-Eckkneipen. Ich lag da einfach auf dem Bahnsteig rum und konnte mich an nichts erinnern. Seriously. Dann hab ich mir die Gegend ein bisschen angeschaut, wenn ich schon mal da war.«

Ich traue meinen Ohren kaum, der war wirklich in Tiergarten? Normalerweise verirren sich solche Typen nicht zu mir in die Gegend, auch nicht unfreiwillig und besoffen.

Aber der andere nickt heftig und bestätigt, dass ihm kürzlich das Gleiche widerfahren sei: »Das Einzige, an das ich mich noch erinnern kann, ist, dass ich die Weserstraße runtergelaufen bin und zwei Jugendliche in Trainingshosen und Kapuzenpullis auf mich zukamen. Dann wird alles black. Als Nächstes lag ich auch auf dem Bahnsteig Kurfürstenstraße. Da ist wirklich nothing.«

Ich schüttle mich. Das macht mich ganz verrückt, wie die reden. Tatsächlich kann ich mich aber erinnern, in letzter Zeit immer mal wieder einzelne Stoffbeutelträger gesehen zu haben, die verwirrt auf der Kurfürstenstraße rumgelaufen sind.

In diesem Moment sehe ich Christina. Sie sieht exakt gleich aus wie am Freitag im Kellerclub. Also auch exakt gleich gut. Neben ihr läuft Dr. Alban, ernst hinter seinen Brillengläsern dreinblickend. Ich habe mich nicht geirrt, alles wird gut. Keine Ahnung, woher dieser Optimismus kommt, aber ich nehme ihn als gutes Zeichen.

»Marky«, ruft sie schon von weitem und läuft direkt auf mich zu. Wir umarmen uns locker zur Begrüßung, ich rieche wieder ihren Christina-Duft (wahrscheinlich gibt es ein Parfüm von der echten Christina A., das wirklich so heißt) und gebe Dr. Alban förmlich die Hand, obwohl ich ihn ja schon besser kenne als sie.

»Was für ein Zufall!« Anscheinend hat ihr Dr. Alban nichts von unserer Begegnung erzählt. Ich forsche in seinem Gesicht nach Anzeichen, wie ich mich verhalten soll, ein Augenzwinkern vielleicht, doch er starrt mich nur ernst an und verabschiedet sich nach drinnen, die weißen Bilder begutachten.

Christina lächelt mich an, und ich stelle mich auf eine

hochkomplizierte Unterhaltung ein, in der ich alle post-ironischen Codes bediene, mich aber gleichzeitig geist-reich und interessant gebe und sie schließlich auch noch davon überzeugen muss, mich auf der Stelle zu heiraten, ein Null-Energie-Landhaus in der Uckermark zu kaufen und fünf niedliche Kinder zu zeugen. Die nennen wir dann in Anspielung an den denkwürdigen Abend, an dem wir uns kennengelernt haben, Nick, Brian, Kevin, Howie und AJ. Hoffentlich werden es nur Jungs. Aber AJ geht ja auch für Mädchen.

Stattdessen frage ich wahnsinnig einfallsreich: »Interessierst du dich für Kunst?«

Sie lacht. »Niemand hier interessiert sich für Kunst.« Wir blicken durch die großen Fensterscheiben in die Galerie, in der außer Dr. Alban nur noch zwei Sakkoträger die weißen Leinwände begutachten. Dagegen stehen auf der Straße etwa zweihundert Leute, die sich angeregt über *Germany's Next Topmodel*, die neue Club-Mate-Sommeredition und natürlich über seltsame, wahrscheinlich drogenbedingte Blackouts, die in Tiergarten enden, unterhalten.

»Lass uns woanders hingehen.«

»Was ist mit Dr. Alban?«, frage ich noch, während sie mich schon von der Galerie wegzieht. Das geht alles sehr schnell. Aber ich mag, wenn Sachen schnell gehen, da muss ich nicht so viel nachdenken und irgendwelche Entscheidungen treffen. Ich finde es viel besser, wenn die Entscheidung mich trifft. Und Christina scheint so jemand zu sein, der die Dinge lieber selbst in die Hand nimmt. In diesem Fall also mich.

»Der kommt schon allein zurecht. Wir können in so eine Bar hier um die Ecke gehen. Die hat keinen Namen.«

Wieder verliere ich auf dem Weg zur No-Name-Bar sofort die Orientierung, Christina scheint sich hier allerdings perfekt auszukennen. Ich folge einfach und höre ihr fasziniert zu, wie sie erklärt, warum sie Galerieeröffnungen so abstoßend, aber gleichzeitig auch anziehend findet. Natürlich wäre diese Eventisierung von Kultur bedenklich, andererseits könne man es ja nicht ablehnen, wenn Kunst sich ihren rechtmäßigen Platz in der Öffentlichkeit sucht.

Christina erzählt das alles überaus einleuchtend, und ich nicke zustimmend und streue hin und wieder ein »So sehe ich das auch« oder »Äh, ja« ein.

Über so etwas unterhalten sich also Christina und Dr. Alban, wenn sie beim Frühstück am WG-Tisch sitzen. Aber bei Christina wirkt dieses Rumtheoretisieren nicht so furchtbar ernst wie bei Alban. Sie lacht ja auch die ganze Zeit, ich kann mich dagegen nicht erinnern, ob ich Dr. Alban schon einmal lachen gesehen habe. Vielleicht erzählt Christina das auch nur, um keine peinliche Stille zwischen uns aufkommen zu lassen. Was wiederum meine Schuld wäre, schließlich habe ich bis jetzt noch nichts Wesentliches zu unserer Konversation beigesteuert.

Wir machen vor der No-Name-Bar halt, mir ist schleierhaft, wie wir hierhergekommen sind, die Straße sieht ganz anders aus als letztes Mal, es scheinen noch fünf neue Sperrmüllmöbel-Bars eröffnet zu haben, dazu drei Galerien und ein Bio-Fair-Trade-Eiscafé, das ausschließlich laktosefreie Eisspeisen anbietet. Ich bin mir nicht einmal sicher, ob das überhaupt die gleiche Bar ist. Christina deutet auf das neue Café. »Endlich. Ich bin ja auch laktoseintolerant.«

Wir finden einen kleinen Tisch direkt am großen Fenster, bestellen uns Bier, das einfach »Bier« heißt, aber verdächtig nach Beck's schmeckt, und blicken nach draußen ins Abendlicht.

»Das Licht hier in Neukölln ist anders als im Rest von Berlin.« Ich bemühe mich, eine Art romantischen Tonfall in meine Stimme zu legen. »Es wirkt wie auf alten, mittelformatigen Fotos aus den siebziger Jahren. Oder eher wie auf mit Smartphones geschossenen Fotos, die mit Hilfe einer App in diese Siebziger-Jahre-Optik verwandelt wurden.«

Das war immerhin der erste vollständige Satz, den ich zu ihr gesagt habe. Now I speak in whole sentences, Mrs. Franzen! Ich gebe zu, dass ich mir das mit dem Licht schon lange vorher ausgedacht habe. Christina geht gar nicht darauf ein, sondern zündet sich eine Zigarette an. Auch sie scheint in dieses Vintage-siebziger-Jahre-Licht getaucht zu sein. Ihr ganzes Gesicht, die pastellblauen Augen, die fast wie farbige Kontaktlinsen wirken, die hellblonde Haarsträhne über ihrer Nase, die so aussieht, als hätte sie sie eigens so hindrapiert. Diese Art, auf natürliche Weise unnatürlich zu sein. Oder auf unnatürliche Weise natürlich. Postnatürlich.

»Dr. Alban hat mir erzählt, dass du mich wiedersehen wolltest. Das finde ich natürlich weird, aber auch süß.«

Also doch. Ich nehme verlegen einen Schluck Bier und sage nichts. Und hat sie gerade wirklich »weird« gesagt? Crazy, ich muss mich wohl langsam an diese Sprache gewöhnen.

Wir sitzen uns einen Augenblick lang einfach schweigend gegenüber, und es kommt keine peinliche Stille auf. Im Gegenteil, ich genieße diese Stille, und ich glaube, sie auch. Dann klingelt ihr Handy. Ihr Klingelton ist »All That She Wants« von Ace of Base.

Sie nimmt ein iPhone aus ihrem Stoffbeutel, schaut kurz aufs Display, geht aber nicht ran, sondern lässt es wieder in der Tasche verschwinden. Dabei sehe ich kurz den Buchrücken von »Bis(s) zum Morgengrauen« und muss grinsen. So was liest sie also auch. Das ist bestimmt nicht postironisch.

»Was ist?« Sie schaut mir direkt ins Gesicht.

»Nichts.«

»Sag schon!« Sie blinzelt mich gespielt böse an und tippt ungeduldig mit ihren Fingern auf den Tisch.

»Nur wegen des Buchs.«

Christina wird ein bisschen rot um die Nase herum, aber vielleicht bilde ich mir das auch nur ein.

»Ich finde den ersten Teil am besten«, sage ich schnell und versuche, nicht mehr zu grinsen, sondern zu lächeln. Ein schmaler Grat.

Christinas Gesichtszüge entspannen sich. »Lese ich jetzt schon das dritte Mal.«

Ich bin froh, dass Christina wirklich kein weiblicher Dr. Alban ist – sondern auch Sachen macht, die nicht in das geschlossene Hipster-System reinpassen, solche Bücher lesen zum Beispiel. Oder passt das gerade wieder, und ich verstehe es eben nicht, weil ich alt bin und keine Ahnung habe?

»Nichts beruhigt mich mehr, als solche Bücher vor dem Schlafengehen zu lesen.« Ich winke dem Barkeeper zu und bestelle noch zwei Bier-Bier.

»Ein paar Seiten Vampire, und die Welt ist wieder in Ordnung.«

Eigentlich dachte ich, Christinas Welt wäre auch so schon in Ordnung. Aber was weiß ich schon von ihr?

»Endlich braucht man mal nicht viel nachzudenken, sondern kann sich einfach in die blöde Geschichte versenken.«

»Ich bin auch ein großer Fan von Dan Brown«, sagt Christina.

»Seine Bücher kann man aber leider nur einmal lesen.«

Der Barkeeper stellt zwei neue Bier vor uns auf den Tisch. Christina nimmt sofort einen großen Schluck, ohne mit mir anzustoßen. Das finde ich sehr angenehm. Es gibt ja nichts Schlimmeres als dieses zwanghafte Anstoßen, Trinksprüche reißen und »Wohl bekomm's!«-Rufen.

»Aber nichts ist so gut wie Vampire.« Christina lächelt mich wieder an, und für eine Sekunde habe ich das Gefühl, dass das jetzt ihr echtes Lächeln ist, nicht das postnatürliche. Und das sind sicher auch keine Kontaktlinsen. »Weißt du, ich habe dich da im Club schon länger beobachtet«, sagt sie.

Beinahe hätte ich gefragt, warum denn, berühre aber nur ihre Hände auf dem Tisch.

»In einer Hollywood-Liebeskomödie würde jetzt, nach dem ersten romantischen Kennenlerndialog des Pärchens, eine Montage eingefügt werden, und man sähe die beiden dabei, wie sie erst ein Glas Rotwein trinken, dann zur Musik aus einer alten Jukebox engumschlungen, aber ein wenig hilflos tanzen und sich schließlich, wieder am Tisch sitzend, tief in die Augen schauen.« Christina hält kurz inne und nimmt noch einen langen Schluck aus der Bierflasche, die tatsächlich schon wieder leer ist. »Und vielleicht würde sie sich dann nach vorn beugen – nie er, er ist viel zu schüchtern und verplant, kein Robert Pattinson, eher so der John-Cusack-in-High-Fidelity-Typ – und ihn küssen.«

Sie beugt sich nach vorn, ich tauche in ihre Sepia-Aura ein, und wir küssen uns. Sie schmeckt so, wie sie riecht. Wir küssen uns gleich noch einmal, und dann halte ich es nicht aus, ich muss es einfach sagen: »Nicht beißen!«

Christina lacht. Und für diesen kurzen Augenblick bin ich glücklich, einfach nur, weil ich sie ansehe (und natürlich weil sie über meinen Witz lacht und mich gerade mit John Cusack verglichen hat). Glücklich. Das habe ich schon lange nicht mehr gedacht, und gleichzeitig finde ich das auch unfassbar kitschig – in meinem Alter. Mit über dreißig. Na ja. So was hört wohl nie auf.

»Aber wenn das hier wirklich eine Hollywood-Liebeskomödie wäre«, fährt sie fort, »würde man das Pärchen vielleicht noch auf dem gemeinsamen Heimweg sehen, zu seiner oder ihrer Wohnung.« Sie winkt dem Barkeeper und sagt, dass wir zahlen wollen. »Vor dem Sex würde allerdings ausgeblendet werden, und das nächste Bild würde die beiden erst wieder am folgenden Morgen zusammen im Bett zeigen.« Sie steht auf und wirft ihren Stoffbeutel über die Schulter. »Und das wäre doch irgendwie schade.«

5

Someone Great

Ich wache vor ihr auf. Sanftes Licht fällt durch die weißen Vorhänge. Ich rücke ganz nah an ihr Gesicht heran und höre ihr gleichmäßiges Atmen. Bei Männern würde man das Schnarchen nennen. Ihre Augenlider zucken leicht, ansonsten ist ihr Gesichtsausdruck vollkommen friedlich.

Ich schaue mich in Christinas Zimmer um: Ein alter Fernseher steht in einer Ecke auf dem Boden, stapelweise CDs und Schallplatten, die vor den weißen, unverputzten Wänden lagern, ein schiefes Regal, in dem neben Büchern von Kafka, Christian Kracht oder Slavoj Žižek auch haufenweise zerlesene Schinken von Stephenie Meyer, Dan Brown, Robert Harris und Konsorten liegen. Muss ich mir gleich ein paar ausleihen. In der Mitte des Zimmers stehen zwei fleckige, durchgesessene Sessel und ein kleiner Holztisch, darauf der weiße Laptop, dessen Apfel-Logo mit einem Aufkleber von Universal überklebt wurde. Ein hoffnungslos überfüllter Aschenbecher steht direkt neben der Matratze auf dem Boden.

Eigentlich hätte ich mir das Zimmer einer A&R-Managerin anders vorgestellt. Da sieht es bei mir zu Hause ja aufgeräumter aus. Aber ich vermute mal, dass das Absicht ist, dass es eben so leicht kaputt aussehen soll, und alles ist dann doch fein säuberlich arrangiert.

Ich muss an die Wohnung von Kurt und Courtney denken, die natürlich riesengroß ist, vollgestellt mit Designerstühlen und Ikea-Möbeln, die nach Designermöbeln aussehen; aufgeräumt, aber trotzdem gemütlich. Genauso stellt man sich eine Wohnung von Leuten Anfang dreißig vor. Eigentlich fällt mir für Kurts und Courtneys Wohnung nur ein Wort ein: perfekt. Und hier bei Christina ist eben alles unperfekt. Unperfekt perfekt. Postperfekt.

Christina wohnt nur ein paar Straßen von der No-Name-Bar entfernt, fast direkt am Kanal, der Kreuzberg von Neukölln trennt, in einer Zweier-WG mit Dr. Alban, der aber zum Glück gestern, als wir ankamen, noch nicht zu Hause war. Wie mittlerweile fast alle in den Medien nennen auch wir im Stadtmagazin (wir – das hört sich an, als wäre ich ein echter Teil der Redaktion, ich belüge mich sogar beim Denken) diese hippe Ecke total lustig »Kreuzkölln«.

Ich blicke wieder zu Christina, die immer noch friedlich neben mir schläft. Es klopft an der Zimmertür. Christina fährt sofort hoch und ist hellwach – so was habe ich noch nie gesehen. Ich brauche jeden Morgen, nachdem der Wecker geklingelt hat, immer noch mindestens eine Stunde, bis überhaupt an so etwas wie Aufstehen gedacht werden kann. Ich bin eben nur Kleinanzeigenbetreuer, da ist es nicht weiter schlimm, wenn ich mal zu spät komme. Mein viel zu netter Chef nimmt mir ohnehin nichts übel.

Christina setzt sich im Bett auf, lächelt mich an und streicht mir beiläufig über den Rücken. Dann kommt Dr. Alban einfach rein. Er sieht etwas derangiert aus, sein Parka ist ziemlich dreckig, und die riesige Brille sitzt schief auf seiner Nase. Er lässt sich auf einen Sessel fallen und seufzt übertrieben laut. Es scheint ihn kein bisschen zu überraschen, mich im Bett seiner Mitbewohnerin zu sehen.

»Ich bin gerade erst nach Hause gekommen«, sagt er schließlich.

»Wo warst du denn so lange?« Christina fischt neben der Matratze nach ihrer Zigarettenpackung, bekommt sie zu fassen, steckt eine Kippe in den Mund und zündet sie mit einer routinierten Handbewegung an. Noch einmal so jung sein und gleich nach dem Aufwachen eine rauchen. Aber schon ein paar Sekunde später kommt mir dieser Gedanke total bescheuert vor.

»Ich weiß es nicht mehr«, sagt Dr. Alban. »Ich kann mich nur noch erinnern, dass ich von der Galerie nach Hause gelaufen bin – dann wird alles schwarz. Etwa vor einer Stunde bin ich auf dem U-Bahnhof Kurfürstenstraße aufgewacht. Ich lag auf dem Boden und hatte eine riesige Beule am Kopf. Die Leute dachten, ich sei ein Penner, sogar zwei völlig fertige Drogis haben mich misstrauisch beäugt.«

Was macht denn der jetzt auch in Tiergarten? Hat etwa bei mir um die Ecke ein neuer Club aufgemacht, wo sie den armen Hipstern K.-O.-Tropfen in das Billigbier kippen? Aber das hätte ich sicher gemerkt, das einzige Etablissement, das als clubähnlich durchgehen könnte, ist das Kumpelnest 3000 (der Name sagt in diesem Fall schon alles), und dort kann ich mir Dr. Alban beim besten Willen nicht vorstellen. Obwohl, vielleicht kann man das auch postironisch gut finden. Und etwa die gleiche Musik wie in Neuköllner Kellerclubs läuft da auch.

Dr. Alban fasst sich mit der Hand an den Hinterkopf und wirkt tatsächlich fassungslos. Ich finde das alles auch höchst seltsam. Kurz überlege ich, ob ich die Gelegenheit nutzen und anmerken soll, dass ich in Tiergarten wohne und mich da ziemlich gut auskenne – das habe ich Christina nämlich noch gar nicht erzählt.

»Du spinnst doch«, sagt Christina und pustet verächtlich Rauch in Dr. Albans Richtung. »Ich will gar nicht wissen, wie betrunken du gestern wieder warst.«

Dr. Alban blinzelt Christina böse an, aber das Thema scheint damit erledigt. Ich nehme mir vor, ein andermal genauer darüber nachzudenken, im Moment gibt es ja noch genug anderes, was meine volle Aufmerksamkeit verlangt. Christina zum Beispiel.

Dr. Alban hievt sich aus dem Sessel und trottet aus dem Zimmer. Christina lässt sich auf die Matratze fallen, nimmt meinen Kopf zwischen ihre Hände und schaut mir direkt in die Augen.

»Was ist das hier?«, fragt sie und lässt mich wieder los.

»Wir sind ja erst am Anfang von … ähh …« Ich beschließe, auch diesen Satz lieber nicht zu beenden. Furchtbar, so was zu sagen, geht mir sofort durch den Kopf. Anfang! Das impliziert gleich, dass ich auch ein Ende will, also eine echte *Beziehung* – das böse Wort. So viel Druck hält die heutige Jugend, für die selbst Freundschaften nur aus kleinen Profilbildern und Statusmeldungen bestehen, doch nicht mehr aus.

»Anfang? Nein, wir sind schon mittendrin!«, ruft Christina aber gutgelaunt. »Wir sind jetzt ein Paar, mein lieber Mark, ein echtes, richtiges Liebespaar.«

Das war ja mal eine ungewohnt eindeutige Aussage von ihr. Eindeutig ironisch.

Plötzlich springt sie auf, bevor ich überhaupt nur mehr

als zwei Sekunden über das nachdenken kann, was sie da gesagt hat. Dabei lässt sie ihre Zigarette auf die Matratze fallen, die ein kleines Loch in den Stoff brennt, was Christina gar nicht zu stören scheint. Sie hüpft – eine für diese Uhrzeit wirklich vollkommen unverständliche Fortbewegungsweise, aber anders ist das nicht zu beschreiben – scheinbar ziellos in ihrem Zimmer rum. Dabei scheint sie zu vergessen, dass sie nackt ist. Ich wende meinen Blick ab, morgens kann ich so viel Glück nur schlecht ertragen. Schließlich macht sie vor ihrem Laptop halt, drückt mit dem Zeigefinger darauf rum, bis aus den kleinen Computerboxen scheppernd ein Lied von LCD Soundsystem erklingt.

»Ich muss jetzt arbeiten«, ruft sie fröhlich, fischt ihre Kleider vom Boden und zieht sich an.

»Warum arbeiten?«, frage ich erstaunt. »Ist doch Samstag und gerade erst halb neun oder so.«

»Das ist doch keine Arbeit, das macht mir Spaß.« Christina versucht, in ihre viel zu enge Röhrenjeans zu schlüpfen, aber weil sie so eng ist, springt sie, während sie am Hosenbund zerrt, immer ein wenig hoch. Das sieht sehr charmant aus. Diese Energie macht mich allerdings vollkommen fertig, und ich merke, wie ich wieder müde werde, so wie letzte Woche, als ich mit Dr. Alban in der No-Name-Bar saß. Ich überlege, wann ich zum letzten Mal am Samstag gearbeitet habe. Ich komme nicht drauf.

»Wir können uns heute Abend treffen, wenn du Zeit hast, da ist so eine Party.« Sie zieht ein altes T-Shirt über ihren blonden Kopf. Ich nicke nur, weil ich das alles nicht glauben kann. Natürlich ist heute Abend eine Party. Es ist zum Glück immer irgendwo eine Party in Neukölln, Gelegenheiten genug, Christina besser kennenzulernen. Durch sie nimmt mein Leben eine ganz andere Wendung, merke ich so langsam. Oder eher: nimmt überhaupt eine Wendung.

»Willst du Kaffee oder Tee? Ich kann mich da immer schwer entscheiden«, sagt sie, rennt aber schon aus dem Zimmer in Richtung Küche. Erst jetzt fällt mir ein alter, ziemlich dreckiger Stoffbeutel auf, der an der Türklinke hängt. »Freu dich nicht zu früh« steht darauf.

Ich höre Geschirrgeklapper aus der Küche und überlege, auch aufzustehen, aber Aufstehen ist wie gesagt nicht so mein Ding. Und alles ist gerade so perfekt: Christina, die ich unerwartet wiedergefunden und mit der ich heute Nacht geschlafen habe, obwohl sie viel jünger und hipper ist als ich, springt in ihrer Wohnung rum, die ich ab jetzt immer ungestraft betreten darf, denn wir sind ein »Paar«. Ich kann das Wort zwar nur in Anführungszeichen denken, aber immerhin. Solche Momente sollte man genießen, wer weiß, wie oft man sie noch erleben darf. Mit vierzig ist das Leben ja vorbei, habe ich gehört, und das ist nun auch nicht mehr so wahnsinnig lange hin. Wobei, ich habe mit einundzwanzig auch gedacht, das Leben sei mit dreißig vorbei … Und jetzt?

Christina kommt ins Zimmer zurückgestürmt, zwei dampfende Kaffeetassen in der Hand und eine neue Zigarette zwischen den Lippen. Sie setzt sich neben mich auf den Boden, spuckt die Kippe in den Aschenbecher und fährt gedankenverloren mit ihrer Hand durch meine Haare.

»Seltsam, dass du jetzt hier bist. Ich seh dich immer noch vor mir, wie du in diesem Keller stehst und angewidert vor dich hin starrst.« Sie lacht.

»Angewidert?«

»Ich glaube, du warst der Einzige in dem Laden, der nicht getanzt hat und offensichtlich keinen Spaß hatte.«

»Warum hast du mich dann angesprochen, wenn ich so schlechtgelaunt gewirkt habe?«

»Na ja, eben weil du so traurig aussahst.«

»Traurig oder schlechtgelaunt?«

»Ich hab nicht lange drüber nachgedacht, sondern bin einfach zu dir hingegangen.« Christina nimmt einen großen Schluck Kaffee. Wahrscheinlich denkt sie nie lange darüber nach, bevor sie etwas in Angriff nimmt. Obwohl sie ja gestern meinte, dass sie mich schon länger beobachtet hat.

»Aber warum bist du dann gleich wieder abgehauen?«

»Irgendwie wusste ich, dass wir uns wiedersehen würden. Weißt du, ich bin etwas esoterisch. Meine Eltern waren Späthippies, haben immer meditiert und so was. Einmal sind wir sogar mit diesem Luxuszug, dem Darjeeling Limited, durch Indien gefahren. Die dachten wirklich, so würde man Erleuchtung finden.«

Ich muss lachen. Und weiß wieder nicht, ob sie das jetzt ernst meint oder nicht.

»Du willst jetzt nicht wirklich arbeiten gehen, oder?«, versuche ich es noch einmal.

»Du bist lustig, Marky Mark.« Christina taucht ihr Gesicht wieder tief in den Kaffeedampf hinein und nimmt einen großen Schluck.

Vielleicht ist sie all das, was ich nicht bin, was ich nicht mehr bin. Ich habe sie in dem Moment getroffen, als ihr Leben gerade so richtig anfängt, und ich bin schon mittendrin in meinem. Jedenfalls altersmäßig. Vielleicht hätte ich aber auch Psychoanalytiker werden sollen, dann könnte ich ungestraft solche Klischees von mir geben.

Christina steht auf und beginnt wahllos Dinge in einen ihrer unzähligen, im ganzen Zimmer verteilten Stoffbeutel zu stecken, die sie wahrscheinlich zur Arbeit mitnehmen will. In diesem Moment beginnt gerade ein neues Lied von LCD Soundsystem, ich kenne es natürlich, es ist der größte Hit und heißt – ziemlich plakativ, aber was soll ich machen, so ist es nun mal –: »Someone Great«.

Ich nehme auch einen Schluck Kaffee und beobachte Christina dabei, wie sie gutgelaunt durch ihr Zimmer fegt, sich dabei mit einer Hand die Wimpern tuscht und mit der anderen ihr Handy bearbeitet. Ich werde immer müder, schließlich ist es für meine Verhältnisse noch ziemlich früh am Tag, und ich muss wieder ausgiebig gähnen. Meine Augen fallen zu, ich höre gerade noch, wie das nächste Lied anfängt, ich glaube, es heißt »I Can Change« oder doch »I Can't Change«, ich weiß nicht genau.

Dann schlafe ich ein.

6

ZURÜCK
in die ZUKUNFT

Alles ist vollkommen still, als ich aufwache, nur aus der Wohnung einen Stock höher höre ich gedämpftes Kinderlachen. Ich stehe auf, sammle meine Kleider zusammen und ziehe mich an. Langsam schlurfe ich durch den kreativ zugemüllten Flur, in dem ein altes Rennrad an der Wand lehnt, zur Küche. Christina scheint schon gegangen zu sein. Mein Blick fällt auf einen alten Wecker, der neben der Spüle steht, in der sich unzählige schmutzige Teller und Gläser stapeln. Wenn er richtig geht, müsste Christina schon vor drei Stunden die Wohnung verlassen haben. Tatsächlich fühle ich mich ausnahmsweise schön ausgeschlafen und fit.

Ich gehe zurück in den Flur. Die Tür zu Dr. Albans Zimmer steht halboffen, ich klopfe sachte an und hüstle übertrieben. Keine Reaktion. Ich kann mich natürlich nicht beherrschen, öffne die Tür ganz und trete ein. Im Gegensatz zu Christinas stylischem Chaos und dem zugemüllten Flur ist hier alles schön aufgeräumt. Es gibt kaum Möbel, nur einen Schreibtisch, davor einen Designerstuhl aus Draht und eine schmale Matratze auf dem Boden. An der Wand steht genau wie bei Christina ein Plattenspieler, daneben lehnen einige Schallplatten. Falls Dr. Alban genauso jung ist wie Christina, dann fällt seine Geburt ungefähr mit dem Tod der Schallplatte zusammen. Aber Totgesagte leben eben länger – und ich wünschte, ich hätte meine Jugend nicht verschwendet und fünfhundert inzwischen völlig nutzlose und hässliche Plastikscheiben, auch Compact Discs genannt, gekauft. Wie viel Geld ich der Musikindustrie in den Rachen geworfen habe für wertlose, billige Datenträger. Christina und Dr. Alban können in diesem Fall froh sein über die Gnade der späten Geburt.

Als ich zurück in Christinas Zimmer bin, scheint die Sonne immer noch auf die makellos abgezogenen Dielen, und mir fällt wieder dieses seltsame Licht in Neukölln auf. Kurz überlege ich, mit meinem Handy ein Foto zu machen, finde das dann aber doch etwas zu pathetisch. Ich nehme stattdessen meinen Stoffbeutel mit der Adresse von der gestrigen Galerieeröffnung von ihrem Bett, und als ich ihn gerade über meine Schulter werfen will, sehe ich, dass auf der anderen Seite etwas Neues steht: »See you tonight at Sonnenallee 73. Sleep tight, lovely Marky.«

Als ich eine halbe Stunde später meine Wohnung in Tiergarten betrete, kommt sie mir plötzlich komplett spießig vor. Alles wirkt halbwegs sauber und aufgeräumt. Ich besitze nicht einmal ein Rennrad, das ich in den Flur stellen könnte, mein altes Damenrad verrottet seit drei Jahren mit zwei platten Reifen im Keller. Im Wohnzimmer stehen sogar Zimmerpflanzen, die nicht verdorrt sind. Na ja, eine. In meiner Spüle stapelt sich kein einziger Teller, denn ich besitze natürlich eine Spülmaschine, und ich habe, damals vor drei Jahren, als ich mein Bett gekauft habe, etwa hundertzehn Matratzen probegelegen, bis ich mich schließlich für ein Modell mit doppeltem Federkern und Allergieschutz entschied. Von Christinas Matratze tut mir natürlich der Rücken weh. Ich bin nicht nur spießig, ich bin auch noch alt.

Ich will mich gerade auf mein Sofa niederlassen und über gestern und heute Morgen nachdenken, schließlich liegt meine letzte »echte« Beziehung schon ein wenig zurück, da klingelt das Telefon. Es ist mein Chef, der Chef der Kleinanzeigenabteilung. Wir sind auch so etwas wie Freunde, jedenfalls würde er das sagen.

»Hallo«, kommt es schwach aus dem Hörer. »Störe ich gerade?«

»Du störst immer«, sage ich.

»Was, wirklich? Das tut mir leid.«

»Nein, das war ironisch.« Ich lasse mich auf den Sessel im Wohnzimmer fallen. Vielleicht sollte ich versuchen, auch postironisch zu sein. Dazu müsste ich aber erst mal wissen, was das genau ist.

»Zum Glück. Du, ich wollte fragen, was du heute Abend vorhast.«

Die Autorität zwischen mir und meinem Chef ist ziemlich ungleich verteilt: Sie liegt komplett bei mir. Mein Chef ist nämlich sehr unsicher. Ständig hat er das Gefühl, jemand anders sei besser als er und er müsse sich dafür entschuldigen. Das Tragische daran ist, dass er damit vollkommen recht hat.

»Du bist wie Gary Barlow«, sage ich. »Du stehst immer im Schatten der Coolen.«

Mein Chef lacht. Er ist der einzige Mensch auf der Welt, der regelmäßig über meine Witze lacht. Auch wenn sie auf seine Kosten gehen. Das Tragische daran ist, dass er sie wirklich lustig findet.

»Aber zurück zu meiner Frage.« Er schnauft schwer ins Telefon. Wie alt ist Gary eigentlich? Ich war mal auf einer Geburtstags»feier« von ihm eingeladen, aber ich kann mich nicht mehr erinnern, wie alt er damals geworden ist. Ich kann mich eigentlich an gar nichts mehr erinnern von der »Feier«, nur noch, dass ich in dieser Cocktailbar, wo er mit mir und zwei Kollegen vom Stadtmagazin »gefeiert« hat, vor Langeweile fast gestorben wäre. Ich befürchte, er ist sogar jünger als ich.

»Was hast du denn heute Abend vor?«

Ich kann ihn unmöglich Christina vorstellen. Nicht gleich am zweiten Abend meinen uncoolsten Freund. Dass ich tatsächlich noch in Kategorien wie uncool und cool denke, ich bin doch keine fünfzehn mehr. Aber was soll ich machen, das geht ja wirklich nicht.

»Wir könnten was zusammen unternehmen. Ist doch Samstag, Partytag!«

Wahrscheinlich bietet er mir gleich an, alle Drinks zu bezahlen und mich mit dem Taxi abzuholen.

»Wie in den alten Zeiten!«

Was für alte Zeiten? Wir hatten keine alten Zeiten. Wie alt muss man sein, um von alten Zeiten zu sprechen? Aber ich kann es einfach nicht. So ein böser Mensch bin ich nicht.

»Treffen wir uns um neun am Hermannplatz, da ist so eine Party«, sage ich, lege meine Stirn auf die kühle Wohnzimmertischplatte und unterdrücke ein lautes Stöhnen. Ich habe verloren.

»Was für eine Party?«

»Erklär ich dir heut Abend.«

Ich lege auf. Das Telefon klingelt sofort wieder.

»Was machst du heute«, fragt Kurt ohne Gruß, als ich erneut abhebe und gleichzeitig meinen Kopf wieder in eine aufrechte Position bringe.

»Das meinst du nicht ernst, oder?«

»Gestern wolltest du mich doch zu dieser Galerieeröffnung mitnehmen. Und heute habe ich Zeit.«

»Aber heute ist keine Galerieeröffnung«, sage ich, immer noch erstaunt, dass Kurt abends was mit mir unternehmen will.

»Ach, komm. Es ist doch immer irgendwas. Wo sollen wir uns treffen?«

Warum gerade heute? Warum gerade, wenn ich von Christina zu einer wahnsinnig hippen Party eingeladen werde? Warum gerade meine beiden uncoolsten Freunde? Habe ich überhaupt Freunde, die als »cool« durchgehen würden? Vielleicht liegt es ja an mir? Ich sollte wirklich aufhören, mir ernsthaft über so etwas Gedanken zu machen.

»Um neun am Hermannplatz«, sage ich matt zu Kurt.

»Okay, ich bin da.« Er legt auf.

Ich habe schon wieder verloren.

Ein paar Stunden später steige ich am U-Bahnhof Hermannplatz aus der Bahn. Hier ist mal wieder die Hölle los, überall partywilliges Volk mit Bierflaschen in der Hand, das sich für den Samstagabend zusammenrottet. Ich sehe Gary schon von weitem mitten im Getümmel auf dem U-Bahn-Gleis, er fällt hier einfach auf, weil er keine Röhrenjeans trägt, sondern eine Bundfaltenhose und dazu ein kariertes, perfekt gebügeltes Hemd. Statt eines Stoffbeutels hängt eine alte Lederschultasche über seiner Schulter. Wie immer, wenn ich meinen unsicheren, uncoolen Chef genauer betrachte, bin ich schockiert, wie wahnsinnig gut er aussieht. Ganz objektiv jetzt. Kantiges Gesicht, dunkle, akkurat gescheitelte Haare, grünblaue Augen, groß und schlank. Er erinnert eher an Gary Cooper als an Gary Barlow und wirkt wie aus einer Zeit, als Männer noch maßgeschneiderte Anzüge und Hüte trugen und die Welt in Technicolor getaucht war. Natürlich hat er keine Ahnung davon, und ich werde den Teufel tun, ihm das zu sagen.

Plötzlich steht Kurt vor mir. Er hält sein Handy ans Ohr, ohne reinzusprechen, und sieht nervös aus.

»Ich muss wieder nach Hause«, sagt er schließlich und lässt seine Hand sinken.

»Du bist doch gerade erst gekommen.«

»Ihr geht's nicht gut. Vielleicht Wehen. Ist zwar zu früh, aber man weiß nie.«

»Trotzdem …«, ich versuche, einen Einwand zu formulieren, aber er unterbricht mich sofort.

»Das ist der Ernst des Lebens. Tut mir leid.« Kurt dreht sich um und steigt in die U-Bahn.

Ich starre ihm ungläubig hinterher. Die Bahn fährt los und verschwindet im Dunkel des Tunnels.

Gary gesellt sich zu mir. »Was ist los?«

»Der Ernst des Lebens.«

»Ach so«, sagt Gary, als sei das alles vollkommen normal. Und vielleicht ist es das auch. Was weiß ich schon über den Ernst des Lebens?

Ich beschließe, nicht weiter darüber nachzudenken, und erzähle Gary die nötigsten Details über Christina und Dr. Alban. Anders als Kurt, der mich jetzt bestimmt mit missbilligenden Kommentaren nerven würde, von wegen zu jung und zu gut für mich, nickt Gary nur verständnisvoll und sagt, dass er sich für mich freue. Manchmal sind unterwürfige Freunde wirklich angenehm.

Wir laufen eine Weile die Sonnenallee entlang, und als wir endlich vor dem Haus Nr. 73 stehen, deutet nichts auf eine Party hin, keine Musik, keine Partycrowd, alles ganz normal. Ich studiere das Klingelschild nach Hinweisen, die auf einen geheimen Club hinweisen könnten, finde jedoch nichts. Gary trippelt die ganze Zeit unsicher und nervös zugleich neben mir rum.

Und jetzt? Ich kann Christina nicht einmal anrufen, weil ich immer noch nicht ihre Handynummer habe, aber da geht plötzlich die Haustür auf, und der hessische Barkeeper mit der Federboa aus dem Kellerclub steht vor uns. Den hätte ich hier nicht erwartet. Er klimpert mit seinen Augen, die – wie ich jetzt sehe – mit dunklem Kajal umrandet sind, und sieht exakt aus wie Frank N. Furter aus der Rocky Horror Picture Show. Nur die Strapse fehlen natürlich.

»Zurück in die Zukunft?«, fragt er dieses Mal auf Deutsch.

Ich sehe erst Frank N. Furter und dann Gary an, der völlig verwirrt neben mir steht, dann wieder Frank.

»Äh, nee. Wir kommen von jetzt, also aus der Gegenwart ...«, stammle ich.

Frank N. ignoriert mich einfach, dreht sich um und geht die Treppen hinauf. Schnell folgen wir ihm in eine Wohnung im ersten Stock, in der tatsächlich die Party ist. Jedenfalls stehen ein paar Leute im Flur rum, und es läuft Musik. Anscheinend befindet sich der Abend noch im Anfangsstadium, und wir konnten deswegen auf der Straße nichts hören.

Frank N. verschwindet ohne ein weiteres Wort wieder im Treppenhaus, und wir gehen schüchtern Richtung Küche. Niemand beachtet uns, also scheinen wir nicht allzu sehr aufzufallen. Selbst Gary nicht. Oder diese Ignoranz ist unsere Strafe dafür, in einer fremden Wohnung aufzutauchen, alt, durchschnittlich und ohne irgendjemanden zu kennen. Aber auch dieser Gedanke passt eher zu einem fünfzehnjährigen Pubertätsgeschädigten als zu einem einunddreißigjährigen Journalisten (na ja).

In der Küche ist ebenfalls kaum etwas los, nur am Küchentisch sitzen zwei Hipster und unterhalten sich aufgeregt – ich schnappe die Worte Tiergarten und Beule auf, als mir Gary eine Bierflasche entgegenhält. Er entnimmt seiner peinlichen Tasche noch eine weitere, und wir stoßen an. Irgendwie bin ich doch ganz froh, ihn mitgenommen zu haben.

Christina scheint noch nicht da zu sein. Wir schlendern ins Wohnzimmer, und plötzlich verstehe ich alles.

»Wir sind auf einer Mottoparty.«

Gary schaut mich verdutzt an.

»Der Film«, sage ich. »*Zurück in die Zukunft*«.

Gary kapiert natürlich nichts.

»Na, das da ist Doc Brown.« Ich deute auf einen Typen in einem orangen Overall mit wirren, grau-gefärbten Haaren. Er nickt uns zu. »Daneben sitzt sein Freund Marty McFly.« Marty, vor dem ein neonfarbenes Skateboard steht, tippt sich an die Old-School-Basecap.

»Hallo, McFly, jemand zu Hause?«, ruft ein großer Blonder, der gerade durch die Tür kommt. »Du feige Sau!«

»Und das ist Biff«, flüstere ich Gary zu.

»Niemand nennt mich eine feige Sau«, ruft der Marty-Darsteller, und alle lachen.

Auch Gary scheint langsam zu verstehen. »Ach so«, stammelt er und nimmt hastig einen Schluck aus seiner Bierflasche.

»Das ist meine Kindheit«, sage ich zu Gary. »Aber alle anderen hier waren bestimmt noch nicht mal geboren, als die Filme rauskamen.« Genauso wie bei der schlechten Neunziger-Jahre-Musik im Kellerclub. Das scheint ein Grundmuster der neuen Hipster zu sein: Sie finden meine Kindheit und Jugend cool.

»Ich habe in meiner Kindheit ausschließlich Film-noir-Klassiker aus den vierziger Jahren angeschaut«, sagt Gary, und ich starre ihn nur an. Das Tragische an Gary ist einfach, dass alles tragisch war in seinem Leben bis jetzt.

Wir stehen eine Weile blöd im Raum rum, die anderen Partygäste scheinen sich alle zu kennen und unterhalten sich, ohne uns weiter zu beachten. Aus den Boxen dröhnt ein schlechter Rockklassiker von Huey Lewis & the News. Vielleicht ist es auch gut, dass Kurt nicht da ist, der würde das alles bestimmt total albern finden.

Wieder denke ich, dass ich anfangen sollte zu rauchen. Ich erinnere mich an Christina, wie sie sich heute Morgen mit dieser unglaublich selbstverständlichen Geste eine Zigarette in den Mund gesteckt hat. Als hätte sie unzählige französische Nouvelle-Vague-Filme aus den Sechzigern studiert, nur um sich die perfekte Art abzuschauen, sich eine Kippe zwischen die Lippen zu klemmen.

In diesem Moment knallt die Wohnzimmertür auf, und Christina und Dr. Alban stolpern ins Zimmer. Christina scheint ein wenig derangiert, ihre Hautfarbe hat sich ihrer blassblonden Haarfarbe angeglichen. Sie lässt sich auf einen Sessel fallen, erst dann sieht sie mich. Sie winkt mir schwach zu und wedelt sich theatralisch mit der Hand Luft ins Gesicht, als sei sie eine nervenschwache Hollywood-Diva aus einem der Filme, die Gary so gut findet. Sie beherrscht einfach alle Rollen. Ich will gerade zu ihr gehen, als mich Dr. Alban an der Schulter fasst.

»Ihr geht's nicht so gut.«

»Das sehe ich«, sage ich. »Was ist los?«

»Nichts Schlimmes.«

»Bist du Arzt oder was?«

»Ich studiere Medizin.«

Ich lache laut auf. Soll das jetzt so ein Witz sein, wie ich ihn hätte machen können? Dr. Alban ist wirklich ein Doktor? Außerdem hätte ich nicht gerade erwartet, dass er Medizin studiert, sondern eher was mit Medien macht. So wie Christina. So wie ich. So wie alle eben.

In diesem Moment beugt sich Christina zur Seite und kotzt auf die abgezogenen Dielen. Ihre Augen sind immer noch geschlossen. Marty McFly, wahrscheinlich der Partygeber, seufzt laut auf.

»Unternimm doch was, wenn du schon Medizin studierst!«, sage ich zu Dr. Alban.

»Zahnmedizin.« Dr. Alban lächelt mich hinter seinen Brillengläsern seltsam an. Bevor ich weiter darüber nachdenken kann, werde ich wieder von Würggeräuschen aus Christinas Richtung abgelenkt. Ihr Gesicht ist jetzt so weiß wie die unverputzten Wände der Altbauwohnung, in der wir gerade stehen. Ich springe zu ihr und streiche ihr über die schweißnasse Stirn.

»Sie hat wieder einen Latte macchiato getrunken«, sagt Dr. Alban und verdreht die Augen.

»Ich konnte mich heute bei der Arbeit einfach nicht beherrschen.« Christina scheint es langsam etwas besser zu gehen. »Wir haben da jetzt diese tolle neue Kaffeemaschine.«

Ich setze mich neben sie auf die Sessellehne, biete ihr von meinem Bier an, und sie nimmt einen kräftigen Schluck. Rock'n'Roll. Erst kotzen, dann saufen. Könnte ich nicht mehr.

»Kennst du eigentlich diesen gutaussehenden Typen da hinten?« Dr. Alban deutet auf Gary, der an seinem Bier nippend an der Wand lehnt und sich nicht recht entschließen kann, zu uns zu kommen. Das ist heute alles ein wenig viel für ihn. Ich winke ihm zu, und er grinst uns debil an.

»Ich mag seinen Stil«, sagt Dr. Alban. Christina muss kichern, aber der Doktor wirkt komplett ernst. »Interessante Kombination, das Hemd und die Ledertasche.«

»Ich glaube nichts von dem, was du sagst. Du studierst doch nie im Leben Zahnmedizin. Und du findest auch nicht, dass mein Chef einen guten Klamottenstil hat.«

»Das ist dein Chef?«, fragt Christina überrascht.

»Lieber Mark, du verstehst absolut nichts von dem, was hier abgeht.«

Er hat recht. Ihn verstehe ich zum Beispiel nicht.

»Hallo«, haucht Gary, der plötzlich neben uns steht. Ich stelle ihm Christina und Dr. Alban vor. Sie begrüßen ihn freundlich und scheinen ihn gar nicht uncool oder peinlich zu finden.

»Alle drei Teile der sogenannten *Zurück in die Zukunft*-Trilogie sind übrigens schlecht«, fängt Dr. Alban wieder an zu dozieren, »weil sie sogar im filmimmanenten Zusammenhang vollkommen unlogisch sind und …«

»Logik ist hier doch keine relevante Kategorie«, fällt ihm

Christina ins Wort, anscheinend sind sie ein eingespieltes Team. »Wir reden hier von einem Film, in dem ein cooles Auto eine Zeitmaschine ist und mit einem sogenannten Flux-Kompensator betrieben wird!«

»Aber warum sollte Biff den DeLorean, nachdem er ihn geklaut hat, wieder zurückbringen? Das ist doch völlig bescheuert!« Dr. Alban scheint diese Diskussion im Gegensatz zu Christina tatsächlich ernst zu meinen.

»Lieber Doc Brown als Dr. Alban«, rufe ich.

Wir müssen alle ein bisschen lachen über meinen Witz. Na ja, eigentlich nur ich. Und Gary. Obwohl er den Witz nicht verstanden hat. Er kennt ja die Filme nicht.

»Warum seid ihr eigentlich nicht verkleidet gekommen, ihr wusstet doch, dass es eine Mottoparty ist?«, frage ich Christina und Dr. Alban.

»Hallo? Spinnst du?«, ruft Dr. Alban. »Ich bin als Vater von Marty verkleidet. Das sieht man doch! Und Christina ist natürlich Jennifer, seine Freundin.«

Ich mustere die beiden von oben bis unten. Sie sehen aus wie immer.

»Wie heißt du noch mal?«, fragt Gary Dr. Alban. »Haddaway?«

»Baby, don't hurt me, don't hurt me no more«, sagt Dr. Alban tonlos.

»Nee, das war der andere«, sagt Christina. »Aber die beiden habe ich früher schon immer verwechselt.«

»Warst du damals überhaupt schon auf der Welt?«, frage ich. Die anderen lachen gekünstelt und verdrehen die Augen. Dabei sollte das gar kein Witz sein.

Dann gesellt sich auch noch Doc Brown zu uns, Christina und Dr. Alban scheinen ihn gut zu kennen. Brown packt ein kleines Tütchen mit ein paar verschrumpelten Pilzen darin aus, steckt sich einen in den Mund und bietet uns auch welche an. Ich lehne dankend ab, meine Magic-Mushroom-Phase liegt schon ein paar Jahre zurück. Aber was heißt Phase, ich habe nur einmal einen halben Pilz gegessen, dann vier Stunden lang meine Raufasertapete angestarrt und die Weltformel darin gesucht – und gefunden. Leider konnte ich mich am nächsten Tag nicht mehr daran erinnern.

Dr. Alban und Christina greifen natürlich beherzt zu und nehmen sich jeder einen Pilz. Dann hält Doc Brown die Tüte vor Garys Nase, und bevor ich etwas sagen kann, hat er sich auch einen eingeworfen.

»Gary!«, rufe ich, aber er lächelt mich nur unschuldig an. Das kann ja was werden.

»Bist du jetzt eigentlich endlich mit deinem Psychologiestudium fertig?«, fragt Christina Doc Brown. Langsam bekomme ich das Gefühl, in Wirklichkeit auf einer Ärzteparty gelandet zu sein.

»Doc Brown ist doch Erfinder«, sage ich und schiele auf seinen Stoffbeutel, auf dem steht: »Hör auf, schlechte Witze zu erzählen.«

»Sie sollten nicht so sehr in der Vergangenheit leben«, sagt Doc Brown mit ernster Analytikermiene zu mir. »Vielleicht sind das Überkompensationen, die aus verdrängten Zurückweisungen und Misserfolgen herrühren.«

Ich muss unwillkürlich an meine Vergangenheit denken, an diese Sache vor fast zehn Jahren. Keine Ahnung, was Christina dazu sagen würde, aber ich schäme mich fast dafür, vielleicht weil einfach nichts daraus geworden ist und das so bezeichnend für mich ist. Sie würde es wahrscheinlich anders machen beziehungsweise: Sie macht es gerade in diesem Moment ihres Lebens anders. Wenn ich nur an die Videos von damals denke, wie scheiße ich aussah (früher sahen ja immer alle scheiße aus). Aber diesen Teil meiner Vergangenheit kann Doc Brown nicht meinen, den verdränge ich eigentlich ganz gut. Vielleicht ist das Verdrängen gerade das Problem? Diesen Gedanken verdränge ich auch lieber schnell.

»Diese ganzen Verweise auf die Popkultur der achtziger und neunziger Jahre stellen nur eine Flucht vor der Gegenwart dar«, redet Doc Brown weiter und fährt sich mit seiner Hand therapeutenmäßig durch den Fünf-Tage-Bart. »Sie müssen zurück in die Zukunft.«

Er lacht laut auf, und Christina und Dr. Alban beginnen ebenfalls hysterisch zu kichern, wobei ihre Augen seltsam glänzen. Ich will Christina schon ermahnen, was sie sich denn dabei gedacht hat, nachdem sie gerade auf die Dielen gekotzt hat, auch noch einen Pilz einzuwerfen. Aber ich bin ja nicht ihr Papa. Ich muss aufpassen, nicht ständig in die Rolle des vernünftigen Vaters zu geraten, so alt bin ich nun auch wieder nicht.

Ich sehe mich nach Gary um. Aber er ist verschwunden.

7

Keine Angst VORM Hermannplatz

Ich sitze zu Hause vor dem Fernseher und schaue mir eine sogenannte »politische« Talkshow an, von der ich mir eigentlich geschworen habe, sie nie wieder anzusehen, weil ich mich sonst nur unnötig aufrege. Der eine Politiker oder Showmaster oder Wissenschaftler – das kann man nicht so genau unterscheiden – sagt die ganze Zeit, dass es unter den jungen Leuten heutzutage keine echten Paarbeziehungen mehr gibt. Man wolle sich heutzutage – er sagt die ganze Zeit »heutzutage« – nicht mehr binden, sondern sei immer offen für alles und habe bei Facebook als Beziehungsstatus »Es ist kompliziert« angeklickt.

Ich kann das nicht bestätigen, ich will mich binden und meine Freunde auch, Kurt kriegt ja sogar ein Kind – allerdings sind wir auch nicht mehr jung. Christina hingegen will, wenn ich dem Show-Wissenschaftler Glauben schenke, auf gar keinen Fall »richtig« mit mir zusammen sein. Das weiß der Show-Wissenschaftler genau, selbst ohne uns zu kennen und ohne wahrscheinlich überhaupt irgendjemanden aus der »Jugend heutzutage« zu kennen. Aber ich rege mich schon wieder auf.

Andererseits weiß ich auch nicht, wie ich diese »Beziehung« zwischen Christina und mir nennen soll. Christina scheint dagegen über solche theoretischen Probleme weniger nachzudenken. Sie macht es einfach. Also mit mir zusammen sein. Wir haben uns jedenfalls seit der *Zurück in die Zukunft*-Party fast jeden Abend gesehen und waren auf noch mehr Partys und Galerieeröffnungen oder einfach nur in einer Bar und haben Unmengen Club-Mate-Wodka und No-Name-Bier in uns hineingeschüttet. Christina sogar mehr als ich, würde ich mal behaupten, obwohl sie jeden Morgen um halb acht aufstehen und gutgelaunt gen Universal fahren muss. Deswegen hat sie tagsüber nie Zeit, auch nicht am Wochenende, denn sie arbeitet eigentlich immer. Mir ist noch nicht ganz klar, was sie genau macht, mit Bands abhängen, glaube ich, und sonst eben networken, communicaten und researchen, die ganzen Anglizismen-Arbeitstechniken, die heute den altehrwürdigen Begriff »Zeit-tot-Schlagen« ersetzen. Aber ansonsten sehen wir uns jede freie Minute. Also, jede freie Minute von ihr natürlich. Wenn wir uns jede freie Minute von mir sehen würden, dann verbrächten wir ja doch den ganzen Tag zusammen, denn sogar auf Arbeit gibt es bei mir viele freie Minuten.

Eigentlich habe ich sogar das Gefühl, dass Christina eine »echte« Beziehung zwischen uns okay findet – ganz undramatisch ausgedrückt. Das große Drama scheint mir ohnehin nicht so ihr Ding zu sein. Dass wir ein Paar sind, hat sie ja schon nach der ersten Nacht gesagt und vielleicht gar nicht nur ironisch gemeint, wer weiß. Aber ich habe keine Ahnung, ob ich es einfach aussprechen könnte: »Hey, wir sind doch inzwischen so richtig zusammen, deswegen nenne ich dich jetzt immer ›Schatz‹ und ›Hasebär‹, ja?« Wie macht man so was *heutzutage,* ohne dass es vollkommen peinlich wirkt? Einfach den Facebook-Status auf »In einer Beziehung« ändern? Vielleicht würde sie mich dann auch auslachen und sagen: »Bist du verrückt, wir sind doch kein Paar, heutzutage bindet man sich nicht mehr, heutzutage ist man nicht nur im Arbeitsleben flexibel, belastbar, innovativ, kreativ und teamfähig, sondern auch in der Liebe. Hast du nicht die Talkshow mit dem klugen Show-Wissenschaftler gesehen?«

Ich schalte den Fernseher aus und schaue auf die Uhr. Es ist zwar schon halb zehn abends, aber ich mache mich trotzdem noch auf den Weg nach Neukölln. Christina meinte heute Morgen, sie müsse ausnahmsweise mal etwas länger im Büro bleiben, da sei gerade diese Brooklyner Neo-Postrock-Band in Berlin, die sie betreuen müsse.

»Ausnahmsweise! Du bleibst immer etwas länger«, rief ich, als sie zur Arbeit musste und ich noch im Bett lag. »Letzte Woche hat dich der vegane isländische Sänger auf Trab gehalten mit seinen extravaganten Wünschen.«

Christina lächelte mich nur an, und ich wurde das Gefühl nicht los, dass dieses Lächeln leicht herablassend war, als wollte sie sagen: Ich bin eben nicht nur Kleinanzeigenbetreuer. Meinen sogenannten Beruf habe ich natürlich nicht mehr vor ihr geheim halten können.

Ich steige wie immer am Hermannplatz aus und schlendere in Richtung von Christinas und Dr. Albans Wohnung. In Neukölln ist heute nicht viel los, bis jetzt kam mir noch kein einziger Hipster entgegen. Allerdings sind mir schon zwei Grüppchen Jugendliche in schwarzen Kapuzenpullis und riesigen Trainingshosen aufgefallen, die schlechten Hip-Hop aus scheppernden Handys hören. Einmal meinte ich sogar, den ADS-Jugendlichen aus der U-Bahn zu erkennen. Aber ich habe mich bestimmt geirrt, schließlich sehen diese ganzen Jugendlichen doch alle gleich aus, da stehen sie den identischen Hipstern in nichts nach.

Als ich an der Rütli-Schule vorbeilaufe, höre ich plötzlich laute Stimmen. Irgendjemand ruft: »Auf ihn.« Ich bleibe stehen und schaue mich um. Zum Glück scheine ich nicht gemeint zu sein. Da sehe ich in einer dunklen Seitenstraße mehrere Typen in Kapuzenpullis auf eine einzelne Gestalt zurennen. Sie trägt einen Stoffbeutel. Erschrocken bleibt der Beutelträger stehen, die Kapuzenpullis stürzen sich auf ihn und zerren ihn in einen Hauseingang. Dann ist es wieder still.

Der Kampf Kapuze versus Stoffbeutel hat keine zwei Minuten gedauert, und außer mir scheint ihn auch niemand beobachtet zu haben. Langsam gehe ich zu der Stelle, wo sie den Hipster überfallen haben, die Kapuzengang ist nirgendwo mehr zu sehen. Der Stoffbeutel liegt noch auf der Straße, daneben eine zerschmetterte Club-Mate-Flasche. Ich hebe den leeren Beutel auf und lese, was darauf steht: »Dich kriegen wir auch noch.«

Schnell laufe ich weiter. Meinen Stoffbeutel nehme ich lieber von der Schulter. Man weiß ja nie.

Als ich gerade in die Straße einbiegen will, in der Christina wohnt, steht plötzlich der ADS-Jugendliche aus der U-Bahn vor mir. Jedenfalls bin ich mir dieses Mal fast sicher, dass er es ist. Wieder trägt er seine neongelbe Kappe verkehrt herum auf dem eierförmigen Kopf und dazu die überdimensionalen Kopfhörer. Er trippelt nervös von einem Fuß auf den anderen, wobei die langen Arme an seinem dürren Körper herumschlackern. Mir wird schon vom Zuschauen ganz schwindlig.

»Hallo«, sage ich.

»EykrassAlterAlterAlter«, sprudelt es aus seinem Mund.

Rappt er jetzt wieder, oder ist das ein Versuch zwischenmenschlicher Kommunikation? Tatsächlich nimmt er seine Kopfhörer ab und beginnt unglaublich schnell zu sprechen:

»EyMannEyMannEyMannEyMannEyMannEyMannEy MannEyMannduOpferduOpferduOpferduOpferOpferdu OpferduOpferduOpferduOpferduOpferduOpferduOpfer duOpferduOpferduOpferduOpferduOpferduOpferduAlter AlterAlterAlterEyAlterAlterAlterAlterAlterEyAlterAlter AlterEyAlterAlterEyAlterEyAlterEyAlterEyAlterEyAlterEy AlterEyAlteEyAlterBitch.«

Für eine Sekunde steht er ruhig da, bis es noch einmal aus ihm herausbricht: »EyAlterAlterAlterMann.« Dann ist es still, nur sein schwerer Atem hallt noch durch die dunklen Neuköllner Straßen.

»Mein Lieber«, sage ich und tätschle sanft seinen Kopf, »ich weiß, dass ich ein *Mann* bin, das brauchst du nicht extra zu betonen. Und ich weiß auch, dass ich *älter* bin als du, okay? Und jetzt, mein Kleiner, solltest du dich ausruhen.«

Der ADS-Jugendliche setzt sich erschöpft auf den Gehweg. Ich beuge mich zu ihm hinunter, schüttle zum Abschied seine schlaffe Hand, drehe mich um und gehe weiter. Als ich bei Christina klingle, höre ich noch ein leises »EyAlterduOpfer« hinter mir, dann öffnet sich die Tür, und ich trete ins Treppenhaus.

Christinas und Dr. Albans Wohnungstür im vierten Stock steht einen Spalt offen. Ich betrete den dunklen Flur, stolpere über das Rennrad und kämpfe mich durch die unzähligen Schuhe, die in großen Haufen auf dem Boden liegen. Aus Christinas Zimmer dröhnt laute Musik. Seltsam schiefe Beats, darüber eine extrem hohe Stimme, die in einer mir unbekannten Sprache singt.

Christina sitzt im Schneidersitz auf ihrem Bett, also der Matratze auf dem Boden, und raucht wie Brigitte Bardot in *Die Verachtung*. Neben ihr auf der Decke liegt ein aufgeschlagenes, sehr dickes Buch.

»Hast du das schon gelesen?« Sie hält das Buch hoch, es ist das »Das verlorene Symbol« von Dan Brown.

Ich schüttle den Kopf. »Aber wieder ein total bescheuerter Titel.«

»Ich weiß nicht, was ich davon halten soll. Einerseits finde ich es gut, andererseits auch wieder ziemlich langweilig.«

Ihre pastellblauen Augen durchbohren mich. Immer dieser Blick. Freut sie sich, dass ich komme, oder langweile ich sie? Wahrscheinlich findet sie mich einerseits gut, andererseits aber auch ziemlich langweilig. Aber sind auch diese Gedanken nicht schon wieder ein wenig, äh, unangemessen für einen erwachsenen Mann in meinem Alter?

Ich fühle mich sowieso eher noch als Junge oder »junger Mann«, das hat die ältere Frau aus dem Hinterhaus schon richtig erkannt. Wie früher, als ich fünf Jahre alt war und mit meiner Mutter beim Metzger vor der Glasvitrine mit dem ganzen Fleisch stand und der Metzger sich zu mir herunterbeugte, auf seiner riesigen Gabel eine runde Scheibe Wurst aufgespießt, und fragte: »Möchte der *junge Mann* noch eine Gesichtswurst?« Ängstlich versteckte ich mich hinter dem Rücken meiner Mutter, weil ich dachte, in dieser Wurst wären grinsende Gesichter von Kindern verarbeitet, die der böse Metzger nachts mit seiner gigantischen Wurstschneidemaschine abgeschnitten hatte. Im Grunde bin ich immer noch dieser *junge Mann* von damals, ängstlich und unentschlossen vor der Scheibe Gesichtswurst. Denn irgendwie wollte ich sie natürlich doch haben, die Gesichtswurst. Was für ein Symbol. Ein verlorenes Symbol, Alter.

Vielleicht muss ich erst fünfzig werden, eine Glatze bekommen und nur noch schlechtsitzende Anzüge tragen, bis ich mich endlich richtig erwachsen fühle. Werde ich dann eigentlich mit »der Mann« angesprochen: »Na, *der Mann*, gestern war die Musik aber wieder ziemlich laut!« Oder: »Möchte *der Mann* noch eine Scheibe Gesichtswurst?«

Vor zwei Tagen, als wir ziemlich betrunken in der No-Name-Bar saßen, habe ich Christina sogar gefragt, ob ihr es nichts ausmache, dass ich zehn Jahre älter bin. »Ich steh halt auf reifere Typen«, hatte sie geantwortet und gelacht. »Und solange du noch keine Glatze hast …« So witzig fand ich das gar nicht. Immerhin benutze ich dieses zwielichtige Koffeinshampoo gegen Haarausfall.

Ich lasse mich neben Christina auf die Matratze fallen, und wir küssen uns beiläufig zur Begrüßung.

»Ist das der vegane isländische Sänger?« Ich deute auf den Laptop, aus dem die seltsame Musik dröhnt.

»Nee, das ist die transsexuelle kroatische Opernsängerin zusammen mit Smashing Schönheit.«

Hat nicht Dr. Alban schon mal von denen gesprochen? Ich komme mir mal wieder ziemlich blöd und auch ziemlich alt vor. Ich habe mir heute in der Mittagspause die letzte Noel-Gallagher-Soloplatte gekauft. Auf CD. Aber reden wir nicht darüber.

»Wie war dein Tag?« Christina zupft an ihrem T-Shirt herum und sieht mal wieder umwerfend aus.

»Ich hab gerade was Komisches gesehen«, übergehe ich ihre Frage. Wie soll mein Tag als Kleinanzeigenbetreuer denn schon gewesen sein? »Da war so eine Gruppe Jugendlicher mit Kapuzenpullis, und die haben so einen Hipster-Typ einfach überfallen und in einen Hauseingang gezerrt.«

Christina pustet etwas Rauch in die Luft. Wie von selbst bilden sich kleine Rauchringe.

»Das ist Neukölln, mein Schatz«, sagt sie und sieht mich wieder so durchdringend an. »Du hast doch keine Angst vorm Hermannplatz?« Dann zieht sie mich zu sich, und wir küssen uns lange. Dabei überlege ich, was es zu bedeuten hat, dass sie mich gerade »mein Schatz« genannt hat. Wir haben Sex, auch ziemlich lange, und als wir fertig sind, liegen wir nackt auf dem Rücken auf ihrer Matratze. Das Fenster steht offen, und ein kühler Luftzug trocknet unseren Schweiß. Wieder so ein Moment, den man festhalten möchte, bis er so etwas wird wie echtes Glück.

Ich bin vollkommen erschöpft und könnte sofort einschlafen, aber Christina wirkt noch ziemlich wach und zündet sich eine Zigarette an.

»Kann ich auch eine haben?«

Sie schaut mich verwundert an. »Seit wann rauchst du?«

»Man muss doch auch mal was ausprobieren. Wenn man jung ist, denkt man, da kommt noch irgendwas später, irgendwas Aufregendes, aber dann geht es einfach immer so weiter.«

»Und da willst du jetzt anfangen zu rauchen?«

»Warum nicht? Ist doch mal was Neues. Außerdem hat

man dann immer was zu tun, wenn man irgendwo blöd allein rumsteht.«

Christina nimmt eine Zigarette aus der Packung, steckt sie mir in den Mund und zündet sie an. Ich atme tief ein und muss natürlich sofort husten.

»Meine letzte Zigarette hab ich zweitausendzwei völlig besoffen auf einem Jeans-Team-Konzert geraucht«, sage ich. Beinahe hätte ich auch noch gesagt: Das waren noch Zeiten. Manchmal komme ich mir vor wie mein Opa, der vom Krieg erzählt.

»Wo?« Christina sieht mich verständnislos an. Ich habe vergessen, dass sie damals erst zehn Jahre alt war.

Wir rauchen schweigend, es schmeckt nicht mal so schlecht, und ich frage mich, wie Christinas Leben wohl bis jetzt war. Viel Vergangenheit hat sich bei ihr ja noch nicht angehäuft, trotzdem ist schon einiges passiert in ihrem Leben: Sie kommt ursprünglich aus Konstanz, hat sie erzählt, großbürgerliche Familie, aber nicht Thomas-Mann-bürgerlich, eher diese neue, grüne Ökobourgeoisie, schließlich waren ihre Eltern in jungen Jahren Hippies. Zum Studieren zog sie nach Berlin, verliebte sich gleich in einen gutaussehenden Intellektuellen, der sich allerdings als manisch-depressiv herausstellte. Sie kümmerte sich fürsorglich um ihn, aber dann gab es da noch einen nachdenklichen Theologiestudenten, sozusagen ihren besten Freund, rein platonisch von ihrer Seite aus jedenfalls, der die Beziehung zusätzlich verkomplizierte. Dann verließ sie der Manisch-Depressive, verschwand einfach von der Bildfläche, und auch der Theologe wandte sich von ihr ab, obwohl sie inzwischen doch Gefühle für ihn entwickelt hatte. Und das waren nur die ersten zwei Semester. Ein Leben wie ein Roman. Und aufregender als meine letzten zehn Jahre in dieser Stadt.

»Was denkst duhu?«, fragt Christina mit verstellter Stimme und drückt beiläufig ihre nur halb aufgerauchte Zigarette im überquellenden Aschenbecher neben uns aus.

»Was du früher so gemacht hast, bevor du nach Berlin gekommen bist?«, antworte ich. Das scheint sie zu überraschen. Sie setzt sich auf und schaut mich an, dieses Mal nicht so eindringlich, sondern fast zärtlich. Aber vielleicht bilde ich mir das auch nur ein. Eine blonde Haarsträhne fällt ihr ins Gesicht, und mit einer äußerst charmanten Geste wischt sie sie weg. Dann springt sie auf und holt einen verstaubten Schuhkarton unter dem Schrank hervor, in dem ein paar alte VHS-Kassetten liegen. Diese Dinger wirken inzwischen wirklich sehr museal. Ich meine, so ein neuer Tablet-Computer mit einem Terrorbyte Speicherplatz ist auch nicht viel größer. Aber auf so eine analoge Videokassette bekam man immerhin die drei *Zurück in die Zukunft*-Teile drauf, wenn man beim Aufnehmen immer schön die Werbung rausgeschnitten hatte.

»Mir ist das etwas peinlich.« Sie schiebt eine der Kassetten in den Videorekorder. »Ich war damals elf oder zwölf.«

Auf dem Fernseher erscheint ein verwackeltes Bild. Erst nach ein paar Sekunden erkenne ich ein Mädchen, das in einem Krokodilskostüm Schlittschuh läuft. Ziemlich gut Schlittschuh läuft. Dazu läuft das Lied »New Slang« von den Shins.

»Bist du das?«

»Ich war ziemlich erfolgreich. Ich habe damals ein paar Wettbewerbe gewonnen.«

Christina wirkt zum ersten Mal, seit ich sie kenne, fast verlegen. Ich weiß jetzt zwar nicht viel mehr über ihre Vergangenheit, aber ich fühle mich ihr näher. Sie hat mir etwas gezeigt, was sie wahrscheinlich nicht jedem zeigt. Jetzt also doch Beziehung? Warum kann man bei Facebook als Status eigentlich nicht anklicken: »In einer Beziehung, aber wir nennen es noch nicht so, weil wir nichts übereilen wollen, außerdem weiß ich nie so recht, wie man mit solchen jungen Leuten *heutzutage* wie meiner Freundin – dieses Wort wollte ich eigentlich auch vermeiden – umgeht.« Aber das wäre ja doch wieder nur: »Es ist kompliziert.« Der blöde Show-Wissenschaftler hat tatsächlich recht.

Ich gucke wieder zum Fernseher, zu Christina oder eben dem Mädchen im Krokodilskostüm, das dort in irgendeiner süddeutschen Eishalle seine Runden dreht. Irgendwie kommt mir diese Szene bekannt vor. Habe ich das nicht schon mal irgendwo gesehen?

»So, das reicht.« Christina schaltet den Videorekorder aus. »Jetzt wird geschlafen! Ich muss morgen früh raus und der kroatischen Sängerin Berlin zeigen.« Sie nimmt den dicken Dan-Brown-Schmöker vor die Nase, gähnt laut und fängt an zu lesen.

Die Shins spielen ihr Lied in meinem Kopf weiter, und obwohl mein Tag nicht gerade wahnsinnig anstrengend war, bin ich ziemlich müde. Ich blicke wieder zu Christina. Das Buch liegt aufgeschlagen auf der Bettdecke vor ihr, und ihre Augen sind geschlossen. Ein paar Sekunden später höre ich ihr gleichmäßiges Atmen. Ich kenne niemanden, der so schnell einschläft und gleichzeitig auch so schnell aufwacht.

Ich muss wieder an den ADS-Jugendlichen von vorhin

denken. Und an diese brutale Kapuzengang. Vielleicht wollte mir der Hip-Hopper etwas sagen, mich warnen vielleicht? Aber bevor ich den Gedanken zu Ende denken kann, bin ich auch schon eingeschlafen.

8

Something is HAPPENING here, but you don't know what it is

Christina ist wie immer schon längst aufgestanden und im Badezimmer verschwunden, als ich am nächsten Morgen aufwache. Über mir poltert es furchtbar. Das muss die Familie in der Wohnung über uns sein, Dr. Alban hat schon davon erzählt. Anscheinend fährt das Kind besagter Familie gerade mit einem Bobbycar über die alten Holzdielen, dabei ruft es etwas, das klingt wie: »Später werde ich LKW-Fahrer! Später werde ich LKW-Fahrer!«

Christina kommt gutgelaunt ins Zimmer gestürmt. »Du bist ja wach?«

Ich deute zur Decke.

»Och, das tut mir leid, mein Kleiner, konntest du nicht ausschlafen?« Sie streicht mir über die Haare, zärtlich oder postironisch, ich weiß nicht so genau, und entschwindet in Richtung Fenster, um sich eine Zigarette anzuzünden.

An diese Morgende könnte ich mich gewöhnen. Schon nachdem ich ein paarmal neben Christina aufgewacht bin, kann ich mir gar nicht mehr vorstellen, wie es ist, morgens allein zu sein. Aber ab wann wird das, was jetzt noch neu und aufregend ist, Routine? Wann bin ich nur noch genervt davon, wenn Christina morgens immer so aktiv und gutgelaunt ist? Wann beginnt es sie aufzuregen, dass ich immer ewig im Bett liegen bleibe?

Ich denke an meine Ex-Freundin. Und ich habe schon lange nicht mehr an meine Ex-Freundin gedacht. Ist ja auch schon ein paar Jahre her. Da war ich noch in den Zwanzigern. Bei ihr hatte ich das Gefühl, dass unsere Beziehung von Anfang an Routine war, wir hatten uns einfach unglaublich schnell aneinander gewöhnt. Wir wollten gern erwachsen sein und eine reife Beziehung führen, aber benahmen uns doch nur kindisch, stritten uns über die klassischen Pärchenthemen: Zahnpastatuben, Fernsehprogramm – ich will gar nicht daran denken. Natürlich ist es mit Christina anders. Sie kommt mir – und das ist eigentlich wirklich bescheuert – viel erwachsener vor. Ganz anders als ich mit einundzwanzig. Das glaubt man ja im Nachhinein nicht mehr, wie scheiße man früher war.

Von einem lauten Poltern werde ich jäh aus meinen Gedanken gerissen. Scheinbar ist das Kind über mir von seinem Monstertruck-Bobbycar heruntergefallen. Aber es geht schon wieder weiter, und das Kind wiederholt jetzt mantra-artig einen anderen Satz, den ich erst nicht verstehe.

»Ruft das Ding jetzt ›Später werde ich Dielenabschleifer! Später werde ich Dielenabschleifer!‹?«, frage ich Christina, die sich gerade umständlich ihre sehr bunten und riesigen neuen Turnschuhe anzieht, die aussehen, als wären sie aus einem Hip-Hop-Video Anfang der neunziger Jahre hergebeamt worden. Anscheinend sind dreckige Bauernstiefel nicht mehr hip, so wie letzte Woche noch. Aber was weiß ich schon?

»Das ruft er immer.« Christina wirft sich ihren Stoffbeutel über die Schulter.

Ich muss an den schwangeren Kurt denken. Irgendwie kann ich mir das gar nicht richtig vorstellen – er und Vater. Das wird ihn doch vollkommen wahnsinnig machen und vor allem noch schlechter gelaunt. Aber vielleicht tritt ja auch das Gegenteil ein, und Kurt ist plötzlich die ganze Zeit total ausgeglichen, von seinem Babyglück übermannt, mit einem Dauergrinsen im Gesicht. In Wirklichkeit ist er auch nicht so, wie er sich nach außen immer gibt, gar kein so bedingungsloser Welthasser, er erwartet nur mehr von der Welt als andere. Ich vermute schon lange, dass er im Grunde Idealist und nur permanent enttäuscht ist, dass die Menschen nicht so gut sind, wie sie vielleicht sein könnten. Aber ich fange schon wieder an zu küchenpsychologisieren, als hätte ich nicht Philosophie studiert, sondern Psychologie auf Bachelor.

»Ich geh dann mal.« Christina beugt sich zu mir herunter, und wir küssen uns, dann entschwindet sie zur Arbeit. Ich stehe schnell auf und beobachte am Fenster, wie sie auf dem Fahrrad gutgelaunt Richtung Universal fährt, den Stoffbeutel als Rucksack umfunktioniert und auf den Rücken geschnallt. Gegenüber, auf der anderen Straßenseite, hat ein neuer Laden aufgemacht, der mir gestern gar nicht aufgefallen ist. Neben dem veganen Frozen-Joghurt-Café, das sich mit seinen Sperrmüllmöbeln und bunten Sechziger-Jahre-Tapeten kaum von den anderen Etablissements in der Umgebung unterscheidet, prangt nun ein grellorangenes Schild, auf dem in psychedelischer Schrift »Bubble-Tea« steht und vor dem orange Plastikstühle den Gehweg säumen. Vor ein paar Tagen residierte da noch ein türkischer Kulturverein. Die Bubble-Seuche hat jetzt also auch Neukölln erreicht, denke ich und mache mich ebenfalls auf den Weg.

Ich habe noch etwas Zeit, bis ich zur Arbeit muss – ich habe immer noch etwas Zeit, bis ich zur Arbeit muss –, also stöbere ich noch ein wenig in der Buchabteilung im Karstadt am Hermannplatz. In großen Stapeln gleich im Eingangsbereich liegt dort ein dickes Buch mit dem Titel »Neukölln ist überall«. Das wäre ja furchtbar, wenn jetzt überall Neukölln wäre, aber immerhin besser als: »Tiergarten ist überall«. Dann sehe ich, dass das Buch vom Neuköllner Bezirksbürgermeister Heinz Buschkowsky geschrieben ist und dass es um Integration geht. Und zwar nicht um die Integration von schwer erziehbaren Hipstern, sondern von sogenannten Problemjugendlichen. Problemjugendliche haben gar keine Probleme, wie ich erst dachte, zum Beispiel, dass sie keinen Job finden oder diskriminiert werden, nein – laut dem Heinz sind die Jugendlichen selbst das Problem, weil sie sich nicht anpassen.

Auf der Rückseite des Buchs lese ich: »Heinz Buschkowsky spricht unbequeme Wahrheiten aus.« Allerdings nicht die, dass es der seit zwölf Jahren regierende Bezirksbürgermeister in diesen zwölf Jahren nicht geschafft hat, aus Neukölln das zu machen, was ein paar zugezogene Studenten, Künstler und schwedische Touristen in sechs Monaten vollbracht haben: ein nettes, bürgerliches Viertel mit dreihundert Biobäckereien, hübschen Bars, überteuerten Mieten und neuerdings sogar imperialistischen Bubble-Tea-Kaschemmen. Wie verlogen diese »Das muss mal gesagt werden«-Typen sind! Das muss echt mal gesagt werden. Ich verlasse schnell wieder den Karstadt, da komme ich lieber zu früh zur Arbeit, als mich mit solchen Büchern zu befassen.

Am Abend treffe ich mich mit Christina und Dr. Alban bei einem Konzert und bringe Gary mit. Er ist ziemlich verspult und gibt die ganze Zeit Weisheiten aus Hermann Hesses »Siddhartha« von sich, er versteigt sich sogar zu der These, der Hermannplatz sei nach Hermann Hesse benannt. Inzwischen ist der gute Kurt wirklich mein einziger normaler Freund, mein letzter Anker in der Realität.

Garys sonst so perfekt sitzender Scheitel ist einem ungewaschenen Haarungetüm gewichen, was gar nicht schlecht aussieht. Zum ersten Mal fällt mir auf, dass sich einige Frauen nach ihm umdrehen und zu tuscheln beginnen. Außerdem riecht er stark nach Tabak. Anscheinend hat er angefangen, regelmäßig zu rauchen – was für eine bescheuerte Idee in seinem Alter (ich selbst meinte das kürzlich ja nur postironisch) –, und verheimlicht mir das. Warum behandeln mich alle, als wäre ich ihr Erziehungsberechtigter? Mir doch egal, wenn Gary raucht. Oder eigentlich nicht. Irgendwie fühle ich mich doch für ihn verantwortlich.

Christina »hat Gästeliste«, wie es so schön heißt, und wir müssen keinen Eintritt bezahlen. Ich arbeite schon eine halbe Ewigkeit bei dem tollen Stadtmagazin, habe aber noch kein einziges Mal einen Gästelistenplatz bei einem Konzert ergattern können. Nur einmal hätte ich zu einer *Fest der Volksmusik*-Aufzeichnung in den Europapark Rust fahren dürfen, weil bei einem Gewinnspiel im Heft, bei dem die Leser Karten hätten gewinnen können, nur einer mitgemacht, aber dann die Frage (Wie heißt der Moderator von *Fest der Volksmusik*? A: Florence Goldstahl oder B: Florian Silbereisen?) falsch beantwortet hatte.

Wir gehen an der langen Schlange vor dem Kreuzberger

Club direkt an der Spree, wo das Konzert stattfinden soll, vorbei, und Christina sagt dem Türsteher ihren Namen.

»Gästeliste ist da drüben.« Der Türsteher deutet auf die riesige Schlange, die sich um den ganzen Häuserblock windet und schließlich auf der anderen Straßenseite langsam ausfranst. Berlin ist die einzige Stadt, wo man länger anstehen muss, wenn man auf der Gästeliste steht.

»Jeder steht auf der VIP-Gästeliste, aber richtig wichtig ist niemand«, analysiert wie immer scharfsinnig Dr. Alban die Situation.

Wir stellen uns an der Gästelistenschlange an und beäugen den überforderten Jüngling, der mehrere wirr vollgekritzelte Zettel in der Hand hält und die Namen sucht.

»Das ist ja Frank N. Furter«, sage ich. Ohne seine Federboa habe ich ihn zuerst gar nicht erkannt.

Christina und Dr. Alban sehen mich verständnislos an.

»Der ist doch irgendwie immer der Türsteher, oder?«

»Also ich hab den noch nirgendwo gesehen«, sagt Christina, und Dr. Alban ignoriert mich einfach.

Nach etwa einer Stunde werden wir endlich in den Club gelassen und kommen gerade rechtzeitig zum Anfang des Konzerts. Es ist unglaublich voll mit hippen Jugendlichen, die Stoffbeutel und bunte Turnschuhe tragen. Neukölln ist überall. Wir drängen uns erst mal zur Bar, wo natürlich auch total viel los ist.

»Wie heißt die Band nochmal?«, fragt mich Gary, als wir endlich unsere Mate-Flaschen in der Hand halten und versuchen, der Musik zuzuhören. Es ist so eine Mischung aus Elektro und Pop. Wie alle Musik eigentlich, die man gerade hört, wenn man nicht gerade in Neunziger-Alpträumen schwelgt. Mit man meine ich die hippe Avantgarde.

Und mit hipper Avantgarde meine ich Christina und Dr. Alban.

»Die heißen Smashing Schönheit oder so, glaube ich.«

»Ah ja«, sagt Gary, als würde er den Namen kennen. Was er aber garantiert nicht tut.

Wir blicken wieder zur Bühne, wo drei Typen, die genauso aussehen wie das Publikum vor ihnen, hinter wirr verkabelten Keyboards, Laptops, Mikrophonen und anderem Equipment, das wirkt wie aus den frühen *Raumschiff Enterprise*-Folgen, umherspringen. Daneben steht noch ein Schlagzeug, an das sich hin und wieder eines der Bandmitglieder setzt und erstaunlich gut bespielt. Leider kann ich aber kaum etwas sehen, weil ständig einer der Vor-mir-Stehenden ein Handy vor meine Nase hält, um die Band zu fotografieren. Alle machen die ganze Zeit Fotos. Oder drehen gleich ganze Videos. Ich kann den Sänger eigentlich immer nur auf irgendwelchen Smartphone-Displays sehen. Auch Christina macht Fotos, allerdings nur von sich oder mir oder von uns allen zusammen, wie wir angestrengt ernst gucken. Dr. Alban muss sich am wenigsten anstrengen.

Dann ist das Konzert auch schon vorbei. Das merkt man ausschließlich daran, dass die Bandmitglieder nacheinander unter dem Gejohle des Publikums von der Bühne schlurfen, die Musik geht einfach weiter. Jetzt eben vom Band. Aber eigentlich kam sie ja auch vorher fast ausschließlich vom Band.

Christina und ich gehen raus auf einen Steg in der Spree, den spektakulären Außenbereich des Clubs, und betrachten das Universal-Gebäude direkt gegenüber auf der anderen Flussseite. Das Firmenlogo an der Außenfassade des imposanten Baus, leuchtend und riesengroß, wechselt alle paar Minuten seine Farbe. Daneben, ebenfalls hell erleuchtet, die Oberbaumbrücke, so was wie das Wahrzeichen des neuen Party-Berlins.

»Kann man dein Büro sehen?«, frage ich Christina.

»Nee, das geht nicht auf die Spreeseite raus. Ist eh ein Großraumbüro und nicht mein eigenes. Aber manchmal sitze ich da oben auf der Dachterrasse mit irgendwelchen jungen Bands. Die kann man mit dem Blick immer ganz gut beeindrucken.«

Mich auch, denke ich.

Christina zündet sich eine Zigarette an, wir lehnen uns über das Geländer und blicken auf das dunkle Wasser unter uns.

»Ich hab mich schon mal in einen älteren Typen verliebt«, sagt sie auf einmal. Erstaunt sehe ich sie an. Dieser Satz spricht mehrere Themenkomplexe an, positive wie negative, von denen mich jeder einzelne ziemlich erschreckt.

1. Sie hat gerade gesagt, jedenfalls implizit, dass sie in mich verliebt ist. (+)
2. Sie hatte eine Affäre mit einem älteren Mann. (−)
3. Für sie ist es ein Thema, dass ich ein älterer Mann bin. (−)
4. So alt bin ich doch auch noch nicht. (?)

»Aber der war noch ein ganzes Stück älter als du.«

Diese Information beruhigt und beunruhigt mich zugleich, und ich beschließe, erst einmal nichts zu sagen und nur zu nicken.

»Ich habe nach dem Abi erst mal als Ghostwriterin gejobbt, mein Vater hatte Connections zu einer Agentur in München, die für B-Promis, Fußballer und Schauspieler Autobiographien schrieb. Ziemlich bizarr, aber die bezahlten gut. Darüber habe ich einen in die Jahre gekommenen Kinderstar kennengelernt, der sich in der High-Society-Szene herumtrieb und ansonsten von den Tantiemen einer sehr erfolgreichen Serie lebte, die er als Jugendlicher gedreht hatte. Wir hingen oft bei einem gemeinsamen Freund von uns rum, einem genialen Journalisten, der aber inzwischen nur noch kiffte. Irgendwann begannen wir eine Affäre, ich weiß gar nicht so genau, warum, aber etwas an ihm faszinierte mich. Er war in gewisser Weise einfach leer, hatte keine Leidenschaften, keine Ziele im Leben. Die Situation wurde aber immer komplizierter, weil ich irgendwann begann, an seiner Autobiographie mitzuschreiben, die er bei meiner Agentur in Auftrag gegeben hatte. Das wusste er allerdings nicht. Ich beendete die Sache, als ich zum Studieren nach Berlin zog.«

Christina wirft ihre aufgerauchte Zigarette ins Wasser. Ich starre sie paralysiert an.

»Habt ihr euch noch mal wiedergesehen?«

»Nein, nie wieder. Ich war auch eine ziemlich schlechte Ghostwriterin.«

Bevor ich noch etwas zu ihrer Geschichte sagen kann, steht auf einmal Gary vor uns.

»So ein Scheißclub hier.« Er nimmt einen Beutel Biotabak aus seiner peinlichen Lederschultasche und beginnt sich gekonnt eine Zigarette zu drehen. Dann holt er allen Ernstes noch einen kleinen Plastikbeutel heraus, gefüllt mit Gras, und bröselt ebenso gekonnt ein wenig auf seine Zigarette, bevor er sie routiniert mit der Zunge anfeuchtet, zusammenrollt und in den Mund steckt. Das hat alles keine zwei Minuten gedauert.

»Bist du jetzt völlig verrückt geworden?«

Gary sieht mich unschuldig an. »Wieso?«

»Äh, also … du hast gerade, ich meine, du …«

»Please speak in a whole sentence«, sagt Gary und lacht. Christina lacht ebenfalls, und ich komme mir ziemlich dämlich vor. Dr. Alban hat vollkommen recht, ich verstehe nicht mehr, was abgeht. Wie hieß das noch mal in diesem Bob-Dylan-Song aus der Sechzigern? »Something is happening here, but you don't know what it is.« Etwa so fühle ich mich.

»Wisst ihr, wie viel das Bier hier kostet? Vier Euro! Das ist mir echt zu kapitalistisch.« Gary pafft wütend ein paar Züge von seinem Joint.

Was passiert gerade mit ihm? Ich muss an den seltsamen *Zurück in die Zukunft*-Abend mit den Pilzen denken, als wir ihn schließlich wiedergefunden hatten. Er stand auf der Straße vor dem Haus und unterhielt sich mit einigen Jugendlichen in Kapuzenpullis und erklärte ihnen, warum das Zeitmaschinenauto bei *Zurück in die Zukunft* ein Symbol sei. Nur wofür es stehe, konnte er nicht sagen, denn es sei ein verlorenes Symbol.

»Hey, du bist doch Chef, du hast genug Geld, nicht wie unsereins«, sagt Christina.

Ich blicke erst zu Christina und dann auf das protzige Universal-Gebäude und dann wieder zu Christina. Nein, ich werde sie jetzt nicht fragen, wie viel sie verdient. Das ist die Elternfrage schlechthin, das kann ich einfach nicht bringen.

»Ach, diese Chefscheiße ist doch eh bescheuert«, sagt Gary.

In diesem Moment tritt der Doktor zu uns.

»Lass uns hier abhauen«, sagt er.

»Nach Neukölln«, rufen Christina und Gary gleichzeitig.

Klar, wohin auch sonst. Ich blicke noch einmal über die Spree zu Universal, das Logo wechselt gerade von Grün auf Blau. Alles wird immer unübersichtlicher. Alles und alle verändern sich in rasendem Tempo. Plötzlich macht ein Bubble-Tea-Laden gegenüber auf. Plötzlich wird dein uncooler Spießerfreund zum Hermann-Hesse-Kiffer. Plötzlich hast du eine neue Freundin, die bei einem Weltkonzern arbeitet und total erfolgreich ist, aber auch kein Geld hat und von Affären mit Kinderstars berichtet. Und du stehst endlich auf der Gästeliste. Alles geht so schnell, dass es einem schwindlig wird. Du mittendrin, wie im Auge des Sturms, unberührt – alles beim Alten.

Aber wer weiß, vielleicht geht es auch bei mir bald los, denke ich, ohne zu wissen, was denn überhaupt losgehen könnte.

Ich bahne mir meinen Weg durch die Menschenmenge, erst wieder rein in den Club und schließlich nach draußen auf die Straße. Eine U-Bahn fährt gerade quietschend über die Oberbaumbrücke. Die anderen haben schon ein Taxi angehalten und warten, dass ich auch einsteige.

»Zum Hermannplatz«, sagt Christina. Der Taxifahrer nickt, und schon fahren wir los.

9

Hier KOMMT Kurt

»Okay, sie heißt also Christina.« Kurt sieht mich misstrauisch an. Wir kämpfen uns durchs Brandenburger Unterholz und suchen einen Badesee, der hier irgendwo in der Nähe sein muss. Dabei berichte ich, wie ich Christina kennengelernt habe, Kurt weiß ja immer noch nichts von ihr und meinem neuen Leben als Semi-Neuköllner.

Wir haben uns seit dem Desaster vor der *Zurück in die Zukunft*-Party nicht mehr gesehen. Die Wehen hatten sich auch als Fehlalarm herausgestellt, wie Kurt heute Morgen am Telefon erzählte. Überraschend schlug er vor, zusammen schwimmen zu gehen, zum ersten Mal in diesem Sommer. Und als Berliner fährt man natürlich an einen der unzähligen wunderschönen Brandenburger Badeseen, malerisch gelegen in den weiten Wäldern und Wiesen an der Stadtgrenze. Eigentlich der einzige Anlass für die arroganten Städter, mal ihr Umland zu erkunden, aber seltsamerweise sind wir die Einzigen hier. Einmal kommen uns zwei junge Berliner (als Städter erkennt man sich gegenseitig einfach) mit leeren Bierflaschen in der Hand entgegen, die uns schlechtgelaunt ignorieren, sonst begegnen wir im Brandenburger Busch niemandem. Zum Schwimmen kommen wir eigentlich viel zu spät, es ist schon Nachmittag, auf dem Weg hierher sind wir nämlich noch mit Kurts Auto in einen Sightseeing-Bus-Stau vor dem Berliner Dom geraten.

»Und dieser Dr. Alban, was macht der so?« Kurt stolpert mit seinen Flipflops über eine Baumwurzel. Natur ist nicht so Kurts Ding. Und meins eigentlich auch nicht.

»Der studiert Zahnmedizin. Behauptet er jedenfalls.« Allmählich verstehe ich mich auch ein wenig besser mit Dr. Alban, obwohl mir sein popkulturelles Expertentum immer noch etwas Angst einjagt.

»Das sind also die wahnsinnigen Neuigkeiten in deinem aufregenden Leben«, sagt er, und damit scheint das Thema Christina und Dr. Alban vorerst erledigt.

Kurt ist nach dem langen Weg hierher mal wieder ziemlich schlecht drauf, aber das ist ja nichts Neues. Vielleicht sollte ich ihn auf seine Schwangerschaft ansprechen, dann glänzen seine Augen immer so niedlich vorfreudig, eine seltene Positiv-Veränderung seines Schlechte-Laune-Aggregatzustandes. Stattdessen gehen wir schweigend weiter. Ich erschlage eine Mücke, die gerade in mein Bein sticht, und wedle noch zehn weitere vor meinem Gesicht weg. Die erhöhte Mückendichte deutet immerhin auf die Nähe des Sees hin, wir laufen ja schon ewig durch diesen blöden Wald. Vielleicht hätten wir doch ins Kreuzberger Prinzenbad gehen sollen. Aber da wird man die ganze Zeit von verhaltensauffälligen Halbwüchsigen mit ADS hinterrücks ins Wasser geschubst und dann noch von den unfreundlichen Bademeistern angemotzt, dass vom Seitenrand ins Becken springen verboten sei.

Wir treten auf eine Lichtung, und vor uns liegt endlich

der See. Blaugrün glitzert das Wasser in der Frühabendsonne. Ein einsames Segelboot zieht langsam an den grünen Baumwipfeln einer kleinen Insel vorbei. Sofort entspannen wir uns. Also ich wenigstens.

»Ein See halt«, brummt Kurt mürrisch, weil ihm ob dieser Pittoreske auch nichts Schlechtes mehr einfällt, und setzt sich seine verspiegelte Ray-Ban auf.

Wir wandern den Uferweg entlang, um eine geeignete Badestelle zu suchen. Aber egal, wo wir unsere Handtücher ausbreiten wollen, überall liegt schon jemand. Jemand Nacktes.

»Diese ganzen Ossis nerven mich wirklich«, knurrt Kurt sofort wieder richtig schlechtgelaunt. »Immer liegen die nackt an irgendwelchen Seen rum. Müssen die nicht arbeiten?«

»Wir arbeiten auch nicht.« Ich schlage schon wieder eine Mücke auf meinem Arm tot.

»Wir sind kreative Berliner Künstler«, sagt Kurt, jetzt ernsthaft wütend. »Wir müssen immer arbeiten.«

»Also auch irgendwie nie.«

Kurt schaut mich düster über den Rand seiner Sonnenbrille an.

»Du bist selbständiger Graphikdesigner mit so illustren Kunden wie Ritas Nagelstudio in Britz-Süd«, sage ich, um ihn zu ärgern. »Und ich korrigiere Sexkleinanzeigen und habe jahrelang nutzlos Philosophie studiert. Wir sind keine Künstler.«

»Scheiße, du weißt, was ich meine.«

Wir machen vor einer malerischen Grasfläche halt, auf der vier nackte, erstaunlich haarlose Rentner liegen.

»Ich dachte immer, Körper- und Intimrasuren gibt's erst

seit unserer Generation«, sage ich, als wir weitergehen. »Aber diese ganzen Senioren hier sind glatt wie Delphine.«

»Darüber will ich nicht einmal nachdenken.« Kurt kann ein Grinsen nicht unterdrücken.

Ein uralter Rentner joggt uns entgegen. Er ist ausnahmsweise nicht nackt, sondern trägt eine bunte Radlerhose, ein gelbes Melt-Festival-T-Shirt und atmungsaktive Nike-Air-Schuhe. Auf seiner Nase sitzt eine wespenaugenförmige Sonnenbrille. Sein Körper ist perfekt gestählt, und er sieht aus wie Heiner Geisler. Nervös nickt er uns zu, als hätte er sich bei einem Hip-Hop-Jugendlichen mit ADS angesteckt, und rennt an uns vorbei. Wahrscheinlich fährt er jeden Tag mit dem Fahrrad aus Berlin hierher, schwimmt zehn Runden im See und joggt dann noch nach Polen.

»Warum müssen Senioren heutzutage immer aussehen wie Sechzehnjährige und sich auch so benehmen? Entweder sie sind nackt oder bunt.«

Wir blicken dem fitten Alten schockiert hinterher. Er würde uns wahrscheinlich nach zehn Metern abhängen. Egal, ob zu Land oder Wasser.

»Wo sind die ganzen beigen Cordhosen und die braunen Sandalen hin? Die Tweedsakkos mit Ellenbogenschonern, die karierten Hütchen und die fein gezogenen Scheitel?«, fragt Kurt.

Ich muss an Gary denken, der ja so aussieht und den Dr. Alban tatsächlich für ein Stilvorbild hält.

An der nächsten kleinen Bucht haben wir endlich Glück, am Ufer liegen noch nicht allzu viele Nackte. Wir breiten unsere Handtücher aus und machen es uns auf dem harten Waldboden, so gut es geht, bequem.

»Auch nicht gerade perfekt hier«, murmelt Kurt.

Ich erzähle ihm, dass ich ihn nur noch Kurt Cobain nenne, weil er immer so schlecht drauf und selbstmitleidig ist. Erwartungsgemäß findet er das gar nicht lustig.

»Wann lerne ich denn deine Christina mal kennen?«, fragt er nach einer Weile, in der wir schweigend in der Sonne lagen. Anscheinend interessiert ihn das Thema »Ich und Liebe« doch mehr.

»Willst du wirklich?«

»Na klar, wieso denn nicht?«

»Morgen ist da so eine Party …«, sage ich, aber Kurt funkelt mich nur missbilligend an.

»Wir können auch zusammen angeln gehen oder ins Dunkelrestaurant. Das macht man doch jetzt in unserem Alter.«

»Haha«, sagt Kurt.

»Kurt Cobain und Christina Aguilera in einem Raum. Eine historische Begegnung.«

»Haha«, sagt Kurt.

»Und dann auch noch Dr. Alban und Marky Mark. Das wird krass.«

Kurt ignoriert mich einfach, steht auf und zieht sich komplett aus.

»Hier kommt Kurt. Einfach nur Kurt«, ruft er und springt splitternackt in den See.

»Ich freu mich immer, wenn die Jugend noch meine Lieder kennt«, sagt ein ebenso nackter älterer Herr mit blondgefärbten Haaren neben mir und lächelt mich an.

Später auf dem Rückweg bemerken wir, dass eine große, asphaltierte Straße direkt zum See führt, der auch gar nicht in Brandenburg, sondern noch im Stadtgebiet zu liegen scheint. Die typischen Berliner Mietshäuser reichen sogar fast bis ans Ufer, wir müssen auf dem Hinweg die ganze Zeit im Kreis gelaufen sein. Wieder einmal haben wir es nicht geschafft, aus der Stadt rauszukommen.

Kurt fährt mich nach Hause, es ist Abend, die Sonne steht tief und taucht Tiergarten in ein milchiges Licht, das fast an Neukölln erinnert. Sogar die schmuddeligen Eckkneipen sehen halbwegs einladend aus, wenn man die handgeschriebenen Zettel, die in den bräunlichen Fenstern hängen, ignoriert: »Futschi 1 Euro. Kindel 1,50 Euro. Raucherkneipe, Husten verboten. Eintritt ab 18 Jahren, aber nur wenn du drei Bier auf ex trinken kannst.«

So sah es vor ein paar Jahren auch in Neukölln noch aus, bevor die Studenten und die Künstler kamen und mal so richtig schön gentrifizierten, wie es ja seit ein paar Jahren heißt. Aber Tiergarten wirkt nicht wie eine tote Gegend, überall stehen Leute herum, unterhalten sich, viele Kinder sind unterwegs und schlecken an buntem Wassereis in Plastikfolie.

Als wir an einer roten Ampel halten, fallen mir zwei desorientierte Jünglinge auf, die schwankend auf dem Gehweg schlurfen, ihre Undercuts zerzaust, die Röhrenjeans verrutscht, die Sonnenbrillen schief auf der Nase.

»Meinst du, dein Tiergarten wird das nächste In-Viertel?« Kurt deutet auf die zwei Hipster.

»Das kann ich mir beim besten Willen nicht vorstellen.« Ich muss wieder an den ADS-Hip-Hopper denken und die Kapuzengang. Irgendetwas Seltsames passiert da gerade in Neukölln und Tiergarten, aber ich habe keine Ahnung, was. Mal wieder.

In diesem Moment klingelt mein Handy. »Christina« steht auf dem Display.

»Immer dieser frisch verliebten Pärchenklumpen«, ruft Kurt, als ich abnehme und sie begrüße. »Ständig aufeinanderhängen und, wenn sie sich mal ein paar Stunden nicht sehen, gleich telefonieren.«

Ich wedle mit der Hand vor Kurts Gesicht rum, damit er endlich Ruhe gibt.

»Mark«, sagt Christina, »du musst unbedingt kommen. Gary ist hier.«

»Was macht denn Gary bei euch?«

»Wer?«, ruft Kurt.

»Psst«, zische ich.

Kurt dreht das Radio lauter, weil gerade Nirvana kommt. Ich drehe es sofort wieder leiser, und er schaut mich böse an.

»Seit wann hörst du Nirvana?«, fragt Christina.

»Ich höre nie Nirvana. Was ist denn jetzt mit Gary?«, versuche ich es noch mal.

»Den haben wir vorhin in der Weserstraße aufgegabelt, er sah ziemlich fertig aus und hat sich angeregt mit einem Stoppschild unterhalten. Er wollte es überreden, auch mal eine positive Botschaft zu verbreiten: ›Geh weiter, alles wird gut‹, oder so. Anscheinend war er noch von letzter Nacht unterwegs.«

Garys Zustand ist schon in den letzten Tagen immer bedenklicher geworden. Er kam sogar noch später als ich zur Arbeit, war auffallend unrasiert (was gar nicht schlecht aussah), sprach den ganzen Tag nicht viel und verschwand jede halbe Stunde mit seinem Bio-Tabakbeutel nach draußen. Eigentlich ganz angenehm, so konnte ich wenigstens in Ruhe YouTube-Videos schauen. Nächste Woche sollen noch zwei Praktikanten kommen, dann bleibt wahrscheinlich gar keine Arbeit mehr für mich übrig.

»Was ist denn los?«, fragt Kurt.

»Sei mal ruhig!«, rufe ich genervt.

»Was?«, fragt Christina.

»Nicht du. Was hat denn Gary jetzt?«

»Er sitzt hier bei uns in der Küche rum und wirkt ziemlich daneben, du solltest wirklich vorbeikommen.« Im Hintergrund höre ich plötzlich Garys Stimme. Allerdings verstehe ich kein Wort, es hört sich irgendwie an, als würde er rückwärtssprechen.

»Okay, ich komme«, sage ich und lege auf.

»Kannst du mich zum Hermannplatz fahren?«, frage ich. Kurt nickt nur und dreht das Radio wieder lauter. »No, I don't have a gun«, singen beide Kurts.

Kurt setzt mich am Hermannplatz ab und fährt dann weiter in den Prenzlauer Berg. Ich laufe schnell zu Christinas Wohnung, von Kapuzengangs ist heute zum Glück keine Spur, aber als ich gerade in ihre Straße einbiege, entdecke ich wieder den alten bärtigen Hertha-BSC-Fan, scheinbar regungslos vor seiner Kneipe ausharrend. In seinen gelblichen Fingern hält er eine selbstgedrehte Zigarette.

»Weißt du, mein Lieber, ich war damals dabei«, sagt er mit seiner rauchigen Stimme, bevor ich mich vorsichtig an ihm vorbeischlängeln kann, und nimmt einen Schluck aus seiner Bio-Cola-Flache, die er heute statt der Club-Mate dabeihat.

»Bei was denn?«, frage ich unsicher und bleibe in gebührendem Abstand stehen.

»Ich war dabei, als in den Siebzigern David Bowie und Iggy Pop ihre Platten in Berlin aufgenommen haben, ich hab Christiane F. ihren ersten Schuss gesetzt.« Er muss husten und nimmt sofort einen kräftigen Zug von seiner krummen Zigarette. »Ich hab mit Sven Regener in den Achtzigern in Kreuzberg gesoffen und Schweinebraten in der Markthalle gegessen, meine schönen blauen Augen sind die, die Ideal besungen haben. Ich war dabei, mein Lieber.«

Er sieht mich ausdruckslos an, vielleicht wirkt das aber nur so, weil sein komplettes Gesicht von dichtem Bartgestrüpp überwuchert ist. Allerdings sind seine Augen wirklich blau, und vielleicht waren sie früher sogar einmal schön.

»Interessant«, sage ich höflich, aber er beachtet mich gar nicht.

»Ich war dabei, als das mit Techno so richtig losging, und bin auf der Loveparade mit Westbam auf den coolsten Floats mitgefahren. Ich war dabei, als das Berghain aufgemacht hat, und hab dem Türsteher seine Tattoos gestochen. Ich war dabei, mein Lieber, aber jetzt ...« Der Alte hält inne, hustet noch einmal ausgiebig, wirft seine Zigarette auf den Gehweg, tritt sie nachlässig aus und wankt an mir vorbei die Straße runter.

Ich schaue ihm noch eine Weile hinterher, dann gehe ich schnell weiter zu Christina.

10

Die Verwandlung

Christina und Dr. Alban sitzen in Christinas Zimmer auf den kaputten Sesseln, und der Doktor hält einen riesigen Joint in seinen Fingern.

»Seit wann kifft ihr?« Ich lasse mich auf Christinas Bettmatratze fallen.

»Ist von Gary«, sagt Dr. Alban mit einer seltsam hohen Stimme. Christina muss lachen.

Nicht zu fassen, jetzt versorgt Gary schon meine neuen Freunde mit Gras. Die härteste Droge, die er bislang in seinem Leben zu sich genommen hatte, war schwarzer Kaffee. Und dann war er drei Tage wie auf Speed.

Dr. Alban wirft mir einen riesigen Plastikbeutel, gefüllt mit Gras, zu. »Sollen wir dir geben, hat Gary gesagt. Wir haben uns nur ein wenig abgezweigt.« Dr. Alban reicht den Joint an Christina weiter, die nimmt einen tiefen Zug und muss lachen. »Danke. Wahnsinn. Und wo ist er jetzt?«

»Der ist schon wieder gegangen.« Dr. Alban versucht, mich mit seinem typisch ernsten Gesichtsausdruck zu fixieren, muss aber lachen. Christina lacht auch wieder.

Ich springe von der Matratze auf. »Ihr habt ihn gehen lassen? Ich dachte, er ist völlig daneben?«

»Wenn man die ganze Zeit das hier raucht, dann wundert mich gar nichts mehr.« Christina zeigt lachend auf den Joint.

Aufgeregt wandere ich im Zimmer auf und ab. »Und was soll ich mit dem ganzen Gras? Ich bin doch keine sechzehn mehr.« Ich schaue mir die Tüte genauer an, es steht groß »Chronic« darauf.

»Wisst ihr wenigstens, wo er hinwollte?«

»In die Sächsische Schweiz.«

Ich starre Dr. Alban fassungslos an. Christina muss lachen.

»Jetzt hör mal auf zu lachen, die Lage ist ernst«, fahre ich sie an und bereue es gleich wieder. Ich muss echt aufpassen, nicht immer in diese Besorgter-Vater-Rolle abzudriften.

»Die Lage ist ernst«, äfft mich der Doktor nach und grinst mich hämisch an.

Christina hat aber zum Glück gar nicht zugehört. Ihre Aufmerksamkeitsspanne ist durch das Kiffen noch kürzer geworden. Wenn ich kiffe, ist es genau andersrum: Alles geht wahnsinnig langsam, jedenfalls für mich. Wenn ich dann irgendwann auf die Uhr schaue, merke ich immer entsetzt, dass schon Stunden vergangen sind.

Christina hält mir den nach ultrastarkem Gras riechenden Joint vor die Nase. Reflexartig nehme ich ihn zwischen die Finger und inhaliere kräftig. Wirklich ziemlich stark. Das wird Gary ganz schön umgehauen haben, denke ich. Dann muss ich lachen.

Gefühlte drei Minuten später erwache ich aus meinen Tagträumen. Ich liege auf der Matratze, im Aschenbecher daneben kokeln erschreckend viele Jointstummel vor sich hin. Christina liegt neben mir und schläft tief und fest, der Doktor ist verschwunden. Mein Blick fällt auf Christinas Handy, das seltsamerweise auf ihrer Stirn balanciert. Es ist vier Uhr nachts. Wann bin ich hier angekommen? Um halb neun?

Überraschenderweise fühle ich mich ausgesprochen wach, also versuche ich aufzustehen, weil ich plötzlich wie verrückt Durst habe, aber ich kann mich nicht bewegen. Ich liege auf dem Rücken und schaffe es nicht, mich auf die Seite zu drehen, meine vier Gliedmaßen schwingen nur hin und her wie bei einem Käfer, der auf seinen Rückpanzer gefallen ist. Ich stoße Christina an, um sie zu wecken, vielleicht kann sie ja aufstehen und etwas zu trinken holen. Wie immer wacht sie sofort auf. Sie dreht mir ihren Kopf zu, wobei das Handy runterfällt. Sie scheint es gar nicht zu bemerken.

»Als Gregor Samsa eines Morgens aus unruhigen Träumen erwachte, fand er sich in seinem Bett zu einem ungeheuren Ungeziefer verwandelt«, sage ich. Christina sieht mich irritiert an, ihre Augen sind nicht wie sonst pastellblau, sondern blutrot.

»Ich kann mich nicht bewegen«, sagt sie schließlich.

»Ich auch nicht.« Ich schaukle noch ein wenig herum, schaffe es aber einfach nicht, mich umzudrehen und aufzustehen.

»Was sollen wir jetzt tun?«, fragt Christina. »Ich habe unfassbar krass Durst.«

»Ich auch.«

»Wir können um Hilfe rufen.«

»Dr. Alban?«, rufe ich, aber meine Stimme wird, sobald ich lauter rede, seltsam hoch, wie ein heiseres Piepen.

»Zu viel gelacht.« Christina versucht ebenfalls, nach dem Doktor zu rufen, doch auch bei ihr kommt nur ein hohes Krächzen aus dem Mund, als sei sie im Stimmbruch.

Wir ergeben uns in unser Schicksal als unbewegliche Käfer. Leider sind wir beide hellwach und können nicht mehr einschlafen.

»Ich wollte dich vorhin irgendwas wahnsinnig Wichtiges fragen, aber ich komme einfach nicht mehr darauf, was«, sage ich nach einer Weile.

»Hat es mit meinem Job zu tun?«

»Wieso denn das?«

»Ach, hab ich dir das nicht erzählt?«

»Was?« Ich drehe meinen Kopf zu ihr.

»Es gibt Umstrukturierungen in der Firma. Mein Chef redet von nichts anderem mehr als von der Krise der Musikwirtschaft. Vor ein paar Tagen hat er ein Wahlplakat der Piratenpartei im Büro aufgehängt, auf das er immer mit seiner Gaspistole schießt, wenn er wütend ist. Inzwischen ist es schon ganz zerfetzt. Es wird wohl bald Entlassungen geben.«

»Christina, das ist wirklich sehr interessant, aber das war es nicht. Es hatte nichts mit dir zu tun, sondern mit einem Freund von mir.«

»Mit diesem Kurt?«

»Nee, ich glaube nicht. Mir fällt es einfach nicht ein. Da war doch heute irgendwas. Wieso bin ich nochmal zu dir gekommen?«

»Na, weil ich deine Freundin bin.«

Hat sie das gerade wirklich gesagt? Warum spricht sie gerade jetzt über so viele ernste Sachen, erst das mit dem Job und dann auch noch zum ersten Mal davon, dass wir ein echtes Paar sind. Gut, sie ist wahrscheinlich noch ziemlich bekifft.

»Wir haben gekifft!«, rufe ich. »Deswegen bin ich hier.«

»Stimmt.« Christina deutet auf den Aschenbecher, neben dem auch der inzwischen nur noch halbvolle Plastikbeutel mit dem Gras liegt.

»Gary«, rufe ich.

»Gary«, ruft sie.

»Wo ist er?«

»Der ist doch mit Doc Brown in die Sächsische Schweiz gefahren, zu dieser Kommune.«

Ich springe auf. »Warum erzählst du mir das erst jetzt?«

»Du bist aufgestanden«, sagt Christina. »Du kannst dich wieder bewegen. Wasser! Hol Wasser!«

»Warte mal kurz. Was wollen die denn in der Sächsischen Schweiz, gibt's da nicht so viele Nazis? Und was hat Gary mit diesem seltsamen Psychologen zu tun? Überhaupt – eine Kommune? Wir haben doch nicht mehr neunzehnhundertsiebenundsechzig.« Mir wird ganz schwindlig von diesen ganzen Fragen. Meine Stimme hört sich allerdings zum Glück wieder halbwegs normal an.

»Das ist wohl so eine Nudistengemeinschaft, was weiß ich. Doc Brown ist ein bisschen esoterisch. Die praktizieren da wahrscheinlich freie Liebe, machen Gruppenanalyse und so ...«

»Und so?«

»Na ja, vielleicht nehmen die da auch Drogen. Oder eigentlich: Die nehmen da ziemlich sicher Drogen.«

Was ist nur mit Gary los? Warum hat er sich so verwandelt? Ich beginne in Christinas Zimmer auf und ab zu wandern. Draußen wird es inzwischen schon hell. Gary war doch immer der vernünftige Langweiler, und jetzt knallt er so durch und verschwindet einfach mit einem verrückten Psychologen in die Sächsische Schweiz zu den Nudisten-Nazis. Nichts ist mehr sicher, wenn es sogar Gary erwischt. Ich sehe wieder zu Christina. Sie ist eingeschlafen.

Ich gehe in die Küche, um Wasser zu holen. Als ich durch die Tür trete, stolpere ich über Dr. Alban. Er liegt in Embryonalstellung auf dem Küchenboden, aber seine Augen sind geöffnet.

»Die kalten Fliesen«, flüstert er. »Mir war so heiß.«

»Schon okay.« Ich gehe zum Wasserhahn und trinke etwa drei Liter Wasser, dann geht es mir ein wenig besser. Als ich wieder vom Spülbecken aufblicke, ist Dr. Alban verschwunden.

»Alle verschwinden«, murmle ich vor mich hin und trotte zurück in Christinas Zimmer, stelle ihr ein Glas Wasser neben das Bett und sammle meine Kleider vom Boden auf. In ein paar Stunden muss ich arbeiten und sie auch, aber ich werde nicht mehr schlafen können.

Ich laufe zum Hermannplatz, die Sonne geht gerade auf, und die paar Leute, die mir um diese Zeit entgegenkommen, sehen in diesem Licht aus wie auf vergilbten Familienfotos aus den siebziger Jahren. In der U-Bahn sitzen lauter frischgeduschte, wohlriechende Menschen, die zur Arbeit fahren und mich mustern, als wäre ich der letzte Penner, nach Gras stinkend, übermüdet von zu viel Partymachen. Jedenfalls bilde ich mir das ein. Ich ziehe die Kapuze von Christinas Pulli, den ich ihr geklaut habe, über und starre schlechtgelaunt aus dem U-Bahn-Fenster. Was ja bedeutet, dass ich mich selbst anschaue, mein verquollenes Gesicht, gespiegelt in der schwarzen Scheibe. Meine Augen leuchten gelblich rot wie bei einem Zombie. Ich muss für die anderen Fahrgäste aussehen wie aus dem Film *Dawn of the Dead* entlaufen. Und genau so fühle ich mich auch.

Zu Hause in meiner Wohnung dusche ich erst einmal ausgiebig, hole mir eine Club Mate aus dem Kühlschrank und mache mich dann auf den Weg zur Arbeit. So früh war ich schon lange nicht mehr hier. Ich muss wieder an Gary denken, der sonst immer pünktlich im Büro saß und nur verschämt lächelte, wenn ich mal wieder erst gegen Mittag eintrudelte, weil ich am Abend davor mit Christina durch die Neuköllner Bars gezogen war.

Wer ist denn jetzt mein Chef? Außer Gary und mir gibt es ja niemanden in der Kleinanzeigenabteilung. Nur diese zwei Praktikanten, die sich vor kurzem bei uns beworben haben. Wollten die nicht sogar heute kommen? Das fehlte gerade noch.

Vor dem riesigen Bürogebäude, in dem die Redaktion untergebracht ist, stehen zwei Damen mit obszönen Dauerwellen, rauchen gierig Zigaretten und trinken Kaffee. Die beiden sehen aus wie die bösen Schwestern von Marge Simpson, die eine hat sogar lila Haare. Sie stoßen gerade mit ihren Tassen an und rufen laut »Prost«. Das ist wirklich das Allerletzte, auch noch mit Kaffeetassen anzustoßen, diese aufgesetzte Geselligkeit macht mich wahnsinnig. Ich denke sehnsüchtig an Christina. In ihrem hippen Plattenfirmenbüro gibt es bestimmt keine Kaffeetassengeselligkeit, die trinken wahrscheinlich morgens nur perfekt gemixte Club-Mate-Rhabarber-Schorle mit einem Schuss Wodka. Die verdienen ihr Geld schließlich mit Rock'n'Roll.

Ich bin tatsächlich der Erste in der Redaktion, nicht einmal der Chefredakteur ist da, seine Tür direkt neben dem

Eingang, die sonst immer offen steht, damit er alles unter Kontrolle hat, ist geschlossen. An der Tür hängt ein großes Hufeisen und darunter ein Nummernschild aus Nebraska. Der Chefredakteur hat einen kleinen Amerika-Fimmel und gilt als der größte Bruce-Springsteen-Fan in ganz Berlin.

Die Frau am Empfang schaut mich komisch an – so früh hat sie mich hier noch nie gesehen – und hebt dann ihre eklig bräunlich verfärbte Kaffeetasse zum Gruß. Angewidert wende ich mich ab, gehe schnell durch den langen Gang, vorbei erst an der Musik- und Filmabteilung des Magazins, dann an den Kunst-, Theater-, Lifestyle- und Gastro-Redaktionen, schließlich an Marketing und Anzeigen (den großen), dann um drei Ecken in den schäbigen Teil der Redaktion, bis ich vor unserem kleinen Kleinanzeigenbüro stehe. Kleinanzeigen brauchen schließlich kein großes Büro.

Ich öffne die Tür, knipse das Licht an und erschrecke mich fast zu Tode. An Garys Schreibtisch, der meinem gegenüber steht, sitzen die zwei Praktikanten und lächeln mich gewinnend an. Beide tragen schwarze, enggeschnittene und perfekt sitzende Anzüge, wie ich sie mir wahrscheinlich nie werde leisten können. Vor ihnen stehen zwei dampfende Tassen Kaffee. Und auch auf meinem Schreibtisch steht ein frischer Kaffee. Irritiert starre ich die Tasse an, dann wieder die zwei Praktikanten, die mit eingefrorenem Lächeln einfach nur dasitzen.

»Wie seid ihr denn bitte hier reingekommen?«, frage ich, als ich mich etwas von meinem Schreck erholt habe, und lasse mich auf meinen Schreibtischstuhl fallen.

»Frau Samsa vom Empfang hat uns reingelassen«, sagt der eine der beiden.

»Sie heißt Frau Samson«, verbessere ich ihn.

»Wir würden gern arbeiten«, sagt der andere Praktikant und trommelt nervös mit den Fingern auf dem Schreibtisch herum, und ich muss mich zusammenreißen, um nicht draufzuschlagen. Wenn ich übermüdet bin, werde ich gern mal aggressiv.

Ich nehme einen Schluck Kaffee. Der Milchschaum ist mit sogenannter Latte-Art verschönert und bildet ein großes Herz, durchstochen von einem Pfeil.

»Das ist schön«, sage ich, nach Fassung ringend. »Es ist nur so, dass der Chef, also Herr Gary Bar..., ähh, der euch eingestellt hat ... Jedenfalls kommt der heute nicht. Und morgen und übermorgen auch nicht. Deswegen würde ich sagen, ihr könnt jetzt wieder gehen.«

Die zwei Praktikanten springen auf. »Wir haben aber einen Vertrag unterschrieben«, sagen sie im Chor.

Ich frage mich, ob die beiden vielleicht Brüder sind, sie sehen sich wahnsinnig ähnlich, ich kann sie eigentlich kaum unterscheiden.

»Und dieser Vertrag tritt heute in Kraft«, fügt der eine noch hinzu, offenbar weiß er ganz genau Bescheid.

»Na ja, ich vermute mal, ihr bekommt ohnehin kein Geld, und ein schönes Zeugnis kann ich euch auch so schreiben, also ...« Ich mache eine wedelnde Handbewegung Richtung Tür. Mein Bedürfnis, den Tag allein im Büro zu verbringen, wächst stetig. Die Beine hochlegen, Youtube-Videos gucken, ein wenig Schlaf nachholen, so stelle ich mir die nächsten Stunden vor, die ganzen Joints liegen mir noch schwer im Magen oder im Kopf oder wo auch immer. Aber mit diesen zwei Motivationstypen hier wird das nicht gehen, und sie machen auch keine Anstalten, das Büro zu verlassen, sondern haben sich wieder hingesetzt. Der eine hat schon ganz glasige Augen, wahrscheinlich bricht er gleich in Tränen aus.

»Wir haben ein Recht, hier zu arbeiten«, tut er klugscheißend kund.

Ein Recht, ausgebeutet zu werden, will ich gerade ebenfalls klugscheißend hinzufügen, da schlägt plötzlich die Bürotür auf, und der Chefredakteur betritt breitbeinig das Zimmer. Hat er die Tür etwa wie in einem Saloon mit den Schuhen aufgetreten? Die zwei Praktikanten sitzen sofort stramm und lächeln gewinnend. Die nachwachsende Generation weiß anscheinend intuitiv, wer wirklich wichtig ist.

Wie jeden Tag trägt der Chefredakteur ein Holzfällerhemd, hellblaue Levi's-Jeans und Cowboystiefel, die viel zu laut auf dem Boden klackern. Der oberste Hemdknopf ist jovial geöffnet, und graues Brusthaar bahnt sich seinen Weg bis zum Hals. Außerdem riecht er stark nach dem American-Spirit-Tabak, mit dem er sich ununterbrochen Zigaretten dreht. Schon seit Jahren wird er in der Redaktion nur »der Boss« genannt, wie sein großes Vorbild Bruce Springsteen.

Er sieht sich verwirrt um. Sein Blick bleibt auf mir haften, und ich sehe förmlich, wie er versucht, sich an meinen Namen zu erinnern. Schließlich sagt er einfach »Guten Morgen« und hält mir einen gelben Briefumschlag hin. »Das ist heute hier eingetroffen.« Leider hat er im Gegensatz zur berühmten Reibeisenröhre des echten Bosses eine hohe Fistelstimme.

Ich öffne das Kuvert, ein paar Krümel Gras rieseln dabei auf meinen Schreibtisch, und entnehme einen einfachen

Zettel. Darauf steht in krakliger Schrift: »Fickt euch!«, gefolgt von Garys Unterschrift.

Ich schaue den Boss fragend an. Mir fällt beim besten Willen nichts ein, was ich jetzt sagen könnte.

»Wie es aussieht«, fiept er, nach gefühlten zehn Minuten unerträglicher Stille, die er genüsslich auszukosten schien, »sind Sie, mein lieber … äh, jetzt auf sich allein gestellt. Sie haben ja auch gerade kompetente Verstärkung bekommen« – er nickt den zwei Praktikanten beiläufig zu, die mit gesenktem Blick an Garys Schreibtisch sitzen, aber freudig in sich hineingrinsen – »also wird das hier alles seinen gewohnten Gang gehen können.« Er hält kurz inne und wischt sich mit einem karierten Stofftuch den Schweiß von der Stirn.

»Ich befördere Sie hiermit zum Chef der Kleinanzeigenabteilung.« Er macht eine seltsame Handbewegung, die ein wenig an die Segnungsgeste des Papstes zu Ostern erinnert, und verlässt geschäftig das Büro. Zurück bleibt nur der Geruch nach American Spirit.

Das hat mir jetzt gerade noch gefehlt. Die Praktikanten können ihre Genugtuung nur unzureichend verbergen und scheinen förmlich vor Vorfreude zu vibrieren. Das wird wohl heute nichts mit einem ruhigen Tag zum Katerkurieren.

»Wie heißt du?«, frage ich den einen von ihnen, der mir etwas größer vorkommt und vorhin so auf den Vertrag gepocht hat.

»Artur«, sagt er und trommelt wieder nervös auf dem Schreibtisch rum.

»Also, als Erstes: Dieses Rumtrommeln macht mich wahnsinnig, stell das bitte ein.« Arturs Lächeln gefriert, und er hört sofort auf, den Tisch zu bearbeiten. Ein bisschen beneide ich Gary, dass er den Absprung geschafft hat. Wobei, sächsische Nudisten sind nicht gerade meins. Und eigentlich bin ich auch ganz schön sauer auf ihn, dass er mich hier alleinlässt. Schließlich will ich doch gar nicht Chef sein. Allerdings macht es schon ein wenig Spaß, die Praktikanten-Klugscheißer rumzukommandieren. »Zweitens«, führe ich meine kleine Ansprache fort und wundere mich, dass ich so autoritär sein kann, aber wahrscheinlich steckt in uns allen ein heimlicher Blockwart, »werde ich der Einfachheit halber euch beide Artur nennen.« Den beiden fällt die Kinnlade runter, doch ich rede schon weiter, langsam komme ich in Fahrt. »Und drittens: Mein Kaffee ist kalt.«

Sofort springen beide auf, reißen die Tasse vom Tisch und rennen eilig aus dem Büro zur Küche am anderen Ende des Gangs. Erleichtert atme ich auf. Der Kaffee hatte natürlich die perfekte Temperatur, aber wenigstens habe ich jetzt ein paar Minuten Ruhe, bis die beiden wieder zurück sind.

Ich lehne mich gerade in meinem Sessel zurück, da klingelt mein Handy. Genervt schaue ich auf das Display: »Christina«.

Ich nehme ab, und ohne Begrüßung sagt sie: »Ich bin gefeuert.«

11
Glory Days

Ich sehe sie schon von weitem. Sie sitzt auf dem Bordstein vor meinem Haus in Tiergarten, die Bauarbeiter auf den Bänken vor dem Spätkauf gegenüber begutachten sie neugierig. Auch wenn sich inzwischen immer mehr Stoffbeutelträger hierherverirren, bleiben sie Exoten.

Mir fällt die E-Mail ein, die ich vorhin bei der Arbeit gelesen habe. Die Lifestyle-Redakteurin hatte eine Rundmail an alle Mitarbeiter geschrieben. Ich lese solche Mails immer gern, dann fühle ich mich wichtig und der Redaktion zugehörig, aber natürlich antworte ich nie. Wen würde schon interessieren, was die Kleinanzeigenabteilung denkt? Auf diese Rundmail hätte ich allerdings wirklich antworten können, es ging nämlich darum, dass in Tiergarten angeblich immer mehr Hipster rumlaufen und hier vielleicht der nächste Berliner Szenebezirk entstehen könnte.

Ich versuche, mich an die Lifestyle-Redakteurin zu erinnern, ich muss sie schon einmal in der Kantine oder auf einer Redaktionskonferenz, bei der ich als Vertretung für Gary teilgenommen habe, gesehen haben. Wenn ich das richtige Gesicht im Kopf habe, dann erinnert sie mich ungut an meine Englischlehrerin Mrs. Franzen. Ich muss irgendwann mal darüber nachdenken, warum in letzter Zeit ständig Mrs. Franzen in meinem Gehirn herumspukt. Allerdings bedeutet für Mrs. Franzen »Szene« wahrscheinlich das Gleiche wie für die Lifestyle-Redakteurin, nämlich Alt-68er, die sich abends auf einen trockenen Weißwein im Zwiebelfisch am Savignyplatz treffen.

Oder vielleicht auch Claudia Roth. Wenn ich an die Lifestyle-Redakteurin denke, dann fühle ich mich plötzlich unfassbar jung. Ich glaube, ich kann gar nicht so alt werden wie die Lifestyle-Redakteurin. Trotzdem ist ja etwas dran an ihrer Beobachtung, nur halten sich die Stoffbeutelträger nicht freiwillig hier auf, wollen keine Szenebars oder Sperrmüllmöbel-Cafés eröffnen – was ich weiß, die Lifestyle-Alte jedoch anscheinend nicht.

Ich muss dieser Sache mit den vermeintlich verschleppten Hipstern wirklich nachgehen, wenn es bloß nicht so viele andere Dinge gäbe, um die ich mich im Moment kümmern muss: Gary ist weg, ich bin Chef, die Praktikanten bedrängen mich mit ihrem obszönen Arbeitseifer, und Christina wurde gefeuert. Wahrscheinlich musste ich mich in meinem Leben noch nie um so viel kümmern, das ist geradezu beängstigend. Immerhin habe ich jetzt nicht mehr so viel Zeit, mich schlecht zu fühlen, weil ich alt und erfolglos bin. Besser als nichts. Da ist es wieder, mein Lebensmotto.

Ich bin bei Christina angekommen, sie steht auf, und wir umarmen uns. Eigentlich sieht sie nicht anders aus als sonst, aber diese ganze Energie, ihre mir vollkommen fremde, zweckfreie und nicht zielgerichtete Aktivität, scheint heute ein wenig gedämpft zu sein.

Während ich die Haustür aufschließe, fällt mir ein, dass

Christina noch nie bei mir war. Und es kam mir die ganze Zeit nicht einmal seltsam vor, dass wir uns immer nur bei ihr getroffen haben. Ich bin ein wenig nervös, was sie zu meiner einigermaßen aufgeräumten, recht normalen Wohnung ohne Fahrräder im Flur sagen wird. Aber Christina scheint im Moment andere Dinge im Kopf zu haben und lässt sich schlaff auf mein Sofa fallen – und nach ein paar Minuten, als ich mit zwei Club-Mate-Flaschen aus der Küche komme, kann ich mir schon gar nicht mehr vorstellen, dass sie nicht auf meinem Sofa sitzt, so vertraut ist das Bild. Diese fast schon magische Gabe – das klingt jetzt sehr kitschig, ist aber wirklich so gemeint –, einen Ort, an dem sie vorher noch nie war, in kürzester Zeit zu ihrem Ort zu machen, von dem man sie sich gar nicht mehr wegdenken kann, habe ich schon häufiger beobachtet. Die No-Name-Bar zum Beispiel trägt für mich inzwischen, nachdem wir ein paarmal zusammen dort waren, ihren Namen: die Christina-Aguilera-Bar. Keine Ahnung, wie sie das anstellt, doch um zum Kitsch noch etwas Pathos hinzuzufügen: Es hat wohl mit ihrer Ausstrahlung zu tun, ihrer Präsenz. Betritt sie einen Raum, richtet sich sofort alle Aufmerksamkeit auf sie, dabei tut sie eigentlich nichts, jedenfalls nichts Auffälliges. Sie ist einfach da.

Christina nimmt einen großen Schluck Mate und macht keine Anstalten, von ihrer Entlassung zu erzählen.

»Was war denn los?«, frage ich schließlich.

»Die ganze Abteilung wurde geschlossen, weil mein Chef nicht mehr nur auf das Poster der Piraten-Partei geschossen hat, sondern mit seiner Gaspistole bewaffnet auch zu einer Parteisitzung gegangen ist.«

Ich wusste schon immer, dass die Musikindustrie krank

ist, aber dass sie wirklich so verrückt sind, hätte ich dann doch nicht gedacht.

»Aber darum geht's eigentlich nicht.« Sie wirkt ein wenig ungeduldig. »Der andere Chef, der Oberchef, meint, wegen der Musikwirtschaftskrise, der Finanzkrise, der Immobilienkrise, der Urheberrechtskrise, kurz: weil die Welt unmittelbar vor dem endgültigen Zusammenbruch steht, muss er leider alle entlassen. Im Prinzip bleibt nur die Rechtsabteilung, die den ganzen Tag damit beschäftigt ist, sogenannte Raubkopierer auf irrwitzigen Schadenersatz zu verklagen. Der Rest des Hauses steht leer.«

Ich muss an das große Universal-Gebäude an der Spree denken, an das riesige Logo, das ständig seine Farbe wechselt. Und an die geleckten Anwälte, die da allein im Großraumbüro sitzen und schadenfroh Briefe mit gigantischen Schadenersatzforderungen an kleine Hip-Hop-Kinder verfassen, die sich illegal die neue Bushido-Single runtergeladen haben. Schließlich macht der auch immer so auf Gangster.

»Aber du hast doch einen Vertrag, den kann man ja nicht einfach kündigen!«

Christina macht ein komisches Geräusch. »Wer ist denn heute noch fest angestellt und hat Verträge?«

Ich zum Beispiel, hätte ich beinahe gesagt, lasse es dann allerdings lieber bleiben. Mein Job ist zwar scheiße, aber immerhin halbwegs sicher. Diese ganzen Zeitungsartikel über prekäre Arbeitsverhältnisse, digitale Bohème, Selbstausbeutung und dergleichen, habe ich zwar gelesen, aber immer gedacht, das habe nichts mit mir zu tun. Im »Arbeitsleben« (was für ein scheußliches Wort) scheint heutzutage (jetzt klinge ich schon wie dieser Show-Wissenschaftler) alles etwas schneller zu gehen: Mit einundzwanzig einen perfekten Job kriegen, um mit einundzwanzigeinhalb wieder gefeuert zu werden. Ich hatte wenigstens ein paar Jahre »Arbeitsleben« Zeit, um zu resignieren. Nicht, weil alles so schnell, sondern im Gegenteil: weil alles unendlich langsam vorangeht und ich nach wie vor im Kleinanzeigenbüro meine Zeit absitze. Andererseits habe ich mich auch nicht wahnsinnig angestrengt, es war doch immer nur ein Brotjob.

Natürlich hat auch das mit unserem Altersunterschied zu tun; der Arbeitsmarkt war schon vor zehn Jahren beschissen, allerdings anders beschissen. Wie lange habe ich meinen Job beim Magazin jetzt schon? Sechs, sieben Jahre bestimmt, und plötzlich werde ich zum Chef befördert, zum Chef der Kleinanzeigenabteilung zwar nur, aber: besser als nichts. Ich habe immer gejammert, wie langweilig dieses bescheuerte Stadtmagazin ist und dass mein Chefredakteur jeden Tag in seinem Büro in ohrenbetäubender Lautstärke »Glory Days« hört, aber immerhin schießt er nicht mit einer Gaspistole um sich.

Christina zündet sich eine Zigarette an, und fast hätte ich gesagt, dass in meiner Wohnung nicht geraucht wird, aber zum Glück kann ich mich gerade noch beherrschen, ich meine, sonst hätte ich ja endgültig die Vaterrolle übernommen.

»Und jetzt?«, frage ich.

»Keine Ahnung.« Christina nimmt einen großen Schluck Mate. »Ich könnte wieder studieren. Aber mit zweiundzwanzig zurück an die Uni, ich weiß nicht. Vielleicht ist das auch zu spät.«

Ich blicke sie erschrocken an. Mit zweiundzwanzig habe

ich nach einem Jahr Philosophiestudium gerade meine erste Hausarbeit geschrieben. Angefangen zu schreiben.

»Du musst ja nicht schon heute wissen, was du in Zukunft machen willst. Überhaupt muss man nicht ständig irgendwas machen.«

»Ich weiß tatsächlich gerade nicht, was ich machen will.« Sie lacht. »Zum ersten Mal seit dem Abi.«

»Wir könnten wegfahren, ein paar Tage raus aus Berlin«, sage ich, weil mir nichts Besseres einfällt. »Etwas Abstand gewinnen und nachdenken.«

»Ich habe Berlin schon so lange nicht mehr verlassen«, sagt Christina leise. »Manchmal habe ich das Gefühl, die Welt außerhalb der Stadt existiert gar nicht mehr. Man liest ein Buch, das natürlich in Kreuzberg spielt, man schlägt die Zeitung auf und sieht Bilder von Politikern im Reichstag, alle reden und schreiben nur noch über Berlin. Vielleicht ist da draußen schon längst nichts mehr.«

Dann entdeckt Christina plötzlich die Fernbedienung, die vor ihr auf dem Wohnzimmertisch liegt.

»Süß, du hast wirklich noch einen Fernseher.« Sie streicht mir über den Kopf.

»Ich weiß, heutzutage schaut man nur noch auf illegalen Seiten im Internet intelligente Serien aus den USA über transsexuelle Politikergattinnen oder verhaltensauffällige CIA-Agenten mit muslimischen Wurzeln. Ich guck aber immer noch gern die NDR-Talkshow.«

Christina tätschelt mir noch einmal belustigt den Kopf. Wir sind anscheinend ganz gut darin, nicht ewig über die schlechte Welt und unsere Probleme zu jammern. Sie zappt ein wenig durch die Kanäle und bleibt bei einer Dokusoap namens *Berlin – Tag & Nacht* hängen. Ein kahlrasierter Muskelmann sitzt in einem Fitnessstudio, schlürft einen Eiweiß-drink und unterhält sich mit einer auffällig gepiercten, ebenfalls sehr muskulösen Frau, die eigentlich genauso aussieht wie er, und erzählt irgendetwas von seinem Kampfhund namens Killerkalle.

»Wollen wir nicht lieber *Homeland* gucken?«, fragt Christina. »Ich kenn da eine Seite, die lädt echt schnell.«

Es ist zwar noch nicht Mittag, als ich am nächsten Tag die Redaktionsräume betrete, aber die zwei Praktikanten sitzen natürlich schon an ihrem Schreibtisch und warten auf Arbeitsaufträge; sie müssen sich Garys Tisch teilen, weil das Büro viel zu klein ist, um auch nur ein zusätzliches Möbelstück unterzubringen, was ihnen aber nichts auszumachen scheint. Auf meinem Schreibtisch steht eine dampfende Tasse mit frischem Kaffee.

Der Morgen heute war seltsam, anders als sonst. Natürlich weil wir zum ersten Mal zusammen bei mir in der Wohnung aufgewacht sind, aber vor allem, weil ich als Erster aufgestanden bin. Christina hat einfach weitergeschlafen, vielleicht schläft sie noch immer. Eigentlich ein schöner Gedanke: Christina, wie sie in diesem Moment friedlich schlafend in meinem Bett liegt.

»Der Boss war vorhin da«, reißt mich einer der Praktikanten aus meinen Tagträumen. Ich sollte mir wirklich angewöhnen, früher zu kommen, jetzt wo Gary nicht mehr da ist.

»Er hat Ihnen diesen Zettel dagelassen«, sagt er, und der andere reicht mir ein Blatt Papier.

»Ich hab doch gestern schon gesagt, dass ihr mich duzen sollt, verdammt! So alt bin ich doch noch nicht!«

Die beiden blicken mich ungläubig an und nicken dann ergeben.

Der Zettel des Bosses riecht stark nach seinem American-Spirit-Tabak.

»Bitte für nächste Ausgabe längeres Feature über neuen Szenebezirk Tiergarten schreiben. Sie wohnen doch wirklich da, oder? Sonst gibt es nämlich niemanden, der schon mal dort war. Melden Sie sich für genauere Infos in der Lifestyle-Redaktion.

The Boss.«

Seit Jahren warte ich auf einen ernsthaften Auftrag, auf etwas anderes als Sexanzeigen umschreiben, und jetzt kommt alles auf einmal: gestern Beförderung, heute Artikel schreiben. Meine Glory Days beginnen wohl gerade. Wenn mein Berufsleben in dieser Geschwindigkeit weitergeht, bin ich in drei Monaten Chefredakteur des *Spiegel*.

»Gute Nachrichten?«, fragt einer der Praktikanten.

»Wie man's nimmt«, sage ich tonlos. Ich fahre meinen Computer hoch und versuche, die Praktikanten zu ignorieren, was ziemlich schwierig ist, denn sie sitzen mir ja direkt gegenüber und starren mich erwartungsvoll an.

»Hat die Nachricht mit Arbeitsaufträgen für uns zu tun?«, fragt der andere Praktikant. Er trommelt wieder nervös auf der Schreibtischplatte herum, hört aber sofort damit auf, als ich wütend seine Finger anstarre.

»Als erste Aufgabe habe ich mir Folgendes für euch ausgedacht.« Ich setze eine bedeutungsschwangere Miene auf, und sie senken ehrfürchtig ihre Blicke. »Ihr sortiert jetzt alle eingegangenen Kleinanzeigen in den im Heft üblichen

Kategorien, ›Er sucht Sie‹, ›Er sucht Sex‹, ›Er sucht Tantra-Massagen von reifen Frauen in SS-Uniformen‹ und so weiter, klar? Dann verbessert ihr die offensichtlichen Fehler, zählt die Zeichen und schreibt dementsprechend Rechnungen. Auf dem Computer findet ihr alle Vorlagen.«

Die beiden nicken, die Köpfe noch immer gesenkt, aber ich sehe, wie sie sich Mühe geben müssen, ihre Vorfreude zu unterdrücken. Was sie noch nicht wissen: Das ist nicht ihre erste Aufgabe, sondern die einzige. Es ist überhaupt die einzige Aufgabe, die die Kleinanzeigenabteilung zu erledigen hat. Das ist alles. Das ist mein Job.

Die beiden machen sich sofort an die Arbeit, und ich bewundere apathisch ihre seltsame Arbeitsweise: Weil es nur einen Computer gibt, benutzen sie ihn zusammen, wobei der eine die Tastatur bedient, der andere die Maus. Dabei flüstern sie sich unablässig in die Ohren, wo und wie die einzelnen Anzeigen einzusortieren sind. Mich scheinen sie vollkommen vergessen zu haben. Für einen kurzen Moment schließe ich die Augen, die Betriebsamkeit der Praktikanten macht mich ganz schläfrig. Viel anstrengender, als selbst zu arbeiten, ist ja, anderen beim Arbeiten zuzuschauen. Dazu die beruhigenden Tippgeräusche, der gemütliche Kaffeegeruch, Garys bequemer Chefsessel, den ich gestern noch an meinen Schreibtisch geschoben habe …

Ich schrecke auf. Bin ich etwa eingeschlafen? Ich öffne die Augen, aber nichts hat sich verändert, die Praktis tippen und klicken immer noch konzentriert.

»Artur«, sage ich zu den beiden und erhebe mich von meinem Sessel, »ich bin gleich wieder da, ich muss zu einer Besprechung.« Sie nicken nur kurz, ohne vom Computerbildschirm aufzuschauen.

Ich muss zu einer Besprechung! Hätte nie gedacht, dass ich jemals diesen BWLer-Satz sagen würde, aber es fühlt sich gar nicht schlecht an. Als ich auf dem dunklen Gang vorm Büro stehe, atme ich erst einmal tief durch. Das Büro ist einfach viel zu klein für drei Menschen, selbst wenn die Praktis nicht ganz wie zwei Menschen wirken, eher wie eineinhalb. Aber das Büro ist auch für zweieinhalb Menschen zu klein.

Langsam gehe ich den Gang entlang zum Lifestyle-Büro. Zuerst bleibt mein Klopfen unbeantwortet, bis schließlich eine raue Frauenstimme »Herein« krächzt. Ich trete ins Zimmer, und vor mir sitzt die Lifestyle-Redakteurin in bunte Gewänder gehüllt an ihrem riesigen Schreibtisch. Das Büro muss mindestens fünfmal so groß sein wie unseres. Auf der Fensterbank stehen unzählige kleine Buddhafiguren, in denen Räucherstäbchen stecken, die unablässig ihren Rauch in die Luft pusten.

»Na, junger Mann, wie kann ich dir helfen?« Die Redakteurin grinst mich an. Ihre äußerst seltsame Frisur irritiert mich, sie sieht aus, als hätte der Friseur einen Topf genommen und die Haare einfach unter dem Rand abgeschnitten. Außerdem ähnelt die Redakteurin überhaupt nicht Mrs. Franzen. Da muss ich was durcheinandergebracht haben.

»Äh, also, der Tiergartenartikel«, stammle ich.

»Komm doch ein bisschen näher, mein Süßer.« Sie macht mit ihrem Zeigefinger die Komm-her-Bewegung.

Ich trete einen kleinen Schritt nach vorn, und hinter mir schlägt die Tür wie von Geisterhand zu.

»Tiergarten, das neue Szeneviertel. Aber stimmt das?« Die Redakteurin fixiert mich fragend.

»Äh …«, sage ich und muss husten. Diese Räucherstäbchen sind wirklich widerlich.

»Es gibt in letzter Zeit immer mehr Hinweise auf seltsame Vorgänge in diesem ziemlich langweiligen West-Berliner Bezirk.«

Weiß sie vielleicht sogar mehr als ich? Irgendwie kommt mir die Redakteurin wie eine Figur aus einem Film der Coen-Brüder vor: böse, aber sehr mächtig. Eigentlich sieht sie auch genauso aus wie Javier Bardem in *No Country for Old Men*. Spielt er da nicht einen Typen, der unschuldige Menschen mit einem Bolzenschussgerät ermordet?

»Wohnst du nicht sogar in Tiergarten? Muh, muh, piep, piep …« Sie beginnt laut zu lachen, hohl und dumpf klingt ihre Stimme, am Ende verschluckt sie sich und zwinkert mir böse zu. Vielleicht holt sie gleich ein Bolzenschussgerät hinter ihrem Rücken hervor.

»Äh …«, beginne ich noch einmal, weiß dann aber nicht weiter. Soll ich sie eigentlich auch duzen? Könnte das so eine Art antiautoritäre Geste ihrerseits sein, mich zu duzen, alle zu duzen? Oder nimmt sie mich einfach nicht ernst? Und wie soll ich sie dann nennen? Keine Ahnung, wie sie heißt – Javier?

Plötzlich geraten ihre Gewänder in Wallung, sie steht unglaublich behäbig auf und kommt auf mich zugewalzt. Sie ist wahnsinnig groß und breit. Als sie nur noch einen Schritt von mir entfernt ist, streckt sie ihren Arm aus, und ich denke, jetzt ist es vorbei, sie wird mich mit ihrem Bolzenschussgerät umnieten, aber sie zeigt zum Glück nur mit dem Zeigefinger in die Luft und ruft: »Geh raus und finde die Story! Schreibe mir einen Text, den Berlin noch nicht gesehen hat! Das ist deine Chance, mein Süßer. In zwei Wochen sehen wir uns wieder, bis dahin hast du deinen Auftrag erfüllt. Und nun lass mich allein. Ich muss meditieren.«

Ihre Augen leuchten rot auf, aber vielleicht bilde ich mir das auch nur ein. Mir ist schon ganz schwindlig vom Qualm der Räucherstäbchen, meine Augen tränen, und ich stolpere, heftig nickend, rückwärts aus dem Büro.

Die Tür öffnet und schließt sich wieder, und eine Sekunde später stehe ich auf dem dunklen Gang. Zurück im Kleinanzeigenbüro, lasse ich mich auf meinen Sessel fallen und will gerade anfangen, über den Auftrag nachzudenken, als ich bemerke, wie mich die beiden Praktikanten aufdringlich angrinsen.

»Was?«

»Wir sind fertig«, sagen sie im Chor, und der eine schlägt freudig seine Hände in der Luft zusammen.

»Womit?« In meinem Kopf spukt immer noch die fürchterliche Erscheinung von gerade eben herum.

»Wir haben alle Kleinanzeigen für die nächste Ausgabe sortiert.«

Ich dachte, die beiden wären damit die ganze Woche beschäftigt. So lang hätte ich nämlich gebraucht.

»Was sollen wir jetzt machen?«, fragt der eine Artur und streicht sich seine Krawatte zurecht.

»Also, ihr könntet zum Beispiel …« Scheiße, mir fällt nichts mehr ein, was die beiden jetzt noch erledigen könnten, es gibt einfach nichts mehr zu tun hier. »Kaffee kochen«, sage ich schließlich. »Kocht bitte einen riesigen Topf Kaffee, ja? Und macht wieder so schöne Zeichnungen mit dem Milchschaum.«

Ohne ein weiteres Wort springen die Arturs zur Tür und sind verschwunden.

Endlich allein, lehne ich mich in meinem Chefsessel zurück und schließe die Augen. Noch einmal ziehen die schrecklichen Bilder aus der Lifestyle-Redaktion und von Javier an mir vorbei, aber zum Glück schlafe ich schnell ein.

12

Marky Mark feat. Prince Ital Joe

Kurt und ich sitzen in der No-Name-Bar und warten auf Christina und Dr. Alban. Ich habe Kurt tatsächlich breitschlagen können, mit uns in Neukölln was trinken zu gehen. Ich erinnere mich gar nicht mehr, wann ich das letzte Mal mit ihm abends unterwegs war, aber er scheint sich halbwegs zu amüsieren, jedenfalls hat er seinen ersten Club-Mate-Wodka ziemlich schnell geleert und schlürft jetzt schon den zweiten.

»Und wie fühlt es sich an, wieder unter jungen Menschen, nachts und draußen?«, frage ich ihn.

»Wunderbar. Ich wusste gar nicht, was ich all die Jahre verpasst habe.«

Wie wird wohl Kurts über Jahre hinweg perfektionierter Sarkasmus mit der modischen Postironie von Christina und Dr. Alban zusammenpassen? Ich habe ein bisschen Angst vor dem heutigen Abend, Kurt ist nicht gerade – Vorsicht, schreckliches Wort – gesellig. Eigentlich mag ich das an ihm, Kurt ist eben ein bisschen misanthropisch. Sich immer wieder auf neue Leute einzulassen, hat er mir einmal erklärt, sei ihm mit der Zeit einfach zu anstrengend geworden, inzwischen habe er ein ausreichend großes soziales

Umfeld und bald ja auch eine eigene Familie, da sei er nicht mehr darauf angewiesen, jemand Neues kennenzulernen.

»Du bist irgendwie so widersprüchlich«, sage ich in Doc Browns Psychoanalytikertonfall. »Einerseits hasst du Menschen, andererseits setzt du selbst bald einen in diese ach so schreckliche Welt.«

Kurt blinzelt mich böse an. Bin ich jetzt zu weit gegangen?

»Oh, der große Philosoph hat mal wieder einen vermeintlichen Widerspruch aufgedeckt.«

Natürlich hackt Kurt sofort zielstrebig auf meinem wunden Punkt rum (also auf einem der vielen). Ich neige nämlich dazu, mein Philosophiestudium zu vergessen. Eigentlich hat es ja lange genug gedauert, aber seit ich das hübsche Abschlusszeugnis mit dem großen Siegel der Philosophischen Fakultät in einem Ordner abgeheftet und seitdem nie mehr hervorgeholt habe, werde ich das Gefühl nicht los, dass ein abgeschlossenes Studium gar nicht so wahnsinnig viel wert ist. Ich bereue natürlich nicht, studiert zu haben – ja, ich habe tatsächlich etwas gelernt, auch wenn ich nicht sagen könnte, was genau –, etwas daraus gemacht habe ich bis jetzt allerdings nicht. Aber man muss ja nicht aus allem etwas machen. Ich will schließlich kein »Macher« sein, ebenfalls ein ganz schreckliches Wort. Zum Beispiel das habe ich beim Philosophiestudieren gelernt. Manchmal ist »machen« nämlich nicht der Ausweg aus jeder Misere, hin und wieder sollte man auch »denken«. Dieses »Denken« wird mittlerweile sehr unterschätzt, immer soll man aktiv sein, handeln, schaffen, bauen, erledigen, arbeiten und auf keinen Fall stillstehen. Die alten Griechen waren zwar auch ein ziemlich aktives Volk, Krieg und so, klar, aber an die

Macher von damals erinnert man sich heute eher selten, wogegen Platon immer noch ziemlich aktuell ist, und der soll ja auch eher der nachdenkliche Typ gewesen sein – so wie ich, yeah! Habe ich mich gerade ernsthaft mit Platon verglichen?

Zum Glück habe ich das alles gerade nur gedacht und nicht gesagt, Kurt hätte mich endgültig für verrückt erklärt. Er wirkt ohnehin noch leicht genervt und schlürft düster dreinblickend an seinem Getränk. Na toll, gerade jetzt musste ich unbedingt mit dem leidigen Kinderthema kommen. Vielleicht ist Kinderkriegen wirklich kein Widerspruch für Kurt, sondern einfach nur konsequent: Die Welt ist schlecht, nervt furchtbar, aber wir können dem Ganzen etwas Positives entgegensetzen: ein Kind. Das ist wahrscheinlich zu – oho – philosophisch gedacht, dennoch glaube ich, dass der Gedanke gar nicht so falsch ist.

Ich sinke in meinen Sperrmüllsessel zurück und sehe, wie Christina und Dr. Alban in die Bar spazieren.

»Da sind sie«, sage ich zu Kurt und hoffe, dass er nicht mehr allzu schlimm eingeschnappt ist.

Ich stelle alle untereinander vor, sie reichen sich artig die Hände, und Kurt gibt sich wirklich Mühe, nett und aufgeschlossen zu wirken. Er ist eben doch – Pathos hin oder her – mein bester Freund.

Ein paar Mate-Wodka und No-Name-Biere später wundere ich mich schon fast gar nicht mehr, wie perfekt das alles funktioniert. Gerade haben sich Dr. Alban und Kurt eine halbe Stunde lang angeregt über Bauhausarchitektur und irgendwelche Designer unterhalten, von denen ich noch nie etwas gehört habe. Der Doktor scheint sich wirklich auf allen Gebieten auszukennen. Christina ist auch wieder ganz die Alte, jedenfalls lässt sie sich nichts anmerken, erzählt von Konstanz, ihrer Heimatstadt, die sie bald mal wieder besuchen wolle, schließlich hätte sie ja jetzt wieder mehr Zeit.

Kurt regt sich mal wieder über irgendeinen schlechten Künstler oder Architekten auf und überhaupt über die dummen Leute, die gutes Design nicht von schlechtem unterscheiden können. »Manchmal kotzt mich mein Job wirklich an«, ruft er etwas zu laut.

»Was macht dir denn Spaß?«, mische ich mich ein. »Gibt es überhaupt Dinge, die du gern machst, ich meine jetzt völlig uneingeschränkt? Wie würden denn die Top Five deiner liebsten Tätigkeiten aussehen?«

»Wir sind hier nicht in *High Fidelity*!« Er blinzelt mich böse an.

»Na ja, es gibt schon gewisse Ähnlichkeiten.«

»Was wäre das denn bei dir, Mark?«, schaltet sich Christina ein.

»Genau, du regst dich doch mindestens genauso oft über alles auf!«, sagt Kurt.

Christina muss lachen. »Ja, das stimmt.«

Das hätte ich nicht gedacht, dass die beiden sich gleich am ersten Abend gegen mich verbünden.

»Also zum Beispiel Musik hören. Und mit euch in Bars abhängen. Ins Kino gehen und Filme von den Coen-Brüdern ansehen. Denken. Ich denke wirklich gern nach, vor allem über mich. Und schlafen natürlich.«

»Schlafen zählt ja wohl nicht«, wirft Kurt sofort ein.

»Und ist auch nicht gerade mit in-Bars-Rumhängen vergleichbar«, fällt mir jetzt auch noch Dr. Alban in den Rücken.

»Das ist doch Quatsch, schlafen wäre sogar meine Nummer eins.«

»Was ist mit deinem Beruf?«, fragt Christina.

Darauf wäre ich gar nicht gekommen. Überhaupt dieser Ausdruck: Beruf. So was sagt man doch nicht mehr, das klingt nach fünfziger Jahren, und Wirtschaftswunder. Aber »Job« wäre auch seltsam, das meint ja eher eine Aufgabe und passt schon gar nicht. »Arbeit« ist genauso schwierig, mit diesem Begriff assoziiere ich vor allem Anstrengung, etwas, das überhaupt nicht auf meine Tätigkeit im Kleinanzeigenbüro zutrifft. Sicher ist: Ich arbeite, um Geld zu verdienen. Aber wie hat Christina irgendwann einmal gesagt: Das ist doch keine Arbeit, das macht mir Spaß. Eigentlich hätte eher ich verdient, meinen Job/Beruf zu verlieren, schließlich kann ich ihn noch nicht mal leiden.

»Ach, übrigens, das habe ich noch gar nicht erzählt, ich habe heute meinen ersten richtigen Auftrag für einen Artikel bekommen.« Ich erzähle von meiner Unterredung mit Javier, einige Details (ich bin verschüchtert und bekomme kein Wort heraus, das Bolzenschussgerät) verschweige ich allerdings.

»Doktor, du hast doch auch schon was in Tiergarten erlebt«, ruft Christina. »Da kann dich Mark ja mal interviewen.«

»Blöderweise weiß ich nichts mehr davon.« Dr. Alban wirkt nicht so, als würde er gern an seinen mysteriösen, wahrscheinlich alkohol- und drogenbedingten Absturz erinnert werden.

»Vielleicht wacht eines Tages auch ihr betrunken an der Kurfürstenstraße auf«, sagt er düster.

»Bei Marky wär das ja nichts Besonderes.« Christina grinst mich an.

»Hey, was ist denn das für ein Lied?«, fragt Dr. Alban

plötzlich. Es gibt wenige Menschen, die auf die Hintergrundmusik in Bars achten, mal abgesehen davon, wenn das Gedudel zu nervig wird, was in einer Neuköllner Kneipe allerdings nicht zu erwarten ist. Hier weiß man, was gerade noch okay trashig und was schon over the top ist. Neunziger-Jahre-Mucke geht ja zum Beispiel wieder. Mit elektronischer Musik kann man genauso wenig falsch machen – allerdings muss hier darauf geachtet werden, dass es nur der allerneuste Nerd-Kram ist. Irgendwelche neueren Indie-Bands sind ebenfalls zu vermeiden, das ist inzwischen zu sehr Mainstream, Independent-Mainstream sozusagen. Mittelalte Elektronik geht schon wieder, bei Indie dagegen nur der sehr alte Sound, frühe achtziger Jahre oder so – es ist kompliziert. Dr. Alban ist natürlich einer, der auf die Bar-Hintergrundmusik achtet, und ich eigentlich auch. Aber das Lied gerade wäre mir gar nicht aufgefallen, vielleicht weil es mir so vertraut ist.

»Das seid doch ihr«, sagt Kurt, obwohl ich ihm sofort unter dem Tisch gegen das Schienbein trete, als mir klar wird, was da gerade gespielt wird.

»Wer?«, ruft Christina.

»Ich habe es geahnt«, sagt Dr. Alban.

»Du hast es natürlich nicht erzählt.« Kurt schüttelt genervt den Kopf.

Hat er das jetzt erwähnt, um sich an mir zu rächen? Um zu zeigen: Auch dein Leben ist nicht gerade widerspruchslos. Wahrscheinlich wundert er sich nur, das Lied in so einer hippen Bar zu hören. Ich wundere mich ja auch.

»Du bist einer von den Stereotypen?« Christina ist aufgesprungen und kriegt sich gar nicht mehr ein.

»So sieht's aus«, sagt Kurt.

Ich nicke.

»Ey, Alter, voll krass«, sagt Dr. Alban.

»Jetzt redest du auch schon so komisch«, sage ich.

»Wie wer?«

»Warum hast du das vor uns verheimlicht?« Christina setzt sich wieder hin und wirkt ein wenig eingeschnappt, weil ich ihr nichts von meiner wahnsinnig erfolgreichen Musikkarriere mit den Stereotypen erzählt habe. Vielleicht, weil sie eben gerade nicht wahnsinnig erfolgreich war, sondern schon ziemlich früh versandet ist.

»Ach, das war doch keine große Sache«, sage ich, obwohl es damals schon ziemlich groß für mich war. Immerhin hatte ich für ein, zwei Jahre das Gefühl, etwas zu machen, was ich halbwegs gut konnte und was mir richtig Spaß machte.

Alles fing an, als ich gerade nach Berlin gekommen war und natürlich erst einmal im Nachtleben verlorenging. Irgendwann begann ich am Computer rumzuspielen und kleine Lieder zu produzieren, ähnlich denen, die damals in den Clubs liefen. Meine früheren musikalischen Versuche am Klavier waren zwar ohne nennenswerte Erfolge geblieben – ich erinnere mich an schrecklich peinliche Vorspielnachmittage in der Musikschule –, doch das Musikmachen am Rechner war anders. Irgendwie durchschaute ich die musikalischen Strukturen von elektronischer Musik damals ziemlich schnell, jedenfalls dachte ich das, und die ersten Ideen fand ich gar nicht so schlecht. Auf einer Party lernte ich dann einen Typen kennen, den alle nur Prince Ital Joe nannten, weil er irgendwie adlig war und mindestens so lange Rastalocken hatte wie der echte Prince Joe. Außerdem war er ebenfalls Sänger. Bis jetzt allerdings nur in einer Indie-Band, die exakt wie die Strokes auf ihrem ersten Album klang, nur viel schlechter. Prince Ital Joe und ich verstanden uns, er besuchte mich in meiner WG, sang ein bisschen auf meinen Tracks, und es klang eigentlich nicht schlecht, selbst wenn sich das Ganze mehr oder weniger wie die üblichen Elektroclash-Sachen um die Jahrtausendwende anhörte. Prince Joe hatte ein paar Kontakte zu Clubs, wir spielten das eine oder andere Live-Konzert, und es lief wider Erwarten ganz okay. Vor allem besser als Prince Joes Indieband, und irgendwann kam ein Typ von einer klitzekleinen Berliner Plattenfirma und wollte ein Mini-Album von uns herausbringen. Mit einer Mini-Auflage, versteht sich. Ein paar Berliner DJs legten unsere Songs sogar bei Partys auf, wir spielten noch ein paar Gigs, produzierten eine zweite Single, was die großen Plattenfirmen jedoch überhaupt nicht interessierte. Vielleicht hätten wir uns auch einen Manager zulegen sollen, aber Prince Joe hatte zu viele Dokus über berühmte, zu früh verstorbene Musiker gesehen, die von zwielichtigen Typen ausgenommen wurden, und bekam Angst, dass genau das auch uns passieren würde, wenn wir uns aufs profitgeile Musikgeschäft einließen: ausgenommen werden und zu früh sterben. Allerdings machten wir gar keinen Profit. Irgendwann ging dann unsere Plattenfirma pleite, oder der einzige Angestellte kündigte, oder der Chef hatte endgültig zu viel Koks im Ostgut gezogen – es war nicht ganz klar. Prince Ital Joe schnitt jedenfalls seine Rastas ab, ging fürs Referendariat in die norddeutsche Tiefebene und wurde ein angesehener Musik- und Gemeinschaftskundelehrer. Und ich landete im Kleinanzeigenbusiness. Das war die kurze und ziemlich unspektakuläre Geschichte meiner Musikkarriere. Seit es die Stereotypen nicht mehr gibt, bevorzuge ich es, mich nicht mehr daran zu erinnern, aber seltsamerweise entwickeln junge Hipster, die damals keine zwölf Jahre alt waren und nur die Backstreet Boys gehört haben, plötzlich ein Interesse an uns.

So in etwa erzähle ich das auch Christina und Dr. Alban, die mir gebannt zuhören. Kurt gähnt derweil gelangweilt, er kennt die ganze Geschichte ja aus eigener Anschauung.

»Das hätte ich nicht gedacht.« Christina sieht mich entgeistert an.

»Traust du mir so was nicht zu?« Ich versuche, eingeschnappt zu wirken.

»Das meine ich nicht. Ich hätte eben nicht gedacht, dass jemand wie du, mit so einer Vergangenheit, sich damit zufriedengibt, Kleinanzeigen abzutippen.«

»Ich bin ja nicht zufrieden«, sage ich, aber Kurt schaut schon so komisch. Wenn er eins hasst, dann sind es Beziehungsgespräche in der Öffentlichkeit – und das hier entwickelt sich gerade zu einem besonders ernsten. Zum Glück ist der Doktor da.

»Hast du denn noch eine Vinylpressung von eurer ersten EP?«, fragt er aufgeregt.

»Müsste irgendwo bei mir rumliegen, ich kann dir mal eine mitbringen.« Dr. Albans Augen leuchten freudig, ich glaube, ich habe ihn noch nie so glücklich gesehen. Endlich habe ich es geschafft, ihm so etwas wie Anerkennung abzuringen.

Christina tippt konzentriert auf ihrem iPhone rum.

»Was machst du da?«, frage ich, aber sie hat schon ein Video von uns angeklickt. Seit es überall Internet gibt, ist man nicht mehr sicher vor seiner Vergangenheit.

»Das bist du?«, kreischt Christina, als ich Keyboard spielend in meiner Küche auftauche. Das Video wurde nämlich in der Küche meiner damaligen WG gedreht. Wo auch sonst? Ich habe das Gefühl, die Zeit zwischen zwanzig und fünfundzwanzig ausschließlich in WG-Küchen verbracht und dort Unmengen Bier getrunken und Spaghetti mit Tomatensoße gegessen zu haben.

»Irgendwie kommt mir das Video bekannt vor, als ob ich das schon mal gesehen hätte.« Christina starrt ungläubig auf das kleine Handydisplay.

»Da war ich so alt wie du jetzt.« Ziemlich frustrierend eigentlich, wenn ich länger darüber nachdenke. Also denke ich nicht länger darüber nach.

»Aber was ist das da auf deinem Kopf?«

»Haha«, sage ich. »So anders sieht deine Frisur ja wohl auch nicht aus.«

»Ein sehr interessantes Video«, sagt Dr. Alban begeistert, der sich jetzt auch über das Handy gebeugt hat. »Ihr zitiert hier doch die verwirrenden Kamerafahrten aus Jean-Luc Godards berühmter Wohnungsszene in *Die Verachtung*, oder?«

»Also, ähm, ich kann mich nicht mehr so genau erinnern ...«, sage ich.

Kurt versucht, das alles, so gut es geht, zu ignorieren. Er hielt schon damals nicht besonders viel von meiner »Kunst«. Er hört nämlich ausschließlich Gitarrenmusik, am liebsten, wenn sie mindestens zwanzig Jahre alt ist.

»Mein Freund ist berühmt«, sagt Christina, als das Video zu Ende ist.

Sie hat es schon wieder gesagt: mein Freund.

»Na ja«, sage ich verlegen.

»Das poste ich bei Facebook.« Und bevor ich eingreifen

kann – es wäre ohnehin sinnlos –, hat sie das Video auf ihrer Seite hochgeladen und darübergeschrieben: »Mein Freund ist berühmt.« Dann kann sie ja auch gleich ihren Beziehungsstatus ändern, denke ich, sehe dann aber, dass sie gar keinen Status bei sich auf der Seite angegeben hat. Na klar, heutzutage hat man weder eine Beziehung noch einen Status.

»Aber ich will nicht, dass jeder, der auf deiner Facebook-Seite landet, das Video sieht.«

»Keine Angst, das sehen nur meine Freunde«, beruhigt mich Christina.

»Wie viele Freunde hast du denn?«

»Ach, zweitausend oder so.« Ich erstarre. Selbst Kurt blickt entsetzt von seinem Mate-Wodka auf, und Dr. Alban muss ziemlich breit grinsen. »Also, genau … zweitausenddreihundertachtundsiebzig, nee warte, da ist gerade 'ne Anfrage …« Sie klickt auf ihrem Handy rum. »Jetzt sind es zweitausenddreihundertneunundsiebzig.«

»Das war's dann wohl mit deiner Geheimniskrämerei«, sagt Kurt. »Übrigens, ich muss dann langsam los …«, fügt er immer noch paralysiert von diesen ungeheuren Zahlen hinzu.

»Du hast zweitausenddreihundertneunundsiebzig Freunde?«, frage ich benommen. Ich habe gerade mal sieben Facebook-Freunde – immerhin zwei mehr als im echten Leben. Aber das behalte ich lieber für mich.

»Sind wir überhaupt schon befreundet?«, fragt Christina.

»Brauchen wir doch nicht, wir sehen uns doch eh jeden Tag.«

Christina und Dr. Alban müssen laut und lange lachen.

»Zweitausenddreihundertneunundsiebzig«, murmelt Kurt leise. »Ich geh dann mal.« Aber er steht nicht auf.

»Ich bin halt schon ewig bei Facebook«, sagt Christina. »Da sammelt sich einiges an.«

Ich reiße ihr das iPhone aus den Händen. »Du bist seit dem fünften Januar zweitausendelf bei Facebook«, lese ich von ihrer Timeline ab.

»Siehst du, schon ewig.«

»Tschüs«, ruft Kurt in die Runde. Endlich hat er es geschafft, sich aus seinem Sessel zu hieven. Wir verabschieden uns, und ich blicke Kurt nach, wie er erschöpft aus der No-Name-Bar wankt. Bei Christina und Dr. Alban komm ja nicht mal ich mehr mit, wie soll es da erst Kurt gehen?

»Ich hab dir eine Freundschaftsanfrage geschickt«, sagt Christina.

»Ich auch.« Dr. Alban hat ebenfalls sein Handy hervorgeholt. Er hält kurz inne und rückt erstaunt seine Brille zurecht. »Hast du etwa ›Philosoph‹ als Beruf angegeben?«

»Soll ich Kleinanzeigenbetreuer reinschreiben?«

»Dann kann ich auch endlich einen Beziehungsstatus angeben«, sagt Christina, die so einen Beruf anscheinend gar nicht komisch findet. »Christina Aguilera in einer Beziehung mit Marky Mark.«

»Ein Traum geht in Erfüllung«, sage ich matt.

»Haha«, machen Christina und Dr. Alban gleichzeitig. Dabei sollte das gar kein Witz sein.

13
Fifteen MINUTES of fame

Am nächsten Tag im Büro beantworte ich Christinas Freundschaftsanfrage auf Facebook. Die zwei Praktikanten sind offensichtlich pikiert, dass ich es wage, bei der Arbeit auf Facebook rumzusurfen. Aber nach einem strengen Blick meinerseits beschäftigen sie sich wieder mit ihrer Arbeit. Also, meiner Arbeit. Sie sollen nämlich schleunigst alle Infos über Tiergarten zusammensuchen, die sie bekommen können. Ich wohne da zwar schon ewig, aber von der Geschichte des Bezirks und so was habe ich keine Ahnung. Schließlich sollte ich langsam mit meinem Artikel anfangen.

Ich widme mich wieder dem nervigen sozialen Netzwerk. Jetzt sind wir also Freunde, Christina Aguilera und Marky Mark. Was sie wohl zu meiner Freundesanzahl sagt? Ich schaue mir ihre Seite an und traue meinen Augen kaum: Das Video der Stereotypen haben schon zweitausendeinhundertzweiundfünfzig Leute geliket, achthunderteins haben es auf ihrer Seite geteilt, außerdem gibt es fünfhundertsiebzehn Kommentare dazu. Ich lese die letzten drei:

»Krass. Geile Scheiße. Das ist dein Freund? Wo bekomme ich die Platte?«, schreibt Coco Jambo 93.

»Not bad. When are they playing in New York?«, hat James Murphy kommentiert.

»I wanna fuck the silly guy on keyboards«, meint Sinwith-Sebastian.

Ich gehe auf YouTube. Das Video ist seit gestern häufiger angeklickt worden als in den letzten fünf Jahren zusammen, genauso wie die anderen zwei Videos von uns, die es dort noch zu sehen gibt. In den Kommentaren wird ständig gefragt, ob man uns live sehen kann und wo es unsere Platten zu kaufen gibt. Das kommt alles so knapp zehn Jahre zu spät. Aber damals gab es ja noch keinen Facebook-Fame.

Ich gucke mir alle unsere Videos noch einmal an – den Praktis habe ich vorher erklärt, das sei »Recherche« für einen großen Artikel über die Elektroszene in Berlin um die Jahrtausendwende. Sie schauen mich beeindruckt an, mittlerweile scheinen sie mich etwas mehr zu respektieren.

Eigentlich gar nicht so schlecht, was wir damals fabriziert haben. Prince Ital Joe kann wirklich nicht schlecht singen. Und Elektromusik hat sich seitdem auch nicht so wahnsinnig weiterentwickelt, es bummtbummt immer noch kräftig. Ob Prince Joe mit seinen Schülern in der norddeutschen Tiefebene unsere Songs im Musikunterricht intoniert?

Der Kontakt zwischen mir und dem Prince ist schon ziemlich lange eingeschlafen. Ich beschließe, ihm eine Mail zu schreiben, damit er unsere fifteen minutes of fame nicht verpasst, ich glaube kaum, dass der Herr Lehrer bei Facebook ist. Als ich die Mail abgeschickt habe, sehe ich, dass mir Gary geschrieben hat. Vielleicht ist er ja wieder da. Aber als ich die Mail öffne, bemerke ich, dass es nur eine Rundmail an alle seine Freunde ist. Also, außer an mich noch an zwei andere aus der Redaktion und an seine Mutter.

»Nachdem ich in Berlin unter die Räder gekommen bin, habe ich gelernt, kein Narziss mehr zu sein. Hier bei den Wölfen in der ostdeutschen Steppe habe ich Gold gefunden. Schön ist die Jugend, aber tagelanges Glasperlenspielen hat mir gezeigt: Alles wird sich zum Guten wenden.

Let it flow. Shanti.«

Na toll, jetzt ist er endgültig durchgeknallt. Ich nehme einen Schluck von meinem vorzüglichen Kaffee (diesmal haben die Praktis einen kleinen Stoffbeutel in den Milchschaum gemalt). Dieses Hippietum lässt sich einfach nicht ausrotten. Ich meine, wie viele Beweise brauchen die »Alles wird gut«-Sager denn noch, um zu merken, dass eben gerade nicht alles gut wird? Neoliberalismus, Krieg im Nahen Osten, Kate Perry, es wird alles immer schlimmer! Aber dann ans Lagerfeuer fläzen, »Stairway to Heaven« auf der Klampfe nachspielen, einen dicken Joint drehen und warten, dass die Welt gut wird. Aber der Kapitalismus geht nicht einfach so weg – leider.

»Scheiße!«, rufe ich zu laut und haue mit der Faust auf meinen Schreibtisch. Die Praktikanten zucken erschrocken zusammen.

»Ich meine nicht euch, arbeitet einfach weiter.« Die zwei Arturs widmen sich wieder ihrem Computer. Erschöpft lehne ich mich in meinem Sessel zurück. Was ist nur in mich gefahren? Erst diese Gary-Sache und dann auch noch Christina, die gefeuert wird – das macht mich echt fertig.

Plötzlich schiebt mir einer der Praktikanten einen dicken Stoß Papier über den Tisch.

»Alle Infos zu Tiergarten, Chef«, sagt der andere.

»Das alles?« Die beiden lächeln mich stolz an.

»Wohnen Sie eigentlich wirklich da?«, fragt mich der eine. »Wir kennen niemanden, der …«

»Jaja. Egal, ich muss dann mal los, recherchieren.«

Ich packe meine Sachen zusammen, um mich nach Hause aufzumachen. Schließlich soll ich einen Artikel über Tiergarten schreiben, da hat es ja wohl keinen Sinn, hier in Mitte rumzuhocken, wenn ich auch vor Ort sein kann.

»Aber, Chef«, rufen die Praktikanten im Chor, als ich gerade das Büro verlassen will. »Was machen wir denn jetzt? Können wir vielleicht mitkommen?«

»Nein, auf gar keinen Fall, das ist eine vertrauliche Sache, da darf es keine Zeugen geben.« Was für ein Schwachsinn, aber die Praktikanten glauben ohnehin alles. Glaube ich jedenfalls.

»Das Büro zum Beispiel … ist so unordentlich. Ihr könntet mal den Schrank da aufräumen.« Ich deute auf den einzigen Schrank im Büro, den ich seit mindestens fünf Jahren nicht mehr geöffnet habe. Keine Ahnung, was da überhaupt drin ist, aber die Praktis stürzen sich schon auf ihn. Ich kann unbemerkt entkommen und dabei den Stapel Papier über Tiergarten im Papierkorb entsorgen.

In der U-Bahn nach Hause schaut mich eine Frau, etwa in meinem Alter, die ganze Zeit seltsam an und zwinkert mir dann zu.

»Entschuldigung, ich hätte da mal eine Frage«, sagt sie, »sind Sie vielleicht einer der Stereotypen?« Sie lächelt mich freundlich an.

»Ohh, ähm, genau genommen …«, stottere ich, es geht also schon los, ich bin voll drin in meinen fifteen minutes. »Ja, bin ich.«

»Ich bin ein großer Fan Ihrer Musik. Schon seit den Anfangstagen. Gerade heute erst habe ich ein Video von Ihnen auf Facebook gesehen.«

In diesem Moment sehe ich die drei kleinen Kinder um sie herum, die offensichtlich ihre eigenen sind, denn sie sind alle irgendwie an ihr befestigt (Hand, Jackenzipfel, Kinderwagen). Die zwei größeren tragen Ray-Ban-Sonnenbrillen. Vor meinem inneren Auge blitzen grässliche Bilder von Oldie-Fernsehsendungen auf: Paul Kalkbrenner in einem lila Glitzerjackett rennt auf die Bühne, um das stark gealterte Loveparade-Publikum – jetzt mit natürlichen Glatzen – zu begrüßen. »Und nun ein ganz besonderes Highlight unseres allseits beliebten Techno-Stadls«, ruft Paule Kalki, wie ihn seine Fans nennen, seit bei ihm Alzheimer im Frühstadium diagnostiziert wurde: »Die Reunion der famosen Stereotypen aus Berlin. Rockt das Haus.« Alle jubeln, und Prince Ital Joe und ich werden in Rollstühlen auf die Bühne geschoben.

Zum Glück fahren wir gerade in den Bahnhof Kurfürstenstraße ein, und ich steige aus. Ich höre gerade noch, wie die Frau zu einem ihrer Kinder sagt: »Schau mal, Lisa Marie Johanna, der da hat mal tolle Musik gemacht, und die Mama hat ganz dolle dazu getanzt und sich hin und wieder auch was eingeworfen. Das waren noch Zeiten.«

Ich laufe ein wenig in meinem Kiez rum, vielleicht finde

ich ja irgendetwas Interessantes für meinen Artikel, aber alles sieht aus wie immer. Röhrenjeansträger sind weit und breit nicht zu sehen – mal abgesehen von dem älteren Typen vor Puschel's Pub mit der Vokuhila und der Blousonjacke, aber die Jeans sind wohl noch original aus den Achtzigern. Ebenso wenig gibt es irgendwelche hübschen Cafés oder Bars mit Club-Mate-Wodka im Angebot. Und in den Spätis wird noch echtes Bier verkauft und kein Beck's Green Lemon – und schon gar keine Stoffbeutel. Von wegen neuer Trendbezirk, Javier ist offensichtlich vollkommen durchgeknallt. Aber worüber soll ich dann meinen Artikel schreiben? Das wird wohl doch nichts mit der großen Journalistenkarriere, dafür werde ich jetzt mit meiner Musik bekannt. Hätte mir das jemand vor einer Woche erzählt, hätte ich ihn für wahnsinnig gehalten. Eigentlich würde ich das noch immer.

Ich mache mich auf den Weg nach Hause, und plötzlich steht Dr. Alban vor mir. Er zwinkert mir hinter seinen dicken Brillengläsern zu.

»Marky, wir scheinen füreinander geschaffen zu sein, immer treffen wir uns zufällig. Ein Wink des Schicksals.«

Er lächelt mich gespielt verliebt an. Wo ist denn das Post von seiner Postironie geblieben?

»Bist du wieder hier aufgewacht und weißt nicht, wie du hergekommen bist, oder wolltest du mich besuchen?«

»Haha«, sagt Dr. Alban und schiebt seine Brille zurecht. »Nein, hier muss irgendwo ein sogenannter Art Space sein, den ich mir mal anschauen wollte.«

»Ja, super«, sage ich, »das klingt doch nach Trendbezirk: Art Space.«

Ich bin mir immer noch nicht ganz sicher, was der Doktor von mir hält. Ich meine, immerhin bin ich so was wie der »Freund« seiner Mitbewohnerin.

»Besser als Space Art«, mache ich einen Witz. Dr. Alban reagiert wie immer: gar nicht.

Ich beschließe, ihn zu diesem komischen Art Space zu begleiten, wahrscheinlich geht Recherchieren so, ich habe ja keine Ahnung. Wir biegen in eine kleinere Straße ein, die ich noch nie in meinem Leben betreten habe. Eigentlich kenne ich nur den Weg von meiner Wohnung zur U-Bahn-Station und zum Supermarkt. Sonst halte ich mich hier nicht draußen auf. Was sollte ich dort auch machen?

Es sind kaum Leute unterwegs, viele Geschäfte stehen leer, es gibt eigentlich nur noch Wettbüros und Teleshops, die wahrscheinlich auch Wettbüros sind, bloß illegale. Wir bleiben vor einem leeren Laden stehen.

»Hier ist es«, sagt der Doktor. Wir suchen die dreckige Glasfront des Ladengeschäfts eine Weile ab und entdecken dann einen kleinen Zettel an der Tür: »Art Space YEAH«.

»Yeah?«, frage ich, aber da tauchen plötzlich zwei Hipster vor uns auf, die aussehen, als wären sie gerade vom Hermannplatz hierhergebeamt worden. Irgendwie kommen sie mir bekannt vor, aber wahrscheinlich liegt das einfach daran, dass sie genauso aussehen wie alle in Neukölln.

»Unsere Kunst muss bangen wie ein Rockkonzert, yeah!«, ruft der eine Hipster und deutet auf die leeren Räume hinter der Glasscheibe. Die beiden scheinen die Betreiber des Art Space zu sein und gerade von der Mittagspause zu kommen. Oder vom Frühstück. Wahrscheinlich machen sie einfach erst jetzt ihren Space auf, weil sie als Künstler natürlich die ganze Nacht malen und bildhauern.

»Was für eine Ausstellung läuft denn gerade?«, fragt Dr.

Alban. Manchmal bewundere ich seine stoische Ernsthaftigkeit, er scheint sich wirklich dafür zu interessieren.

»Wir haben einen Place kuratiert, wo jeder seinen Event hosten kann«, sagt der Größere. Wie die Praktikanten könnten auch sie Brüder sein.

Ich sehe durch die Glasscheibe in den völlig leeren und unsanierten Raum, eine einsame nackte Glühbirne baumelt von der Decke. Ungenutzte Ladenwohnungen gibt es hier an jeder Ecke. Aber, war klar, die beiden sind natürlich Kuratoren! Heute sind ja alle Kuratoren, und alles wird kuratiert: Shops, Bücher, Mix-CDs, Ikea-Einrichtungshäuser. Bald heißt es wahrscheinlich: »Ich habe heute meine Wohnung kuratiert«, wenn man mal staubgesaugt hat. Oder: »Ich habe meinen Körper kuratiert«, wenn man sich morgens die Trainingshose und das alte T-Shirt anzieht. Am Ende kuratiert man noch sein ganzes Leben: »Hm, ich glaube, ich brauche da noch ein blondes Kind, aber dazu passt der Golden Retriever nicht so gut, vielleicht doch lieber eins mit dunklen Haaren?«

»Hier geht es um innovatives Arbeiten, um Kreativität sowie fixe und flexible Eventspaces«, ruft einer der Space-Curators und reißt mich aus meinen Gedanken. »Kunst findet nicht mehr in klassischen Räumen statt, sondern sucht ständig nach neuen realen und virtuellen Orten. Wir bieten offene, digital vernetzte und kollaborative Kunsträume, die als Inkubationsplattform für Netzwerk, Innovation und Produktion dienen.«

»Was war das mit der Inkubation?«, frage ich. »Ich bin ja Hypochonder.« Die Art-Space-Brüder ignorieren mich einfach.

»Wir koordinieren nur die verschiedenen Projects«, ergänzt der andere noch die Rede des größeren Bruders. Vielleicht soll das auch postironisch sein, denke ich und frage mich, ob sie irgendwo Karteikarten versteckt haben, von denen sie ihre druckreifen Reden ablesen. Aber sie scheinen das alles auswendig gelernt zu haben. Und daran zu glauben. Wahrscheinlich meinen sie es nicht einmal böse.

»Und was für ein Project läuft gerade bei euch?« Der Doktor hat immer noch nicht seine Contenance verloren, obwohl er ja extra aus Neukölln hergekommen ist. Und er verlässt Neukölln nicht oft. Ob er zum Beispiel jemals zur Uni fährt, habe ich noch nicht herausgefunden.

»Bis jetzt gab es noch keine Projects«, sagt der eine. Dr. Alban und ich sehen uns erschrocken an.

»Wie kamt ihr darauf, einen Space für Art Events in Tiergarten zu founden?«, frage ich nach einer kurzen Phase unangenehmen Schweigens.

»Das ist voll die krasse Geschichte«, sagt wieder der Größere, anscheinend der Klassensprecher ihres abgespacten Space. »Vor ein paar Wochen sind wir einfach so an der Kurfürstenstraße aufgewacht, ohne Erinnerung, wie wir dorthin gekommen sind. Aber dann haben wir die ganzen leeren Spaces gesehen und gedacht: Nice, hier ist alles voll new and different. In Neukölln, wo wir vorher gelebt, ähh, gearbeitet haben, ist alles schon so crowded, aber hier kannste noch was Neues starten, yeah!«

»Yeah«, sage ich und beobachte Dr. Alban, der sich nicht anmerken lässt, dass er etwas ganz Ähnliches erlebt hat.

»Yeah, yeah, yeah«, ruft der große Bruder und trippelt nervös von einem auf den anderen Fuß. Die ganze Energie des motivierten und innovativen Freelancers durchschüttelt seinen zierlichen Hipsterkörper. Und jetzt erkenne ich die beiden auch: Es sind die zwei Typen, deren Gespräch ich damals bei der Galerieeröffnung in der Reuterstraße, als das mit Christina losging, mitgehört habe. Sie sind tatsächlich hier hängengeblieben – bis jetzt sind sie die Einzigen.

»Na dann«, sagt Dr. Alban mehr zu sich selbst. Wir verabschieden uns von den Art-Brüdern und wandern zurück zur Kurfürstenstraße.

»Da hast du doch was für deinen Artikel«, sagt der Doktor.

»Das glaubt mir doch keiner, wenn ich das schreibe: Hipster werden auf unerklärliche Weise nach Tiergarten verschleppt, und wenn sie schon mal da sind, kuratieren sie halt hier vor sich hin. Das ist doch Schwachsinn. Außerdem machen sie offensichtlich gar nichts.«

Der Doktor schnaubt verächtlich und nimmt seine Brille von der Nase. »Wer macht denn überhaupt was in Berlin? Außer davon zu reden, was zu machen?«

Dann steigt er die Treppen zur U-Bahn hinunter und fährt zurück nach Neukölln. Dr. Alban hat einfach immer recht.

14
MARRIED
... with CHILDREN

Kurt ruft mich aus dem Krankenhaus an. Es ist mitten in der Nacht – oder vielmehr ziemlich früh am Morgen, aber das fühlt sich für mich gleich an. Ich liege neben Christina in ihrem Zimmer auf der Matratze. Sie ist vom Klingeln meines Handys kurz aufgewacht, aber sofort wieder eingeschlafen. Ein Junge, erzählt Kurt, heute Nacht kam er. Alle sind gesund, keine Komplikationen, jetzt schläft der Kleine und die Mutter auch. Er klingt müde und glücklich.

»Herzlichen Glückwunsch«, sage ich. »Sagt man doch, oder?« Ich habe keine Ahnung, wie man mit so was umgeht, Kurt ist der erste Freund von mir, der ein Kind bekommt. Das letzte Baby, mit dem ich zu tun hatte, war ich selbst.

»Na klar! Danke. Ich glaube, ich leg mich auch mal hin.« Schon lange habe ich Kurt nicht mehr so gutgelaunt erlebt. Ich kündige einen Besuch in den nächsten Tagen an, und wir verabschieden uns.

Draußen ist es schon ziemlich hell, durchs offene Fenster höre ich Vogelgezwitscher, ein weiterer schöner Sommertag beginnt. Ich schaue auf mein Handy, in einer Stunde muss ich aufstehen. Heute ist der 23. Juli. Das Datum muss ich mir ab jetzt merken.

Ich blicke zu Christina und merke, dass sie wach ist und mich verschlafen anblinzelt.

»Kurt ist jetzt Vater«, flüstere ich.

Christina lächelt. Ihre blonden Haare stehen niedlich verwuschelt ab. Sofort denke ich darüber nach, wie es wäre, mit ihr ein Kind zu haben. Ein völlig absurder Gedanke, wir kennen uns ja erst kurz, aber wahrscheinlich fragt man sich das eben, wenn der beste Freund gerade Vater geworden ist.

»Irgendwie ist das komisch. Kurt ist zwar genauso alt wie ich, aber wenn ich über Kinder nachdenke, dann habe ich das Gefühl, dass das noch gar nichts mit mir zu tun hat.«

»Das kommt bestimmt bald«, sagt Christina leise.

»Wer weiß. Wenn ich zum Beispiel bei einer Familienfeier bin, würde ich mich immer noch an den Kindertisch setzen und nicht zu den Erwachsenen. Ich fühle mich am Kindertisch ziemlich wohl, da kann ich doch nicht schon selbst Kinder in die Welt setzen.«

»Das Gefühl kenn ich.« Christina lacht. »Aber ich bin ja auch viel jünger als du.«

»Immer mit dem Finger in die Wunde.« Wir küssen uns. Und dann haben wir Sex.

»Komisch«, sage ich danach zu Christina. »Eigentlich macht man das ja, um Kinder zu bekommen. Vergisst man aber die ganze Zeit.«

»Darüber möchte ich jetzt wirklich nicht nachdenken!« Sie schubst mich von der Matratze auf die kalten Dielen.

»Ich mein ja nur. Wenn wir katholisch wären, hätten wir gerade eine Todsünde begangen.« Ich rolle wieder zurück auf die Matratze unter die Decke.

»Ich bin katholisch«, sagt Christina.

»Stimmt, ich auch. Ob überhaupt jemand ausschließlich nur Sex hat, um Kinder zu kriegen?«

»Kennst du diesen einen Sketch von Monty Python?«, fragt Christina. »Da gibt es so eine riesige katholische Familie mit vierhundert Kindern, die eine Art Musical aufführen und dazu singen: ›Every sperm is sacred.‹ Und dann sieht man ein evangelisches Pärchen in ihrer Wohnung, die das Ganze beobachten, und der Mann sagt, dass diese Katholiken jedes Mal ein Kind bekommen, wenn sie Sex haben. Und dann sagt die Frau: ›Ach, Schatz, das ist doch bei uns auch so. Wir haben zwei Kinder und hatten zweimal Sex.‹«

Ich merke, wie ich wieder sehr müde werde. Komme ich eben zu spät zur Arbeit, ich habe mir ja nicht ausgesucht, Chef zu sein. Ich denke wieder an den blöden Artikel über Tiergarten, mit dem ich immer noch nicht weitergekommen bin, dann schlafe ich auch schon ein.

Zehn Tage später sitze ich in einem Eltern-Kind-Café im Prenzlauer Berg. Das Café heißt wahnsinnig ironisch »Married with children«. Ich fühle mich sehr fehl am Platz, denn ich bin allein. Allein heißt hier: ohne Kind. Ein mittelalter (jaja, so ist es halt) Mann allein in einem Eltern-Kind-Café!

Ich konzentriere mich auf meinen Latte macchiato, der vor mir steht, und versuche, so teilnahmslos wie möglich zu wirken. Alle drei Sekunden schaue ich auf die Uhr und mache genervte Seufzlaute, damit alle mitbekommen, dass ich auf jemanden warte. Natürlich nicht auf irgendjemanden, sondern auf ein Kind. Und das stimmt ja auch, ich bin mit Kurt hier verabredet, aber er ist zu spät. Das darf er, denn er hat ein Kind.

Hinter mir, aus Richtung Spielecke, die im Prinzip das

ganze Café einnimmt, höre ich ein mir vertrautes Geräusch. Ein Bobbycar, das über Dielen rollt. Dazu schreit ein Kind: »Später werde ich LKW-Fahrer! Später werde ich LKW-Fahrer!«

Eine Minute später bollert das dickliche Kind mit seinem Gefährt monoton gegen meinen Stuhl, als sitze es auf einem mechanischen Aufziehauto. Ich blicke mich nach einem zum Kind gehörenden Erziehungsberechtigten um, selbst wenn ich mich in einem Eltern-Kind-Café wohl kaum über ein Kind beschweren kann, da sehe ich Kurt, wie er durch die Tür zu meinem Tisch geeilt kommt. In der Hand hält er eine Art riesige Tragetasche, in der unter unzähligen Deckchen und Kisschen das Baby verborgen ist. Es schläft.

»Jetzt schläft er.« Kurt lässt sich vollkommen erschöpft auf den Stuhl mir gegenüber fallen und stellt die Tragetasche auf den freien Stuhl zwischen uns. Dunkle Ringe unter den Augen verleihen Kurt ein fast gespenstisches Aussehen, er sieht jetzt wirklich aus wie Kurt Cobain neunzehnhundertvierundneunzig. Sofort wird ohne Rückfragen von der Bedienung ein riesiger Latte macchiato vor ihn auf den Tisch gestellt.

»Jetzt schläft er«, wiederholt er. »Jetzt!« Er schaut mich aus glasigen Augen an. »Aber heute Nacht nicht. Gestern Nacht auch nicht. Überhaupt scheint er nur tagsüber zu schlafen.«

»Oh«, sage ich, weil ich nicht weiß, was ich sagen soll. Das macht mir alles ein wenig Angst. Ich beuge mich über die Tragetasche und suche das Baby. Unendlich friedlich und unendlich niedlich liegt es unter seinen Decken, die winzigen Augen geschlossen, ruhig atmend. Meine Angst ist wie weggeblasen. Und dann passiert, was ich nie für möglich gehalten hätte: Eine Welle der Zuneigung überrollt mich. Ich bekomme tatsächlich feuchte Augen.

»Kurt«, stammle ich, »das ist das Schönste, was ich je in meinem Leben gesehen habe. Ich bin so froh für dich.«

Aber Kurt hört mich nicht. Er hat seinen Kopf auf den Tisch gelegt und ist eingeschlafen. Ich kann ihn unmöglich wecken, wenn er die letzten zwei Nächte nicht geschlafen hat. Langsam trinke ich meinen Latte macchiato aus und bestelle mir noch einen. Kurt wacht auch nicht auf, als das Kind auf dem Bobbycar ruft: »Später werde ich Immobilienmakler! Später werde ich Immobilienmakler!«, und jetzt gegen Kurts Stuhl bollert. Auch das Baby schläft einfach weiter. Ich sitze zufrieden zwischen den zwei schlafenden Cobains und lächle debil.

Plötzlich wacht Kurt auf. Verwirrt blickt er sich um.

»Wir müssen los!«, ruft er nervös. »Milch!« Er nimmt die Tragetasche, nickt mir kurz zu und rennt aus dem Eltern-Kind-Café auf die Straße, hält das erste vorbeifahrende Taxi an, indem er sich auf die Straße wirft, zerrt den bisherigen Fahrgast vom Rücksitz und braust in Richtung seiner Wohnung davon. Seinen Latte macchiato hat er nicht einmal angerührt. Also trinke ich den eben auch noch aus.

Als ich total hyperaktiv von dem ganzen Kaffee zur Tür wanke, bemerke ich den Blick einer erstaunlich jungen Mutter – wahrscheinlich so alt wie ich –, die neben ihrem Sohn in der Spielecke sitzt, eine riesige Legoburg vor sich. Das Kind trägt eine neongelbe Sonnenbrille. Die Mutter flüstert ihm etwas zu, ich höre nur »Wär der was?«, aber der Junge schüttelt angewidert den Kopf und nimmt einen Schluck von seiner Kids-Latte (ohne Koffein, habe ich vor-

her auf der Karte gelesen und gedacht, das wäre postironisch, ist es aber offensichtlich nicht). Anscheinend hätte
ich inzwischen erstaunlich gute Chancen bei jungen Müt-
tern. Glücklicherweise sind die Kinder schlauer als ihre
Erziehungsberechtigten.

In der U-Bahn auf dem Nachhauseweg ruft Christina an.
»Ich wollte gerade meinen Eltern mailen und sie fragen,
wann wir sie mal besuchen können. Du kommst doch mit,
oder?«

»Ja, äh«, sage ich und räuspere mich übertrieben. Das
geht ganz schön schnell, wir sind doch weder married, noch
haben wir children. Aber warum nicht? Wenn es wirklich
Hippies sind, wie Christina behauptet, dann wird es bestimmt entspannt, und wir können zusammen einen kiffen
und dann *Easy Rider* gucken.

»Wie war das Baby?«

»Sehr, sehr, sehr, sehr niedlich.«

»Ich finde, dass alle Neugeborenen irgendwie gleich aussehen. Richtig niedlich werden die erst so mit einem
Jahr ...«

»Kurts Sohn ist jetzt schon niedlich!«, rufe ich empört.

»Du bist ja ganz schön durch den Wind! Was habt ihr
denn gemacht?«

»Geschlafen.«

»Geschlafen?«

»Kurt und sein Sohn. Ich hab zugeschaut.« Die U-Bahn
fährt in den Bahnhof Hermannplatz ein, und ich steige aus.
Stille kommt aus dem Hörer. »Er war wirklich sehr niedlich. Das Baby, nicht Kurt.«

»Schon klar. Niedlich also?«

»Ja, sehr niedlich.« Ich schniefe.

»Weinst du etwa vor Rührung?«

»Nein«, lüge ich und steige die Treppen zum Hermannplatz hoch. »Ich denke nur schon wieder, wie schnell alles geht. Gerade waren wir selbst noch Kinder, und jetzt bekommen wir welche.«

»Und du willst lieber noch am Kindertisch sitzen, ich weiß.«

»Genau. Jedenfalls habe ich das Gefühl, wir arbeiten die ganze Zeit und leben so vor uns hin und merken gar nicht, wie die Zeit rennt, immer schneller, je älter wir werden.«

»Arbeiten?«

»Wenn man nichts tut, vergeht die Zeit sogar noch schneller. Ich spreche aus Erfahrung.«

Ich biege in die Straße ein, wo Christina und Dr. Alban wohnen, und in diesem Moment höre ich, wie der Doktor etwas im Hintergrund sagt und Christina antwortet: »Ja, Mark hat jetzt Midlife-Crisis.«

»Höchstens Quarterlife-Crisis«, rufe ich. »Hat Dr. Alban etwa die ganze Zeit mitgehört?«

»Nein«, lügt jetzt Christina. »Kommst du her?«

»Ich bin schon da«, sage ich und klingle.

Im Treppenhaus stolpere ich über etwas, das direkt hinter der Eingangstür auf dem Boden liegt. Eine Kassette. Ich hebe sie auf und klappe die durchsichtige Plastikhülle auf. Es scheint tatsächlich ein selbstbespieltes Mixtape zu sein, wusste gar nicht, dass es so etwas noch gibt. Davon habe ich früher unzählige aufgenommen, um angehimmelte Mädchen für mich zu begeistern, aber leider wollten die lieber die Backstreet Boys hören – oder sogar Christina Aguilera, aber nie die nachdenklichen Indiesongs, die ich in stundenlanger Kleinarbeit und mit ausgeklügeltem Spannungsbogen auf Band gebannt hatte.

Ich schaue mir die Kassette genauer an. Sie ist natürlich beschriftet. Ich entziffere die krakelige Schrift: »Die Lösung all deiner Probleme.«

Ich stecke das Tape in meinen Stoffbeutel und steige die Treppen hinauf, dabei fällt mir auf, dass ich mein Kassettendeck vor ungefähr fünf Jahren verschrottet habe. Aber Christina und Dr. Alban haben bestimmt einen Walkman bei sich rumliegen, immerhin besitzen sie auch Plattenspieler.

Christina erwartet mich an der Wohnungstür.

»Na, mein alter Marky, hast du dich etwas von der existentiellen Begegnung mit einem Neugeborenen erholt?«

»Haha. Aber sag mal, hast du zufällig ein Tapedeck?«

»Ich habe keine Ahnung, was du meinst.«

»Na, ein Tapedeck oder einen Walkman oder so was?«

Dr. Alban schaut aus der Küchentür in den Flur. »Was ist denn hier los?«

»Hey Doc, du hast doch bestimmt noch ein Tapedeck an deiner Anlage, oder?«

»Doch, ich habe schon einmal von diesen seltsamen Geräten gehört, mit denen man früher Musik abspielen und aufnehmen konnte.«

»Du hast doch auch einen Videorekorder«, sage ich zu Christina. »Tapes sind das Gleiche wie Videokassetten, nur in klein und für Musik.«

Christina fängt an »Watch the Tapes« von LCD Soundsystem zu singen.

»Read all the pamphlets and watch the tapes,
    you turn twenty-five and now you're all out of escapes.«

Wir gehen in die Küche, wo Dr. Alban gerade einen seiner berühmten Rucolasalate »kocht«, wie er es nennt.

»Ich hab dieses Tape bei euch im Treppenhaus gefunden.« Ich zeige den beiden die Kassette mit der Lösung all meiner Probleme darauf.

»Du hast doch zu Hause bestimmt noch ein Tapedeck, du bist doch so Old School, Mark«, sagt Dr. Alban und tröpfelt ein wenig Honig auf die Rucolablätter.

»Erst Midlife-Crisis und dann auch noch Old School. Ich bin doch nicht euer Opa. Und: nein. Ich habe kein Tapedeck mehr.«

Christina tätschelt mir beruhigend den Arm. »Komisch, ich bin zehn Minuten vor dir nach Hause gekommen, aber ich habe keine Kassette im Treppenhaus gesehen.«

»Wahrscheinlich ist darauf nur die Lösung meiner Probleme.«

»Ich wusste gar nicht, dass du so viele Probleme hast, dass deren Lösung ein Neunzig-Minuten-Tape füllen würde«, sagt Dr. Alban und hobelt noch Parmesan über den Salat.

»Wenn du wüsstest«, sage ich. »Es ist alles ganz schrecklich. In zwei Tagen muss dieser blöde Tiergartenartikel fertig sein, aber bis jetzt habe ich nicht die leiseste Ahnung, was ich schreiben soll.«

Christina verschwindet in ihr Zimmer und kommt kurz darauf mit einem Walkman wieder in die Küche. Also doch. Ich stecke die Kassette in das prähistorische Gerät, aber nichts passiert.

»Neue Batterien sind drin«, sagt Christina. »Hab mir gleich gedacht, dass das Ding im Arsch ist, als ich es auf dem Mauerpark-Flohmarkt für einen Euro gekauft hab.«

Ich drücke noch einmal vergeblich auf allen Knöpfen rum. »Na, das wird dann wohl nichts mit der Lösung meiner Probleme.«

»Es ist angerichtet«, ruft der Doktor und wuchtet die riesige Salatschüssel auf den Tisch.

»Setz du dich bitte an den kleinen Tisch dahinten.« Christina deutet auf den kleinen Klapptisch neben dem Küchenfenster. »Das ist der Kindertisch.«

15
ZURÜCK
in die GEGENWART

Ich sitze nervös im Kleinanzeigenbüro, die Praktikanten beobachten mich, trauen sich jedoch nicht, mich anzusprechen, obwohl sie nach neuen Arbeitsaufträgen lechzen. Die beiden haben in den letzten Tagen mehrfach den Teppichboden gesaugt (mit einem Handsauger, manchmal bin ich echt ein Sadist), meine Hemden gebügelt (habe ich selbst noch nie gemacht), ein Internet-Tutorial für perfekte Latte-Art gedreht (über hunderttausend Klicks bei YouTube innerhalb von drei Tagen, viel mehr als die Stereotypen), in einer Rede von Joachim Gauck mitgezählt, wie oft er »Freiheit« sagt (siebenundvierzigmal, Gauck leidet anscheinend an einem »Freiheit«-Tourette-Syndrom), und in einem Malen-nach-Zahlen-Buch alle Bilder ausgemalt (hat ihnen mit Abstand am meisten Spaß gemacht). Langsam sollte ich mir wirklich eine neue Aufgabe für sie ausdenken.

Aber im Moment habe ich andere Sorgen: Morgen soll ich zu Javier – die zwei Wochen sind um, und ich muss den Artikel über Tiergarten abgeben. Jahrelang habe ich auf die Gelegenheit gewartet, endlich ein richtiger, echter Journalist zu werden, und jetzt fällt mir absolut nichts ein, was ich schreiben könnte. Außer dem bescheuerten Art Space habe ich einfach nichts gefunden, was auf ein neues Szene-viertel hinweisen würde. Falls es in Tiergarten wirklich mit der Gentrifizierung losgehen sollte, wäre ich bestimmt der Erste, der es merken würde, immerhin bin ich doch viel Hipster-sensibler als die alte Frau aus dem Hinterhaus und die ganzen anderen seltsamen Bewohner dieses seltsamen Stadtteils. Und der Art Space ist ja eher ein Nothing Space, jedenfalls nichts, worüber man schreiben könnte. Einem echten Journalisten wäre das vermutlich egal, der würde einfach irgendwas erfinden, schließlich werden alle paar Monate neue Hipsterkieze ausgerufen, sogar in Saarbrücken und Freiburg soll es inzwischen einen Szenebezirk geben. Doch meinen Einstand in die edlen Gefilde des Qualitäts-journalismus habe ich mir anders vorgestellt. Wenn ich nur einen blöden Kassettenrekorder finden würde, könnte ich das Problemlösungstape anhören und wüsste genau, was zu tun ist.

Das Klingeln des Telefons reißt mich aus meinen Gedan-ken. Die Praktikanten und ich starren den altmodischen, eckigen knallroten Apparat an. Er hat sogar eine Wählschei-be. Ich kann mich nicht erinnern, dass es schon einmal ge-klingelt hat, seit ich hier arbeite; ich bezweifle, dass über-haupt jemand die Nummer kennt. Ich jedenfalls nicht. Wer soll schon im Kleinanzeigenbüro anrufen? Wenn einer aus der Redaktion etwas von uns will, was auch nur dreimal im Jahr passiert, dann kommt er einfach vorbei. Die Anzeigen gehen alle per Mail ein. Manchmal sogar per Post, wenn äl-tere Herren eine Gefährtin für den »Herbst des Lebens« suchen. Aber angerufen hat noch niemand, das ist den Leu-ten wahrscheinlich zu peinlich. Vorsichtig hebe ich den rie-sigen Hörer ab, der größer ist als mein ganzes iPhone.

»Hallo … äh … Kleinanzeigenabteilung?«

»Hi, spreche ich mit Mark?«, dröhnt eine motivierte Stimme aus dem Hörer.

»Also … ja«, stammle ich.

»Mein lieber Mark – ich darf dich doch Mark nennen?« Ich habe gar keine Zeit, die Duz-Offensive abzuwehren, denn es geht schon weiter: »Schön, mit dir zu talken, das ist echt voll nice. Ich bin von Universal, der krassen Plattenfirma, you know, und möchte dir ein fettes Angebot unterbreiten, das du gar nicht ablehnen kannst!«

»Ein Angebot?« Ich habe keine Ahnung, was der Typ will. Geht es etwa um Christina? Ist das vielleicht sogar ihr Ex-Chef? Der mit der Gaspistole? Irgendwie hört er sich eher an wie H. P. Baxxter, der »Sänger« (ich setze ganz bewusst beim Denken hier Anführungszeichen) von Scooter. So ein junggebliebener, pseudocooler Mittvierziger mit blondierten Haaren und teuren Jeans mit extra Löchern drin.

»Genau, Mark, that's right! Haha. Es geht um deine Band, die Stereotypen. Ich habe auf Facebook ein Video von euch gesehen und finde es einfach total catchy. Auf so etwas hat die Welt gewartet! Wir können euch ganz groß rausbringen!«

Bin ich jetzt völlig verrückt geworden? Oder eher: Sind alle um mich herum völlig verrückt geworden?

»Ich habe schon versucht, deinen Bandkollegen zu erreichen, aber leider konnte ich seine Adresse nicht herausfinden.«

»Der ist jetzt Lehrer.«

»Lehrer? Fuck, wie alt seid ihr denn?«

»Das halten wir geheim.«

158

»Hammergeil«, ruft H. P. begeistert. »Solche gewöhnlichen Mysterien verkaufen sich immer gut. Mark, wir müssen uns dringend treffen und über unsere Strategy sprechen! Am besten du cruist einfach in unserem Headquarter an der Spree auf eine Club-Mate-Rhabarber vorbei, wir haben da eine Megadachterrasse.«

»Äh, ja, gut. Im Moment bin ich etwas im Stress, aber ich rufe Sie an.«

»I hope so, Mark! Sonst mache ich bei dir Dauerbelagerung, man! Wir sind echt total heiß auf euch.« Ich kann sein verbindliches Grinsen förmlich hören. »Wir bringen euch ganz groß raus!«, sagt er noch einmal.

»Schön«, antworte ich, weil mir nichts Besseres einfällt, vielleicht sollte ich ihn noch fragen, how much the fish is? Ich hätte nicht gedacht, dass solche Plattenfirmenleute wirklich sagen: »Wir bringen euch ganz groß raus!« Wenn wir uns treffen, wedelt er wahrscheinlich mit riesigen Geldbündeln vor meiner Nase rum.

Wir verabschieden uns, und ich lege auf. Die zwei Praktikanten starren mich ungläubig an. H. P. hat so laut gesprochen, dass sie bestimmt jedes Wort verstanden haben. Das hätten sie wohl nicht für möglich gehalten, ihr langweiliger Chef ist tatsächlich berühmt.

»Was?!«, rufe ich, und die Praktis schauen schuldbewusst auf die Schreibtischplatte.

Ich will Baxxters Telefonnummer vom Display abschreiben, aber das Telefon hat natürlich gar keins. Ist vielleicht besser so, das ist doch alles Schwachsinn, wahrscheinlich will mich nur jemand verarschen. Außerdem wäre das auch komisch: Christina wird von Universal entlassen, und ich bringe eine Platte bei denen raus. Ich werde ihr besser

nichts von dem Angebot erzählen. Außerdem bin ich einunddreißig, da kann man doch keine Musikkarriere mehr
starten. Paul McCartney war achtundzwanzig, als sich die
Beatles aufgelöst haben. Das sind so die Dimensionen im
Popbusiness.

»Also, meine lieben Arturs«, sage ich, um von dem seltsamen Anruf abzulenken. »An die Arbeit!« Sofort blitzen
ihre Augen vorfreudig auf. »Ihr macht euch jetzt sofort
nach Tiergarten auf und haltet Ausschau nach schönen Cafés und Bars mit Sperrmüllmöbeln. Oder auch nach Galerien und Läden, die Stoffbeutel verkaufen. Oder überhaupt
nach Stoffbeuteln, die nicht von dm oder Rewe sind. Okay?
Morgen früh erwarte ich einen ausführlichen Bericht.«

Die Praktikanten springen freudig auf, packen ihre Taschen und rennen aus dem Büro. Mir doch egal, dass sie
nichts finden werden, Hauptsache, endlich Ruhe. Ich öffne
eine neue Datei auf meinem Computer. Eine weiße, leere
Fläche flimmert mich an. Die muss ich jetzt mit Wörtern
füllen. Ich denke an Javier. Und an das Bolzenschussgerät.
Ich beginne zu schreiben:

»Tiergarten. Unendliche Weiten. Wir schreiben das Jahr
2013. Dies sind die Abenteuer der Gentrifizierer, die unterwegs sind, um neue Welten zu erforschen, neues Leben und
neue Zivilisationen. Viele Lichtjahre von Neukölln entfernt
dringen die Gentrifizierer in Bezirke vor, die nie ein Hipster
zuvor gesehen hat.«

Ich höre auf zu tippen. Eigentlich ein guter Einstieg. Aber
wie geht es weiter? Dabei fällt mir auf, dass das wirklich
wie Science-Fiction klingt: »Wir schreiben das Jahr 2013.«

Ich meine, wann ist die Zukunft in *Zurück in die Zukunft*? 2015, glaube ich. Das ist in zwei Jahren. In zwei Jahren schweben also Skateboards, und die Autos fliegen hoch über den Straßen in der Luft. Die Autos fliegen ja immer in Science-Fiction-Filmen. Auch in *Blade Runner*. Der spielt 2019, checke ich schnell bei Wikipedia, in sechs Jahren kann man Roboter nicht mehr von Menschen unterscheiden, die Heimcomputer sehen allerdings aus wie riesige 4/86er und können nur Polaroidfotos ausdrucken. Am lustigsten ist allerdings *Die Klapperschlange* mit Kurt Russell – auch so ein Kurt –, der in einer utopischen amerikanischen Gesellschaft im Jahr 1997 spielt und natürlich auch in den Achtzigern gedreht wurde. In diesem Film ist Manhattan ein Hochsicherheitsgefängnis, aber immerhin gibt es Handys; die anderen Science-Fiction-Filme haben das tragbare Telefonieren dagegen sträflich vernachlässigt. Kurt Russell hält an einer Stelle im Film ein Handy in den Händen, das etwa so groß ist wie ein Bolzenschussgerät.

Ob wohl die Zukunftsprognosen der Science-Fiction-Filme von heute eintreffen werden? Ich bezweifle, dass sich in ein paar Jahren gutaussehende Jugendliche in einer Reality-Fernsehshow gegenseitig umbringen, weil schrille Faschisten das als Zeitvertreib ansehen.

Ich lese mir alle Wikipedia-Artikel zu den Filmen durch, schaue mir die Trailer auf YouTube an und klicke mich durch unzählige andere Videos. Dann fällt mein Blick auf die Uhr. Es ist halb sieben, seit einer halben Stunde habe ich Feierabend. Ein Hoch auf die Prokrastination.

Draußen auf der Straße, vor dem Bürohochhaus, laufe ich Dr. Alban buchstäblich in die Arme. Es ist total wahnwitzig.

»Das ist ja eine Überraschung.«

»Na ja«, sagt der Doktor und lacht. Das sieht man nicht oft bei ihm. »Kommst du mit nach Neukölln?«

Seit Dr. Alban weiß, dass ich mal in einer Band gespielt habe, ist er irgendwie netter zu mir.

»Klar. Wusstest du, dass ich hier arbeite?« Ich deute auf den Bürokomplex hinter uns.

»Ich war gerade in einem Plattenladen hier um die Ecke«, sagt der Doktor, meine Frage ignorierend, und zieht eine Schallplatte aus seinem Stoffbeutel. Der Doktor beschäftigt sich nämlich nur mit den wirklich wichtigen Dingen im Leben. Also, den Dingen, die er wichtig findet, alles andere wird ignoriert. Also im Prinzip genau dem, was »normale« Menschen eher unwichtig finden. Vielleicht ist die Konversation mit ihm deswegen immer so kompliziert.

»Da habe ich das gefunden.« Er hält mir das erste Mini-Album der Stereotypen unter die Nase. Ich wollte es ihm ja eigentlich schenken, aber ich konnte bei mir zu Hause tatsächlich kein Exemplar mehr finden. Sogar Prince Joe hatte ich gefragt, ob bei ihm in der norddeutschen Tiefebene noch ein paar Platten von uns rumliegen, aber er antwortet nach wie vor nicht auf meine E-Mails. Wahrscheinlich will er nichts mehr mit seiner Vergangenheit zu tun haben und lebt inzwischen mit zwei Kindern, Frau, Hund und VW Passat in einem schmucken Einfamilienhaus und fährt einmal im Jahr nach Südfrankreich in den Urlaub.

»Schau mal, was ihr jetzt wert seid.« Der Doktor deutet auf das Preisschild: 75 Euro.

»Das hast du dafür bezahlt?«

»Bald ist sie bestimmt noch viel mehr wert.«

»Ich erinnere mich dunkel daran, vor ein paar Jahren einige Exemplare für fünfzig Cent das Stück an einen Second-Hand-Plattenladen verkauft zu haben.«

»Wenn man schon früher wüsste, was in der Zukunft so abgeht, könnte man viel Geld machen.«

»So was Ähnliches hab ich auch gerade gedacht. Science-Fiction-Filme zum Beispiel liefern seit Jahren spektakulär falsche Zukunftsprognosen. Aber ich glaube, das war schon immer so, denk an Jules Verne. Ich meine, die fliegen in einer Kanonenkugel zum Mond.«

»Mein Ziel ist es, ausschließlich in der Gegenwart zu leben«, sagt der Doktor. Er nimmt seine Brille ab und fuchtelt intellektuell mit ihr herum. Fehlt nur noch, dass er einen Bügel in den Mund steckt und dazu die Stirn in Falten legt. »Ich finde, Literatur, Film, Theater, bildende Kunst – Kultur im Allgemeinen – sollten sich ausschließlich mit den Phänomenen der Gegenwart beschäftigen oder zumindest mit gegenwärtigen Methoden arbeiten. Alles andere ist meiner Ansicht nach: Kitsch.«

Eigentlich wollte ich doch nur Science-Fiction-Anekdoten austauschen, so: Hey, der DeLorean hat eine lustige Vorrichtung, die aussieht wie ein Radiowecker, aber eine Zeitmaschine ist, voll witzig! Doch Doc Alban redet schon weiter:

»Obwohl das Abarbeiten an der Gegenwart die dringlichste Aufgabe der Kunst ist, so ist sie auch die schwerste. Alle beschäftigen sich immer nur mit der Vergangenheit, schreiben Romane, die im Zweiten Weltkrieg spielen, oder drehen den tausendsten Film über die DDR. Was wir brauchen, ist Gegenwart, Gegenwart, Gegenwart! Wir müssen unsere Zeit beschreiben, unsere Welt, die immer mehr aus den Fugen gerät. Diese verdammten Fugen müssen wir beschreiben.«

Der Doktor sieht mich aufgeregt an, wir stehen immer noch vor dem Bürohochhaus, in dem die Redaktion ist. Ich bin mir sicher, dass er recht hat. Allerdings könnte ich nicht sagen, wieso. Vielleicht beschäftigen sich die Leute lieber mit der Vergangenheit oder mit irgendeiner unrealistischen Zukunft, weil sie das von den gewöhnlichen Problemen der Gegenwart ablenkt. Weil Gegenwart immer Last und Langeweile bedeutet und natürlich viel unspektakulärer ist als die schicksalhaften Ereignisse in der Vergangenheit. Aber diese unausgegorenen Gedanken werde ich Dr. Alban lieber nicht offenbaren.

Wir wandern zur U-Bahn-Haltestelle und steigen in die U8 Richtung Hermannstraße. Neben mir sitzt ein Jugendlicher, der entfernt an den ADS-Hip-Hopper erinnert, nur dass er nicht hibbelig ist, im Gegenteil, seine Augen hängen auf halbmast. Trotz der lauten Rap-Beats, die aus seinen weißen Kopfhörern scheppern, scheint er zu dösen. Wahrscheinlich ist er auf Ritalin. Und für einen Moment glaube ich, dass er einen Walkman in den Händen hält, aber natürlich ist es nur eine Retrohülle für sein Smartphone.

»Ich würde gern einen Science-Fiction-Film drehen, der in der Vergangenheit spielt«, sage ich.

Dr. Alban ringt sich schon wieder ein Lächeln ab. »Du könntest den Film ›Zurück in die Gegenwart‹ nennen.«

Wir steigen aus der U-Bahn und schlendern auf der Weserstraße Richtung No-Name-Bar, wo Christina auf uns wartet. Als wir die Rütli-Schule passieren, hell erleuchtet und ein wenig bedrohlich hinter hohen Bäumen versteckt, bekomme ich eine SMS und fummle mein Handy aus der Tasche. Sie ist von Gary, anscheinend hat er sich wieder ein Handy zugelegt. Kurz nachdem er verschwunden war, habe ich tausendmal versucht, ihn anzurufen, er ist jedoch nie rangegangen.

Ich lese die SMS laut vor: »Weich ist stärker als hart, Wasser stärker als Fels, Liebe stärker als Gewalt. Let it flow, Mark!«

»Der Spruch kommt mir bekannt vor, ist der nicht von Hermann Hesse? Oder nein, der ist bestimmt vom Dalai Lama«, sagt der Doktor.

»Stimmt, der verkündet doch auch immer so was wie: »Gib nicht auf, all deine Träume werden Wirklichkeit.«

»Aber diese Sentenz stammt doch aus DJ Bobos großem Meisterwerk ›Celebrate‹.«

Ich frage mich, ob Gary je wieder zurückkehren wird oder ob er mir einfach abhandengekommen ist, verschwunden, wie so viele alte Freunde vor ihm. Bei Gary ging es allerdings ziemlich schnell, sonst entfremdet man sich eher langsam, die Prioritäten verschieben sich eben mit der Zeit. So ähnlich ist es auch mit Prince Ital Joe gelaufen. Und jetzt hänge ich hier mit diesen Jungspunden Christina und Dr. Alban ab. Zum Glück gibt es noch Kurt.

Wir kommen bei der No-Name-Bar an, und Christina hat schon Club-Mate-Wodka für uns drei bestellt, die in bis zum Rand gefüllten Flaschen vor ihr auf dem Sperrmülltisch stehen. Sie selbst thront in einem Plüschsessel und aktualisiert auf dem Handy ihr Facebook-Profil.

»Und? Viele neue Freunde?«

»Och, dreißig oder so. Euer Video startet übrigens weiter voll durch: zwanzigtausend Klicks in den letzten drei Tagen.«

Ich denke an den Anruf von H. P. Baxxter heute Morgen, verdränge den Gedanken aber schnell wieder. Wir sitzen eine Weile gemütlich in der No-Name-Bar, trinken noch ein paar mehr Mate-Wodka und wechseln dann über die Straße in eine andere Kneipe mit dem seltsamen Namen »Papa«, wo leider ziemlich schlechte Musik läuft, nicht die Hits der Neunziger, sondern Weltmusik oder so, aber nach zwei, drei Augustiner geht auch das. Dr. Alban ist erstaunlich gutgelaunt und lacht im Gegensatz zu Christina die ganze Zeit über meine Witze.

Nach einer Weile verabschiede ich mich kurz aus der ziemlich kleinen, vollkommen verrauchten Bar und trete auf die Straße in die warme Sommernacht. Mein Bierglas habe ich einfach mitgenommen. Ich atme die frische Luft tief ein und merke, dass ich schon ganz schön betrunken bin, außerdem ist mir ein wenig übel, und ich spiele kurz mit dem Gedanken, mich auf den Bordstein zu setzen, habe aber Angst, dann nicht mehr hochzukommen.

So richtig viel ist auf den Neuköllner Straßen nicht los, hin und wieder wankt eine Gruppe Skandinavier aufgekratzt und betrunken, aber trotzdem immer sehr gutaussehend, von einer Bar zur anderen. Sonst ist alles ruhig, nur wenn eine Bartür aufschwingt, dringen kurz Musik und Stimmen auf die Straße. Heute ist ja nicht Wochenende, und es soll tatsächlich auch in Neukölln Menschen geben, die zu normalen Zeiten arbeiten beziehungsweise: die überhaupt arbeiten.

Ich trinke das Bier aus, stelle das Glas auf den Bürgersteig vor dem Papa ab und schlendere – oder eher schwanke – ein Stück die Straße hinunter, bis ich vor dem Spätkauf gegenüber zwei Gestalten sehe. Eine von ihnen steht leicht gebückt ruhig da und raucht, die andere scheint förmlich zu vibrieren. Ich gehe näher ran und erkenne den ADS-Jugendlichen, der sich wie immer hochgradig nervös und hibbelig mit dem alten bärtigen Hertha-BSC-Neuköllner unterhält. Eine seltsame Kombination. Was die beiden sich wohl zu sagen haben? Vielleicht sollte ich mich dazugesellen und ein bisschen Smalltalk halten? Betrunken genug wäre ich.

In diesem Moment höre ich Stimmen hinter mir, irgendjemand sagt: »Ey, Alter, voll krass!« Ich drehe mich um und erkenne Christina, die auf mich zugelaufen kommt, auch schon mit ordentlich Schlagseite und ebenfalls mit ihrem Bierglas in der Hand. Der Doktor ist nicht zu sehen. Sie winkt mir zu. Ich gehe ihr entgegen, plötzlich höre ich wieder Stimmen, einen lauten Schrei und sehe im Augenwinkel ein paar dunkle Gestalten in Kapuzenpullis aus einem Hauseingang huschen.

Dann wird alles schwarz.

16

All DEINE Träume werden Wirklichkeit

Langsam öffne ich meine Augen. Es dauert eine Weile, bis sich die Umgebung scharf stellt. Mein Kopf dröhnt furchtbar. Ich blinzle und nehme verschwommen helles Licht über mir wahr. Vielleicht bin ich ja tot. Aber das Jenseits kann eigentlich nicht so furchtbar stinken. Anscheinend liege ich auf dem Boden, ausgestreckt auf dem Rücken. Ich drehe meinen Kopf und schaue auf dreckige Fliesen an der Wand. Das Muster kommt mir bekannt vor. Sind das darunter etwa Gleise? Dann kann ich endlich den Schriftzug lesen: »Kurfürstenstraße«.

Ich jetzt also auch. Irgendwann musste es natürlich auch mir passieren. Aber wurde ich wirklich verschleppt, so wie es die anderen Hipster behaupten? Ich wohne schließlich hier und erinnere mich, vor ein paar Stunden in Neukölln und ziemlich betrunken gewesen zu sein. Wahrscheinlich habe ich einfach die U-Bahn nach Hause genommen und mich dann, bevor ich mich an den Heimweg wagte, noch für ein kleines Nickerchen hier auf den Boden gelegt. Klingt bescheuert, aber na ja, das waren wirklich ein paar Club-Mate-Wodka zu viel.

Ein Kopf taucht direkt vor meinem Gesicht auf, ein Hundekopf. Ein länglicher, brauner und vor allem ziemlich hässlicher Köter mit auffällig kurzen Beinen schnüffelt an mir rum. Jetzt weiß ich auch, woher der Gestank kommt. Ich versuche den Hund zu verscheuchen, er scheint jedoch großes Interesse an meinem Stoffbeutel zu haben und versucht reinzubeißen. Schwerfällig stehe ich auf, wobei mir ziemlich schwindlig wird, und der hässliche Hund rennt davon. Ein Herrchen oder Frauchen ist weit und breit nicht zu sehen. Auf der digitalen Anzeige für die U-Bahn steht: »Betriebsschluss. Out of Order.« Die Uhr daneben zeigt drei Uhr fünfzehn.

Ich sehe mich auf dem verlassenen U-Bahnhof um. Schließen die Verkehrsbetriebe die Ein- und Ausgänge nachts nicht sogar ab? Komm ich hier vielleicht gar nicht weg? Mir ist kalt, mein Kopf dröhnt immer noch wie verrückt, und mir fällt es ziemlich schwer, einen vernünftigen Gedanken zu fassen. Da sehe ich Christina, die anscheinend bewusstlos auf einer Sitzbank ein paar Meter weiter liegt. Ich rufe ihren Namen, und sie öffnet langsam die Augen.

Wie sind wir bloß hierhergekommen? Ich kann mich an nichts erinnern.

Ich schleppe mich zu Christina und knie mich vor die Bank. Sie sieht ganz schön blass aus, ihre Haare sind verstrubbelt, das T-Shirt dreckig. Ich will gar nicht wissen, wie ich gerade aussehe. Immerhin bin ich wieder halbwegs nüchtern.

»Geht's dir gut?«

»Ich glaub schon«, flüstert sie und setzt sich auf. »Aber mein Kopf tut furchtbar weh.«

»Meiner auch.« Synchron befühlen wir unsere Hinterköpfe.

»Fette Beule«, sagt Christina und schaut gequält.

»Bei mir sieht's ähnlich aus.«

»Ich kann mich an nichts erinnern.« Sie befühlt immer noch geistesabwesend ihren Hinterkopf, steht dann auf und zerrt ihr T-Shirt zurecht. »Wo ist eigentlich mein Stoffbeutel?«

Wir blicken uns um, und Christina entdeckt ihren Beutel in einer Mülltonne ein paar Meter weiter.

»Wer macht denn so was? Aber es scheint noch alles drin zu sein.« Sie holt ihr Handy heraus. »Ich ruf mal den Doktor an.« Sie wählt seine Nummer. »Scheiße, sein Handy ist aus. Vielleicht liegt er hier auch irgendwo rum.« Wir suchen den ganzen U-Bahnhof ab, ohne Dr. Alban zu finden.

»Verstehst du das?«, fragt Christina schließlich. »Was ist passiert?«

»Wahrscheinlich sind wir hierhergefahren, nachdem wir im Papa waren.«

Sie schüttelt ungläubig den Kopf. »Und was sollte das mit meinem Beutel?«

Ich zucke mit den Schultern. »Keine Ahnung, ich weiß nur noch, wie ich vor dem Papa stand, dann wird alles schwarz. So wie bei Dr. Alban vor ein paar Wochen.«

Wir gehen ratlos zum Ausgang, der zum Glück nicht abgeriegelt ist. Draußen dämmert es schon, die Vögel singen, und ein weiterer schöner Sommertag bricht an. Viel ist noch nicht los, ein paar Taxis brettern die Potsdamer Straße runter, zwei Alkis wanken aus Puschel's Pub, der gerade zumacht, ein paar versprengte Prostituierte stehen gelangweilt vor einem Sexshop und rauchen, eine Frau schließt den Billig-Backshop gegenüber auf. Die ganz normale Tiergartentristesse.

»Du siehst richtig scheiße aus«, sagt Christina und lacht.

»Und du erst.« Wir küssen uns und gehen in Richtung meiner Wohnung.

»Da hinten ist der Art Space, wo ich mit Dr. Alban war«, sage ich, als wir an der kleinen Straße vorbeikommen, die zum Space führt.

»Lass uns mal vorbeischauen, vielleicht gibt es da inzwischen eine Ausstellung oder irgendetwas, das du für deinen Artikel gebrauchen kannst.«

Christina wirkt gar nicht verkatert oder müde, wahrscheinlich könnte sie gleich weitertrinken. Ich dagegen sehne mich nur noch nach meinem gemütlichen Bett, aber sie zieht mich schon weiter.

Im Art Space hat sich nichts verändert, immer noch ist der Raum vollkommen leer.

»Da hinten ist doch was«, sagt Christina. Wir pressen unsere Gesichter an die Scheibe. Tatsächlich hängt etwas an der hinteren Wand: zwei Stoffbeutel.

»Steht auf dem einen: ›Passt auf!‹?«, frage ich.

»Ich glaube schon. Und auf dem anderen: ›Haut bloß ab aus Berlin!‹«

»Soll das jetzt Kunst sein?«

»Was weiß ich. Ich weiß gar nichts mehr.«

Das überrascht mich jetzt doch. Ich dachte immer, ich wüsste nichts, während Christina voll den Durchblick hätte. Selbst, dass auch sie nichts mehr versteht, verstehe ich nicht. Es ist kompliziert.

»Ich glaube das alles nicht!«, ruft Christina. »Wir sind doch nicht total besoffen mit der U-Bahn zu dir gefahren, da hätten wir sogar umsteigen müssen – und das in unserem Zustand. Warum sind wir nicht einfach die paar Meter zu mir gegangen oder meinetwegen gekrochen? Das ist doch total bescheuert.«

»Aber warum sollte uns jemand hierher verschleppen? Das ergibt doch gar keinen Sinn.«

»Mark, uns bleibt nichts anderes übrig, wir müssen dieser Sache nachgehen«, sagt sie plötzlich entschlossen, als wir vor meiner Haustür stehen, und macht auf dem Absatz kehrt. »Wir fahren sofort zurück nach Neukölln und suchen vor dem Papa nach Spuren.«

»Was denn für Spuren? Außerdem ist es mitten in der Nacht. Ich will ins Bett.«

»Quatsch, es ist schon Morgen! Und du bist Journalist, da musst du doch neugierig sein, vielleicht kannst du daraus einen Artikel machen.«

Journalist, schön wär's. Vielleicht sollte ich das wirklich einfach alles aufschreiben und Javier geben, hat der Doktor ja auch schon gemeint. Glaubt mir zwar keiner, aber ich hätte einen Artikel. Besser als nichts.

Christina stürmt zurück zur U-Bahn-Station, und mir bleibt nichts anderes übrig, als ihr zu folgen. Die Straßen sind jetzt schon ein wenig belebter, die ersten Arbeiter und Handwerker fahren zur Frühschicht, eine Gruppe Touristen poltert mit Rollkoffern über das Kopfsteinpflaster. Als wir an der Kurfürstenstraße ankommen, fährt gerade die erste U-Bahn ein, wir setzen uns neben die frischgeduschten und wohlriechenden Frühaufsteher, und es geht zurück nach Neukölln.

Der Hermannplatz erstrahlt im sommerlichen Sonnenschein, obwohl es nach meiner persönlichen Zeitrechnung noch mitten in der Nacht ist. Christina macht mit ihrer

Handykamera ein Foto von der Sonne, die sich an einer der Hausfassaden spiegelt, und bearbeitet es dann mit ihrer Vintage-App. Das veränderte Foto sieht gar nicht anders aus als die Wirklichkeit.

Wir laufen zurück zum Papa, das schon längst geschlossen hat, und suchen die Umgebung ab, keine Ahnung, wonach. Die Straßen sind wie ausgestorben, keine Kapuzenpullijugendlichen oder Hipster weit und breit. Aber auf einmal sehen wir den Alten. Er steht immer noch bewegungslos an der gleichen Stelle wie vor Stunden, und ich glaube sogar, seine Augen sind geschlossen.

»Hey, Sie«, ruft Christina und tippt ihm mit dem Finger auf die Schulter. »Haben Sie hier letzte Nacht etwas Seltsames gesehen?«

Die glasigen Augen des Alten öffnen sich langsam, und er schielt konzentriert etwa einen halben Meter an uns vorbei.

»Oh, ich habe in meinem Leben viel Seltsames gesehen«, krächzt er und muss dann husten. Er zieht seinen Hertha-BSC-Schal etwas enger um den Hals, holt eine fertiggedrehte Zigarette aus der Brusttasche seiner Lederweste und steckt sie in den Mund. Christina gibt ihm Feuer, und er pafft bedächtig ein paar Züge, ohne die Zigarette aus dem Mund zu nehmen.

»Was haben Sie denn gesehen?«, fragt Christina in sanftem Ton.

»Ich war dabei«, sagt der Alte.

»Das sagt er immer«, sage ich.

»Ihr kennt euch?« Christina blickt mich erstaunt an.

»Na ja, wir haben uns schon ein- oder zweimal unterhalten, aber ...«

»Ich war dabei«, unterbricht mich der Alte. »Ich war dabei, als Palais Schaumburg eine neue Stadt bauten, ich war dabei, als die Einstürzenden Neubauten saniert wurden, und ich war sogar noch dabei, als die Mauer gefallen ist und wir erst mal keine Lust hatten, nach drüben zu gehen. Aber jetzt ...«, der Alte hält inne und pafft uns Rauch in die Gesichter, »muss ich gehen. Hier gibt es nichts mehr für mich.« Er dreht sich behäbig um und schlurft davon.

Wir blicken ihm lange nach, bis er schließlich im Dunst des frühen Morgens hinter der Rütli-Schule verschwindet.

Dann suchen wir weiter die Gegend um das Papa ab, finden aber nichts mehr, was mit Verschleppungsaktionen oder Ähnlichem zu tun haben könnte. Währenddessen erwacht Neukölln langsam, vereinzelt kommen uns übermüdete Hipster entgegen, die verschlafen in die viel zu helle Sonne blinzeln.

Vielleicht sind wir wirklich besoffen zur Kurfürstenstraße gefahren, wer weiß. Das ist immer noch wahrscheinlicher, als auf mysteriöse Weise von Neukölln nach Tiergarten transportiert worden zu sein, von wem und warum auch immer.

»Ich glaub, das bringt nichts mehr«, sage ich schließlich und gähne ausgiebig. »Lass uns endlich ins Bett gehen.«

»Von mir aus.« Christina runzelt skeptisch die Stirn und scheint immer noch über die vermeintliche Verschleppungsaktion nachzudenken.

Wir machen uns auf den Heimweg, aber plötzlich klingelt mein Handy. Es ist Kurt.

»Du bist ja schon wach«, begrüßt er mich.

»Noch!«

»Ich auch. Er ist jetzt eingeschlafen. Jetzt! Davor hat er die ganze Nacht geschrien.«

»Oh«, sage ich nur. Ich kann mir einfach nicht vorstellen, wie dieses friedliche und unfassbar niedliche Ding, das ich im Eltern-Kind-Café bewundern durfte, so etwas Ordinäres tun kann wie schreien.

»Aber warum bist du noch wach? Wieder Party gemacht, oder was? Ich dachte, du musst morgen deinen Artikel über Tiergarten abgeben?«

»Ha!«, rufe ich. »Ich komme gerade aus Tiergarten.« Und dann erzähle ich Kurt die ganze Geschichte, wie wir betrunken vor dem Papa standen und schließlich an der Kurfürstenstraße aufgewacht sind.

»Krass, oder?«

Aus dem Hörer kommt nur Schweigen.

»Kurt«, rufe ich.

»Äh, ja …?«

»Du bist doch nicht etwa eingeschlafen?«

»Nein, nein.«

»Also, was sagst du? Wurden wir wirklich nach Tiergarten verschleppt?«

Wieder Schweigen.

»Kurt?«

»Äh, ja …?«

»Sollen wir lieber später noch mal telefonieren?«

»Okay«, sagt Kurt matt, und wir verabschieden uns. Inzwischen sind wir bei Christinas Wohnung angekommen.

»Keine Ahnung, warum Kurt überhaupt angerufen hat«, sage ich gähnend. Was für ein Tag! Oder Nacht. Oder was weiß ich.

Wir fallen nur noch erschöpft in Christinas Bett. Ich sollte jetzt nicht mehr schlafen, heute darf ich auf keinen Fall zu spät zur Arbeit kommen, denke ich, und meine Augen fallen zu, schließlich muss ich heute den Artikel abgeben – und davor auch noch schreiben. Jetzt bloß nicht einschlafen, denke ich wieder, nicht einschlafen, nicht …

»Mark.« Eine Stimme aus weiter Ferne.

»Mark.« Christinas Stimme. »Marky Mark!«

Ich öffne langsam meine Augen. Christinas Gesicht in Großaufnahme direkt vor mir. Scheiße, ich bin doch eingeschlafen. Hoffentlich nur ein paar Minuten.

»Ich habe etwas Schreckliches geträumt«, sage ich.

»Ach, komm jetzt. Nicht dieses Klischee: Oh, ich dachte, ich hätte das alles nur geträumt, aber in Wahrheit war es die Realität. Wir sind hier nicht bei Kleist, und du bist auch nicht der Prinz von Homburg?«

Ich verstehe kein Wort von dem, was Christina da gerade sagt, es ist einfach noch viel zu früh. Aber ich würde es später am Tag wahrscheinlich genauso wenig verstehen.

»Es ist wirklich passiert. Was machen wir denn jetzt? Wir sind doch noch viel zu jung. Also, du jedenfalls.«

Christina sieht mich misstrauisch an. »Wofür zu jung?«

»Für ein Kind. Außerdem kennen wir uns doch erst seit ein paar Wochen?«

»Hast du etwa geträumt, dass ich schwanger bin?«, fragt sie und zieht eine Augenbraue hoch.

»Du hast doch gesagt, es sei kein Traum!«

»Und was soll daran bitte schrecklich sein, wenn ich schwanger wäre? Ich dachte, du findest Babys niedlich?«

»Darum geht es doch jetzt gar nicht. Wir müssen doch erst einmal klären, ob du überhaupt schwanger bist.«

»Du bist wahnsinnig geworden!« Christina zündet sich empört eine Zigarette an. Für alle, die nicht glauben, dass man empört eine Zigarette anzünden kann: Es geht wirklich, Christina kann das.

»Du bist also nicht schwanger?«

»Nein. Nicht, dass ich wüsste. Komisch, was du so träumst.«

Ich versuche, neutral zu schauen und nicht laut aufzuatmen. Es klappt nicht. Beides. Zum Glück denkt Christina schon wieder an etwas anderes, manchmal ist das ganz gut mit ihrer kurzen Aufmerksamkeitsspanne.

»Dr. Alban ist verschwunden. Er ist den ganzen Tag nicht nach Hause gekommen, und sein Handy ist immer noch aus.«

»Was heißt hier den ganzen Tag? Es ist doch erst Morgen.«

»Schau mal auf die Uhr.«

Ich schaue auf mein Handy, das seltsamerweise auf meiner Stirn liegt, wie ich erst jetzt bemerke. Es ist halb sieben abends.

Ich springe entsetzt auf und merke, dass ich noch meine Kleider von gestern anhabe oder von vorgestern oder wie viele Tage inzwischen vergangen sein mögen, mir ist jegliches Zeitgefühl abhandengekommen. »Aber ich hätte doch heute Javier meinen Artikel geben sollen.«

»Ach, ich hab mit dem Boss gesprochen, es ist alles kein Problem, Javier ist anscheinend ungeplant auf eine Recherchereise in die Sächsische Schweiz gefahren. Du kannst dir mit dem Artikel noch Zeit lassen.«

»Du hast mit dem Boss gesprochen? Und was macht Javier in der Sächsischen Schweiz?« Ich muss an den verrückten Gary denken und lasse mich wieder auf die Matratze fallen. Jetzt ist es ohnehin egal, let it flow.

»Der Boss hat auf deinem Handy angerufen, und ich bin rangegangen. Ich dachte, es wäre vielleicht wichtig, und du warst einfach nicht wachzukriegen. Keine Ahnung, warum Javier in die Schweiz gefahren ist, das hat der Boss nicht gesagt.« Christina setzt sich neben mich auf die Matratze, und im Gegensatz zu mir riecht sie sehr gut, frisch geduscht und nur ein ganz klein wenig nach Tabak und Club Mate. »Der Boss ist übrigens ganz nett, er hat mir gleich ein Praktikum angeboten.«

»Ein Praktikum angeboten?«

»Jetzt wiederhol doch nicht immer alles, was ich sage.«

Ich denke an die zwei Praktikanten, die heute wohl allein das Kleinanzeigenbüro schmeißen mussten. Wahrscheinlich bekommen sie das sogar besser hin als ich. Es klingelt an der Tür, Christina verschwindet in den Flur und kommt zwei Minuten später mit zwei Plastikboxen zurück ins Zimmer.

»Ich hab von so einem neuen veganen Asia-Imbiss in der Weserstraße Essen für uns bestellt.«

»Und du willst jetzt ein Praktikum bei uns machen?«

»Natürlich nicht. Ich hatte gerade davor ja noch mit meinen Eltern geskypt.«

»Mit deinen Eltern geskypt?« Ah, schon wieder. Christina verdreht die Augen. »Wer skypt denn bitte mit seinen Eltern, ich bin ja froh, wenn mein Vater es schafft, eine SMS zu schreiben.«

»Mein Vater ist Professor für Informatik.«

Ich dachte, ihre Eltern wären Hippies? Na ja, vielleicht schließt sich das nicht unbedingt aus. Christina öffnet die beiden Boxen und pfeffert die Plastikdeckel einfach in eine Ecke ihres Zimmers.

»Willst du lieber Schwein oder Garnele?«

»Ich dachte, das Essen ist von einem veganen Restaurant?«

»Ja klar. Veganes Schweinefleisch und vegane Garnele natürlich.« Sie schiebt mir eine der Boxen herüber, ich glaube, die mit »Garnele«.

»Jedenfalls hat mein Dad vorgeschlagen, dass ich zurück nach Konstanz gehe und dort meinen Master in Kommunikationsdesign mache.« Sie wühlt mit ihren Stäbchen in der Plastikbox herum, spießt ein paar »Fleischstücke« auf und schiebt sie sich in den Mund.

Ich fühle mich wie erschlagen. Da verschläft man mal einen Tag, und schon ist so viel passiert, dass man gar nicht mehr auf dem Laufenden ist.

»Vielleicht ist das gar keine so schlechte Idee von meinem Vater«, redet sie unbefangen einfach weiter. »In Berlin finde ich bestimmt keinen guten Job, und ich will nicht unbedingt Bubble-Tea verkaufen.«

»Aber in Konstanz gibt es bestimmt nicht mal Club Mate!« Entsetzt lege ich mich hin und schließe meine Augen. Am liebsten würde ich einfach wieder einschlafen, vielleicht wache ich dann auf, und alles war nur ein Traum. Christina kann doch nicht einfach aus Berlin weggehen, kürzlich meinte sie sogar noch, es existiere wahrscheinlich gar kein Leben außerhalb dieser Stadt. Ich öffne meine Augen wieder, ich bin viel zu nervös, um einzuschlafen. Das kommt auch selten vor.

»Aber gerade jetzt, wo wir zusammen …« Wieder einmal beschließe ich, einen Satz nicht zu beenden.

»Du kannst ja mitkommen.« Das sagt sie einfach so dahin, ohne sich die ganzen Konsequenzen klarzumachen. Irgendwelche Konsequenzen in ferner Zukunft scheinen Christina grundsätzlich nicht zu interessieren. Im Moment interessiert sie sowieso vor allem ihr Essen, und sie schaufelt die Nudeln mit dem »Schweinefleisch« in sich hinein. Ich habe überhaupt keinen Hunger, schon gar nicht auf vegane Garnelen.

Aus Berlin weggehen – daran habe ich schon sehr, sehr lange nicht mehr gedacht. Eigentlich habe ich noch nie daran gedacht, glaube ich. Aber ja, könnte ich. Gar nicht so abgefahren, der Gedanke. Obwohl, doch. Aber vielleicht ist das gerade gut. Da laufen im Moment viel zu viele Handlungsstränge in meinem Leben nebeneinander. Ob ich die alle irgendwie wieder zusammenbekomme? Oder ergeht es mir am Ende wie David Lynch bei *Twin Peaks*, der angeblich vor lauter seltsamen Figuren, rätselhaften Ereignissen und widersprüchlichen Phänomenen vollkommen den Überblick verloren hatte, so dass er die Serie einfach abbrechen musste? Ich rekapituliere kurz die ganzen komischen Vorkommnisse der letzten Zeit:

1. Mein Freund und Chef ist in die Sächsische Schweiz abgehauen und wahnsinnig geworden, weswegen ich zum Chef der Kleinanzeigenabteilung befördert wurde.
2. Ich darf endlich einen richtigen Artikel schreiben. Allerdings ist das Thema vollkommener Schwachsinn, und bis jetzt habe ich so gut wie nichts geschrieben.
3. Meine alte Band wird wieder voll hip, und wir bekommen einen Plattenvertrag angeboten. Aber mein ehemaliger Bandkollege meldet sich nicht.

4. Der Plattenvertrag wird mir von der Plattenfirma angeboten, die gerade meine Freundin gefeuert hat.
5. Meine Freundin will nach Konstanz ziehen.
6. Der Mitbewohner meiner Freundin ist verschwunden.
7. Mein bester Freund hat ein Kind bekommen, das ich sehr niedlich finde.
8. Menschen werden von Neukölln nach Tiergarten verschleppt. Vielleicht.
9. Auf einer Kassette ist die Lösung für all meine Probleme drauf, aber leider existieren keine Kassettenrekorder mehr.
10. Da war doch noch was, aber das fällt mir gerade nicht ein.

Vielleicht wäre es wirklich besser, einfach einzuschlafen. Tatsächlich macht mich diese Überfülle komplizierter Probleme ziemlich müde. Und *Twin Peaks* wurde wahrscheinlich auch einfach abgesetzt, weil es zu wenig Leute geguckt haben. Ich schließe meine Augen und ...

»Mark, du schläfst doch nicht schon wieder ein?«

Christina rüttelt an meinem Arm, und ich schrecke auf. Ach ja, das war der wichtigste Handlungsstrang – wie konnte ich den vergessen? –: Ich bin verliebt. Von diesem kitschigen Gedanken bekomme ich feuchte Augen, aber Christina merkt zum Glück nichts, da sie schon wieder an was anderes denkt und aufgeregt auf ihrem Laptop rumklickt.

»Wir müssen dieser Sache nachgehen, Marky. Wir wurden fast umgebracht!«

»Jetzt übertreib mal nicht, ich meine, wir waren betrunken – sehr, sehr betrunken –, und bestimmt sind wir selbst nach Tiergarten gefahren und können uns einfach nicht mehr daran erinnern.«

»Und was ist mit Dr. Alban?«, ruft Christina aufgebracht.

»Dem ist das Gleiche passiert. Und du hast doch auch schon von diesen komischen Vorfällen erzählt!«

»Jaja, trotzdem kann das nicht sein! Du hast selbst gesagt, der Doktor wäre betrunken und was weiß ich noch gewesen.«

Christina schüttelt den Kopf und setzt mir den Laptop auf den Schoß. »Schau mal, ich habe den ganzen Tag recherchiert.«

Ich scrolle durch die unzähligen Blogs und Facebook-Einträge, alles Berichte von jungen Neuköllnern, die mit einer großen Beule am Hinterkopf in Tiergarten aufgewacht sind.

»Siehst du«, ruft Christina triumphierend, als ich wieder vom Laptop aufschaue. »Die wohnen da bestimmt nicht alle!«

»Also ...«, sage ich, mehr fällt mir nicht ein. Natürlich hat sie recht.

»Willst du das eigentlich nicht mehr essen?« Sie deutet auf das vegane Asia-Essen, das ich ganz vergessen habe.

»Doch.« Ich öffne die Box und bugsiere mit einem Stäbchen eine dieser falschen Garnelen in meinen Mund. »Das schmeckt ja wirklich wie Garnele«, sage ich. »Richtig gut.«

»Das ist aber Schwein«, sagt Christina.

Ich gehe zum Fenster, setze mich auf die Fensterbank und esse dort weiter. Draußen auf der Straße steht ein junger Typ, der aussieht wie Bob Dylan in den sechziger Jahren: Er trägt Hochwasser-Röhrenjeans, eine Wildlederjacke, eine schwarze Ray-Ban, selbst der Lockenkopf stimmt. Ich muss schon wieder an diese Songzeile denken: »Something is happening here, but you don't know what it is.«

»Was denkst du?«, fragt Christina, und eigentlich antwortet man auf so eine Frage ja nicht, mich wundert, dass sie mich das überhaupt fragt.

»Mein Leben in Berlin scheint auseinanderzufallen – wir wachen mitten in der Nacht auf U-Bahnhöfen auf, Gary ist verschwunden, du willst vielleicht sogar aus Berlin weggehen, nichts ist mehr echt, nicht mal das Essen. Trotzdem fühle ich mich wohl, es ist dieser Schauder des Mystischen, denn im Grunde gibt es keine Geheimnisse mehr, steht ja alles im Internet. Aber vielleicht bilde ich mir das auch nur ein.«

»Du nimmst die ganze Zeit alles wieder zurück«, sagt Christina, und ich glaube, wir sind mitten in einem ziemlich ernsten Gespräch. »Du sagst immer noch schnell dazu: ›Könnte aber auch sein, dass ich mir alles nur einbilde.‹ Oder: ›Vielleicht stimmt das auch nicht ...‹ oder so. Damit bist du doch am wenigsten echt.« Sie macht mit ihren Händen Anführungszeichen um das Wörtchen »echt«. »Aber um so authentische Scheiße geht es eh nicht mehr. Du weißt einfach nicht, was du wirklich willst. Außerdem sind wir *in echt* verschleppt worden.«

Ich nicke und sage nichts mehr. Aber worum soll es sonst gehen, wenn nicht um das »Echte«? Mir fällt nichts ein.

»Würdest du mitgehen nach Konstanz oder irgendwo anders hin?«, fragt sie leise.

Ich hasse so konkrete Fragen. Und natürlich weiß ich es nicht, keine Ahnung.

Plötzlich ein Schrei von der Straße, Christina und ich hechten zum offenen Fenster, lehnen uns hinaus und sehen gerade noch, wie Dylan von mehreren Kapuzenpulliträgern in den Hauseingang neben der Bubble-Tea-Kaschemme gezogen wird. Dann ist es wieder still.

»Krass! Siehst du!«, ruft Christina. »Wir müssen was unternehmen!«

Ich starre noch immer schockiert aus dem Fenster. Christina hat wirklich recht.

»Hast du gesehen, was auf den Pullis stand?«, fragt sie und dreht sich zu mir um. Ich schüttle den Kopf.

»Rütli-Schule.«

17

Der UNSICHTBARE Gegner

Es ist bereits dunkel, als wir die zwei riesigen grünen Froschskulpturen passieren, die seltsamerweise den Eingang zum »Campus Rütli« bilden, wie sich die Schule seit dem Skandal vor ein paar Jahren nennt, als Lehrer sich mit einem sogenannten Brandbrief über die schrecklichen Zustände bei ihnen an die Öffentlichkeit wandten.

Langsam schleichen wir uns auf den Vorplatz. Hohe Bäume verschlucken fast gänzlich das schummrige Licht der Straßenlaternen, außerdem scheint es hier deutlich kälter zu sein. Irgendwo bellt ein Hund. Ich schlage den Kragen meiner Jacke hoch und folge Christina zum großen Hauptgebäude, einem alten Jugendstilbau, frisch renoviert und mindestens fünf Stockwerke hoch, soweit man das bei der Dunkelheit erkennen kann. Komischerweise erinnert mich die Rütli-Schule an meine eigene Schule, das war mir bis jetzt noch gar nicht aufgefallen. Ich muss an die tristen Vormittage denken, die ich dort im Dämmerzustand zubrachte, aus dem Fenster auf den ebenfalls von hohen Bäumen eingerahmten Schulhof starrend.

»Sehen eigentlich alle Schulen gleich aus?«, frage ich Christina.

»Keine Ahnung, seit der fünften Klasse war ich auf einem Internat, das sah jedenfalls anders aus.«

»Schloss Salem am Bodensee?«

»Woher weißt du das?«

Wie in dem Buch von Christian Kracht, das auch bei Christina im Bücherregal steht, denke ich.

Wir sind vor der großen Eingangstür der Rütli-Schule angekommen und müssen feststellen, dass sie abgeschlossen ist.

»So eine Scheiße«, flüstert Christina und rüttelt an der Tür. »Das hätten wir uns eigentlich denken können.«

Wir drücken unsere Gesichter an die Glasscheibe des Fensters neben der Tür und sehen ein großes Klassenzimmer im Erdgeschoss. Im schummrigen Licht ist jedoch kaum etwas zu erkennen: Stühle, die auf Tischen stehen, eine Tafel, alles vollkommen normal.

»Wir müssen da irgendwie rein.« Christina stemmt ihre Arme in die Hüften.

»Wir können ja morgen früh wieder herkommen, wenn Unterricht ist.«

Sie schaut mich skeptisch von der Seite an. »Da werden wir wohl kaum was finden. Hast du etwa Schiss?«

»Nein«, lüge ich.

Christina schnaubt verächtlich, und wir gehen wieder ein Stück zurück, an einem hohen Zaun am Schulhof entlang. Hier soll wohl niemand rein- oder rauskommen. Mich würde es nicht wundern, wenn wir gleich noch an einem Wachturm vorbeikommen würden oder an einem Checkpoint: »You are now leaving the Hipstersector.« Aber zum Glück treffen wir niemanden. Irgendwelche Kapuzenpulliträger mit Schießbefehl zum Beispiel.

»Da können wir rüber!«, Christina deutet auf einen Baum, der direkt am Zaun steht.

»Ich klettere da jetzt doch nicht hoch!«, zische ich. »Ich bin einunddreißig Jahre alt, da hüpft man nicht mehr auf Bäumen rum!«

»Ach, komm! Wer ist denn hier der Mann?«

»Was sind denn das für überkommene Geschlechtervorstellungen?«

»Du willst jetzt nicht über Genderpolitik diskutieren, oder?«, sagt Christina und hangelt sich schon an dem Baum hoch, hakt ihre Turnschuhe im Zaungitter ein, gleitet hinüber und springt auf den Schulhof. Das sah eigentlich ziemlich einfach auf.

»Wir könnten auch einen Tunnel graben«, schlage ich vor.

»Mach, dass du endlich rüberkommst!«

»Ist ja gut.« Ich tue es Christina gleich und stehe ein paar Sekunden später neben ihr auf dem Schulhof.

»Du machst so was gern, was? Auf fremden Grundstücken rumspionieren und so.«

»Na klar, ich bin ja auch ein großer Fan der Drei Fragezeichen.«

»Ich hab früher nur Biene Maja geschaut«, sage ich und versuche, mich in der Dunkelheit zu orientieren. Hier ist es noch düsterer, nirgendwo brennt Licht, alle Klassenzimmerfenster sind dunkel.

»Wahrscheinlich war Willi dein Vorbild? Ist der in der Bienenschule nicht sogar sitzengeblieben?«

»Zweimal hintereinander. In der ersten Klasse. Trotzdem konnte Willi auch krasse Sachen, zum Beispiel während des Fliegens schlafen ...« Aber Christina hört mir schon gar nicht mehr zu und schleicht über den Hof zur Rückseite der Schule. Mir bleibt mal wieder nichts anderes übrig, als ihr zu folgen.

»Was war denn das?«, ruft sie plötzlich viel zu laut und deutet auf ein Fenster im zweiten Stock. Erschrocken greife ich nach ihrer Hand. »Da war gerade ein Schatten oder so. Aber vielleicht hab ich mich auch geirrt.«

»Wir sollten jetzt wirklich gehen«, versuche ich es noch einmal, auch wenn mir schleierhaft ist, wie ich von dieser Seite wieder über den Zaun kommen soll.

»Wie würde wohl die Folge heißen, wenn das ein Fall der Drei Fragezeichen wäre?«

»Das hier ist leider Realität«, sage ich genervt. »Hier kommt nicht Alfred Hitchcock und sagt uns, was wir tun sollen.«

»Du bist ja noch ängstlicher als der zweite Detektiv.« Christina zieht mich weiter und murmelt im Tonfall von Justus Jonas: »Es muss doch irgendwo einen Hintereingang geben.«

Und tatsächlich entdecken wir eine schmale Glastür, die in ein kleines Treppenhaus führt. Ich bete, dass hier ebenfalls abgeschlossen ist, aber als Christina vorsichtig den Griff herunterdrückt, gibt die Tür sofort nach.

»Na also«, flüstert sie, und wir treten leise in das dunkle Treppenhaus. Als ich den Lichtschalter drücken will, hält Christina mich gerade noch auf. »Bist du wahnsinnig? Wir wollen doch nicht, dass die sofort merken, wie wir hier rumspionieren.«

»Wen meinst du denn mit ›die‹?«

»Na ja, du weißt schon: die, die wir suchen. Die hinter dieser ganzen Sache stecken. *Der unsichtbare Gegner.*«

Christina klatscht fröhlich in die Hände. Das hier scheint ihr wirklich Spaß zu machen. »So würde wahrscheinlich auch die Drei-Fragezeichen-Folge heißen.«

»Jetzt hör endlich mit den Drei Fragezeichen auf!«

»Willst du dich irgendwo hinlegen und ein Nickerchen halten, Willi?« Christina grinst süffisant.

»Sehr witzig, Justus.«

Wir tapsen vorsichtig die Stufen in den ersten Stock hinauf, doch die Tür zum Gang mit den Klassenzimmern ist abgeschlossen.

Zum Glück, denke ich.

»Oh, schade«, sage ich.

Wir steigen die Treppen in den zweiten Stock hinauf, aber auch da kommen wir nicht rein, genauso wenig wie in die anderen Stockwerke.

»Warum ist die Tür unten überhaupt auf, wenn man dann nirgendwo weiterkommt?«, beschwert sich Christina schon wieder viel zu laut, als wir ganz oben im Treppenhaus stehen und nicht weiterwissen. Kaum bin ich wieder in einer Schule, fühle ich mich unwohl.

»Vielleicht geht's ja nach unten weiter.«

Ich könnte mich sofort selbst ohrfeigen, dass ich das gesagt habe. Christinas Augen funkeln neugierig, und sie zerrt mich sofort nach unten. Bitte nicht in den Keller!

»Da ist bestimmt auch abgeschlossen«, versuche ich vorsichtig, meine eigene Idee zu torpedieren. »Lass uns morgen wiederkommen, wenn's hell ist. Wir sehen jetzt sowieso nichts.«

Sie übergeht meinen Einwand einfach und murmelt nur irgendetwas von einem Feuerzeug, das sie dabeihat. Als wir wieder im Erdgeschoss angelangt sind, starte ich einen letzten Fluchtversuch, aber sie zieht mich einfach weiter. Natürlich ist es unten noch viel dunkler, eigentlich sieht man gar nichts mehr, und Christina kramt in ihrer Hosentasche nach dem Feuerzeug, findet es aber nicht. Vorsichtig steigen wir die Treppen hinunter, Christina geht voraus, ich stolpere hinterher.

»Was war das gerade?« Sie hält inne.

»Ich hab nichts gehört.«

Dann hören wir eindeutig Stimmen, gar nicht so weit entfernt unterhält sich jemand. Wir haben den unsichtbaren Gegner gefunden.

Ich drehe mich sofort um und will wieder nach oben, aber Christina hält mich fest.

»Wart doch mal und hör hin«, flüstert sie, und wir versuchen zu verstehen, was gesprochen wird.

Eine männliche Stimme sagt: »Ey, krass, Alter, der sieht aus wie dieser Bob-Dylan-Typ.«

Und jemand anderes antwortet: »Wie wer? Aber schau mal, der eine da drüben ist schon fast fertig.«

Dann wieder der Erste: »Ey, Mann, wir müssen die jetzt alle zur Kurfürstenstraße bringen, Alter. Die Bitches da sind schon überreif.«

»Den einen kenne ich«, flüstere ich Christina ins Ohr. »Das ist dieser hyperaktive ADS-Jugendliche. Ich glaube, wir sind hier richtig.«

Christina legt mir ihren Finger auf die Lippen, und wir hören weiter zu.

»Langsam sollten wir die Produktion runterfahren«, sagt die zweite Stimme.

Für einen kurzen Moment ist es still, wir wollen uns schon weiter herantasten, da höre ich plötzlich, wie die Tür oben geöffnet wird. Ich halte den Atem an, vielleicht habe ich mich auch geirrt, aber dann geht flackernd das Licht im Treppenhaus an.

»Was machen wir denn jetzt?«, flüstere ich.

Christina sagt nur »Scheiße« und blickt ziemlich panisch um sich. Immerhin wissen wir jetzt, wie unsere Umgebung aussieht: Wir stehen tatsächlich nur ein paar Stufen von einer Tür entfernt, die wahrscheinlich in die Kellerräume der Rütli-Schule führt, sie ist nur angelehnt, und von dahinter kommen die Stimmen.

Die Schritte von oben nähern sich unerbittlich, so dass uns nichts anderes übrigbleibt, als durch die Tür in den Keller zu flüchten.

»Was ist denn das?«, ruft Christina, als sie durch die Tür tritt. »Das sieht ja aus wie bei *Alien*.«

In diesem Moment tippt mir jemand auf die Schulter. Ich drehe mich erschrocken um und schaue zwei Kapuzenpulliträgern in die düsteren Gesichter. Zu allem Überfluss schwingen die beiden Baseballschläger vor sich her und sehen ziemlich gewaltbereit aus. Ich wünschte, unser Gegner wäre unsichtbar geblieben.

Schnell will ich Richtung Keller stürzen, sehe aber gerade noch, dass vor Christina ebenfalls zwei oder drei Kapuzenpullitypen stehen, locker auf ihre Baseballschläger gestützt. Dahinter wartet der ADS-Jugendliche, der als Einziger keinen schwarzen Pulli trägt, sondern seine bunte Hip-Hop-Kluft. Nervös zwinkert er mir zu.

»Wir sitzen in der Falle«, sage ich theatralisch und komme mir jetzt wirklich wie in *Alien* vor, und dann wird wieder alles schwarz.

Ist das, was man sieht, wenn man ohnmächtig ist, eigentlich auch ein Traum, frage ich mich und komme zu dem Schluss: ja, wahrscheinlich schon. Ich träume jetzt also. Ganz schön bescheuert, in einem Traum zu denken, dass man träumt, aber das tue ich tatsächlich. Ein Metatraum sozusagen. Oder ein *Posttraum.*

In meinem Traum fahre ich mit der U-Bahn zum Alexanderplatz, aber als ich aussteige, stehe ich am Hermannplatz in Neukölln. Ich fahre weiter zur Friedrichstraße, aber auch da ist Neukölln. Ich nehme den Zug nach Konstanz, aber da ist kein Bodensee, keine Berge und kein Konstanz, sondern schon wieder Neukölln.

»Neukölln ist überall«, rufe ich, »Heinz Buschkowsky hat doch recht.«

Plötzlich steht wieder der alte Hertha-BSC-Typ vor mir, er sieht ganz anders aus, viel besser und gar nicht mehr so alt. Statt seiner speckigen Lederweste trägt er einen eng geschnittenen, schwarzen Anzug und dazu eine schmale Krawatte. Auf seinem T-Shirt unter dem Jackett steht: »There's just Berlin.« Er dreht sich unglaublich schnell eine Zigarette, steckt sie sich in den Mund und beginnt, mit ihr im Mundwinkel auf und ab wippend, zu sprechen: »I'm losing my edge. The kids are coming up from behind.«

Ich wundere mich, dass der Alte plötzlich englisch spricht, aber Träume sind eben komisch. Auch seine Stimme klingt ganz anders, er redet eigentlich gar nicht, sondern singt schon fast.

»I'm losing my edge to the art-school Brooklynites in little jackets and borrowed nostalgia for the unremembered eighties. I'm losing my edge, but I was there. I was there. I used to work in the record store. I had everything before anyone. But I'm losing my edge to better-looking people with better ideas and more talent. And they're actually really, really nice.«

Er hält kurz inne, spuckt die Kippe einfach aus und ruft dann: »You don't know what you really want. You don't know what you really want. You don't know what you really want.«

»I tell you, what I want, what I really, really want«, kommt es aus meinem Mund, von irgendwoher wird lautes Lachen eingespielt wie bei einer Sitcom, und plötzlich verwandelt sich der gar nicht mehr so alte Hertha-BSC-Alte in Victoria Beckham. Jetzt könnte ich langsam mal wieder aufwachen. Victorias Gesicht verzieht sich zu einer ekelhaften Fratze, ihr Grinsen wird immer breiter, die roten Lippen dehnen sich obszön übers ganze Gesicht aus, wie damals beim »Black Hole Sun«-Video von Soundgarden, und sie sagt mit der Stimme des Alten, total ausdruckslos:

»You don't know what you really want. You don't know what you really want. You don't know what you really want. You don't know what you …«

18
Der HIPSTER im Zeitalter seiner technischen Reproduzierbarkeit

»Doch! Ich weiß es! Ich …«

»Der Typ ist aufgewacht«, sagt jemand, die Stimme habe ich noch nie gehört. Mir ist schwindlig und ziemlich übel, mein Kopf tut höllisch weh. Und irgendetwas schnüffelt an meinen Beinen rum. Ich öffne meine Augen und blicke dem hässlichen Hund von der Kurfürstenstraße in die treudoofen Augen. Dann knabbert er weiter an meiner Röhrenjeans.

Bin ich wieder zu Hause in Tiergarten? Schnell wird mir aber klar, dass ich nicht auf dem Bahnhofsboden liege, sondern auf einem kleinen Kinderstuhl sitze. Ich befühle meinen Hinterkopf und entdecke eine weitere Beule. Wie ich sie hasse, diese Kapuzenpullikinder!

Ich versuche aufzustehen, um den Hund zu vertreiben, bis ich bemerke, dass ich mit Armen und Beinen an den Stuhl gefesselt bin. Was soll jetzt das bitte bedeuten? Kann es eigentlich noch schlimmer werden? Ich kipple mit dem Stuhl herum, habe aber Angst, nach hinten zu fallen, und lasse es lieber.

»Buschkowsky, bei Fuß«, ruft die unbekannte Stimme aus einem anderen Raum, und die Töle verschwindet sofort durch die Tür. Ich werde also bewacht. Mir war gar nicht klar, dass ich gefährlich bin – anscheinend hat jemand Angst vor mir. Was ziemlich albern ist, denn eigentlich habe ich doch Angst.

Ich sehe mich in dem Raum um, in dem ich gefangen gehalten werde, es scheint eine Art Klassenzimmer zu sein, allerdings ein ziemlich heruntergekommenes, das eher aussieht wie der Raum, in dem die Folteropfer im ersten Teil von *Saw* eingesperrt sind. In vielleicht fünf Reihen stehen winzige Stühle vor kleinen Tischen, und mir gegenüber, an einer Seite des Raums, lehnt eine prähistorische Kreidetafel. Es gibt keine richtigen Fenster, nur kleine vergitterte Öffnungen oben an der Wand und grelle Neonröhren an der Decke, die das Klassenzimmer in unangenehmes, viel zu helles Licht tauchen. Eine der Röhren flackert unruhig vor sich hin. Es gibt keinen Zweifel: Ich bin wirklich im Keller der Rütli-Schule gefangen. Und von Christina fehlt jede Spur.

Da tritt auf einmal ein Kapuzenpulliträger in den Raum, in der Hand einen Baseballschläger, der Hund trottet ihm hinterher.

»Hallo, ich bin Agent Smith«, sagt der Kapuzentyp, dessen Stimme ich bis jetzt nur gehört habe. Er kann höchstens sechzehn oder siebzehn sein. Und auf seinem Pulli steht tatsächlich in grünen Lettern »Rütli-Schule«, daneben sind zwei Froschskulpturen abgebildet.

»Agent Smith? Soll das ein Witz sein?« Ich versuche zu lachen, aber mein Kopf schmerzt zu sehr, und ich verlege mich auf hämisches Grinsen. Der Typ soll schließlich nicht mitbekommen, dass ich Angst vor ihm habe. Er setzt sich auf einen Stuhl mir gegenüber, und der Hund legt sich sofort zu seinen Füßen auf den Boden. Der Jugendliche – Agent Smith – schlägt geistesabwesend seinen Baseballschläger ein paarmal in seine Handfläche. Mir wird ziemlich mulmig.

»Nein, wir meinen hier alles ernst. Irony is over. Keine bescheuerten intellektuellen Spielereien. Hier unten gibt's so was nicht!«

»Aber uns einfach mit Baseballschläger k. o. schlagen ist o. k.? Und wo ist überhaupt Christina?«

»Deine Begleitung? Der geht's gut. Die müsste schon auf dem Weg nach Tiergarten sein. Die übliche Prozedur.«

»Ihr seid das also.«

»Übrigens haben wir euch überhaupt nicht angerührt. Ihr seid von selbst in Ohnmacht gefallen. Eigentlich werdet ihr Mamasöhnchen und Papatöchterchen alle immer sofort bewusstlos, wenn ihr nur die Baseballschläger seht.«

Ich weiß nicht, ob ich das jetzt gut oder schlecht finden soll.

»Aber warum bin ich noch hier?«

»Du stellst ganz schön viele Fragen.« Er sieht mich belustigt an. »Du wohnst ja auch nicht in Neukölln.«

»Woher weißt du das?«

»Na ja, wir kennen eigentlich jeden in Neukölln. Und – wie soll ich sagen? – dich haben wir nicht erschaffen.«

Ich habe keine Ahnung, was mir dieser bescheuerte Agent Smith sagen will, und bekomme langsam das Gefühl, ziemlich verarscht zu werden.

»Wir wissen nicht so recht, was wir mit dir anfangen sollen. Du passt nicht in unser Raster. Du gehst jeden Tag den entgegengesetzten Weg: von Tiergarten nach Neukölln. Dich zur Kurfürstenstraße zu verfrachten bringt nichts, du wohnst da ja wirklich. Auch wenn ich dachte, dass da eigentlich gar niemand wohnt.« Er beginnt laut zu lachen, verstummt aber sofort, als ein weiterer Kapuzenpulliträger das Klassenzimmer betritt. Er sieht genauso aus wie Agent Smith.

»Hallo, ich bin Agent Smith«, sagt der zweite Kapuzenpulliträger und setzt sich ebenfalls auf einen der Kinderstühle mir gegenüber.

Ich lache trotz der Kopfschmerzen. Die Situation ist einfach zu grotesk. »Macht ihr jetzt auch noch coole Kung-Fu-Moves und fliegt lustig in der Luft rum?«

Die Smiths lassen sich genauso wenig aus der Ruhe bringen wie ihre Vorbilder in den *Matrix*-Filmen.

»Sollen wir es ihm zeigen?«, fragt der zweite Smith den ersten, als wäre ich gar nicht da.

»Ich weiß nicht so recht, ob das eine gute Idee ist«, antwortet der erste Smith.

»Du weißt, dass es der Chef so will.«

»Wer ist denn euer Chef?«, schalte ich mich ein.

»Agent Smith«, sagt der erste Smith unbeeindruckt und steht von seinem Kinderstuhl auf.

»Na gut, gehen wir rüber.« Der zweite Smith erhebt sich ebenfalls und löst mir die Fesseln. Oder ist es der erste? Wie die Praktikanten kann man die beiden kaum unterscheiden. »Versuch bloß nicht abzuhauen«, droht er.

Die zwei nehmen mich in ihre Mitte, und wir betreten einen abgedunkelten Raum. Er ist ziemlich groß und erinnert an einen Unihörsaal mit alten, ansteigenden Bankreihen aus Holz. So sah damals auch der Chemiesaal in meiner Schule aus. Sofort fühle ich mich wieder unwohl – noch unwohler. An der Seite des Raums und vorn neben der Tafel stehen riesige Reagenzgläser.

»Was ist das alles?«, stammle ich.

Der zweite Smith drückt auf den Lichtschalter, und die Neonröhren an der Decke springen flackernd an. Jetzt erkenne ich auch, was sich in den Reagenzgläsern befindet – es sind Menschen. Einige tragen Stoffbeutel.

Völlig entgeistert laufe ich zwischen den Reagenzgläsern hin und her und betrachte die ausnahmslos gutaussehenden Menschen, die darin in einer undefinierbaren Flüssigkeit schwimmen. Einige sehen aus wie ganz normale Neukölln-Hipster mit Undercut-Frisur und Oversize-Shirt, andere sind fast nackt und tragen noch nicht einmal Röhrenjeans. Was soll das alles? Fragend blicke ich die Smiths an, die, gelangweilt auf ihre Baseballschläger gestützt, an der Tür stehen.

»Wir stellen im Keller der Rütli-Schule Neukölln-Hipster-Klone her«, sagt Smith 2 schließlich. »Wir hatten keine Lust mehr auf die ganze Medienaufmerksamkeit von wegen Problembezirk und so. Dieser Buschkowsky ist wirklich nervig. Deswegen haben wir die Gentrifizierung erfunden.«

»Gentrifizierung erfunden?«, falle ich wieder in meinen alten Wiederholungsmodus.

»Außerdem verdienen wir einen Haufen Geld, weil wir das Späti-Monopol in Neukölln halten und jeden Tag umgerechnet fünftausend Barrel Club Mate verkaufen«, ergänzt sein Kollege, meine Frage ignorierend, und lacht ein blechernes Lachen. »Aber inzwischen kommen immer mehr normale Menschen nach Neukölln, weil der Sex mit den Klonen so gut sein soll und die Club Mate so billig ist.«

»Das ist doch …«, fange ich einen Satz an, weiß dann aber gar nicht, wie er weitergehen soll.

Smith 2 deutet auf einige seltsam aussehende Exemplare hinter der Tafel, die ich bis jetzt noch nicht gesehen habe. »Das sind unsere missglückten Hipster-Klone. Die verkaufen wir als spanische Touristen nach Kreuzberg.«

Dann erst sehe ich die riesige Glasscheibe an der Rückseite des Klassenzimmers. Dahinter sitzen mehrere noch sehr jung wirkende Hipster in einem weiteren Raum, vollgestellt mit Regalen, alten Sofas und bequemen Sesseln, die direkt vom Sperrmüll zu kommen scheinen, und schauen sich auf einem großen Bildschirm einen Film an. Gerade läuft, glaube ich, die letzte Szene von Wes Andersons *Darjeeling Limited*.

»Sie können uns nicht sehen«, sagt Smith eins und deutet auf die Röhrenjeansträger hinter der Glasscheibe. »Für sie ist die Glasscheibe ein Spiegel, in dem sie sich auch ständig angucken und ihre Frisur prüfen.

Smith zwei grinst. »Diese hier sind gerade geschlüpft und bekommen zwei Wochen lang eine Art Crashkurs im Hipster-Kanon.«

Ich betrachte die Regalwände, die an den Wänden des Sperrmüllsesselraums stehen. Sie sind vollgestellt mit DVDs, Büchern und Schallplatten. Einer der Neu-Hipster zieht gerade eine Platte heraus, ich erkenne das Cover des letzten Sikhs-on-Speed-Albums, das mir Dr. Alban kürzlich ausgeliehen hat. Er stellt sie wieder zurück, legt stattdessen die neue Smashing Schönheit auf einen alten Plattenspieler, setzt sich riesige silberne DJ-Kopfhörer auf und beginnt sich versonnen und mit geschlossenen Augen zur Musik hin und her zu wiegen. Ich versuche die Namen der Bücher in den Regalen zu entziffern. Bret Easton Ellis' *Less than zero* in der Achtziger-Jahre-Originalausgabe kann ich erkennen, irgendwas von Rainald Goetz, *Überwachen und Strafen* von Michel Foucault, Jeffrey Eugenides' *Die Liebeshandlung*, Kafka und sogar den ersten Band der *Twilight*-Saga. Daneben stehen DVD-Boxen mit Filmen von Jean-Luc Godard, Miranda July und Lars von Trier. Und natürlich die drei Teile *Zurück in die Zukunft*.

Auf der Leinwand beginnt gerade ein neuer Film. Nein, es ist kein Film, sondern ein Musikvideo. Ich traue meinen Augen kaum, als ich erkenne, dass das wir sind. Prince Ital Joe beginnt gerade zu singen, dann zoomt die Kamera auf meine seltsame Frisur. Die Hipster-Klone schauen sich tatsächlich das erste Stereotypen-Video an, das Christina kürzlich auf Facebook gepostet hatte. Mir fällt auf, dass ich – also mein Ich von 2003 – gar nicht so anders aussehe als jetzt. Ich trage ein riesiges T-Shirt, zwar kein original Over-Size-Shirt, sondern einfach ein viel zu großes, denn es gehörte eigentlich meinem damaligen eins sechsundneunzig großen Mitbewohner, und die klobigen Hip-Hop-Turnschuhe an meinen 2003er-Füßen sind ja seit neustem auch wieder hip. Selbst meine Hose ist fast so eng wie eine echte Röhrenjeans, weil damals, als ich von zu Hause ausgezogen bin und plötzlich selbst waschen musste, alle meine Hosen eingegangen sind. Und dann sehe ich den Stoffbeutel, der an der Küchentürklinke hängt. Er ist von Rewe. Prince Ital Joe bedient allerdings mit seinen Rastalocken und dem lila Batik-T-Shirt einen ganz anderen Style, nur ich sehe aus wie ein prähistorischer Neukölln-Hipster. Das war mir bis jetzt gar nicht aufgefallen, aber jetzt – angesichts der frisch geschlüpften Klonhipster – ist es ziemlich offensichtlich.

Erschöpft setze ich mich in die erste Reihe der Schulbank. Mir ist ziemlich übel und schwindlig. Bin ich viel-

leicht so etwas wie der Mutter-Hipster? Haben sich die
Rütli-Jugendlichen für die Produktion der Neu-Hipster an
unserem alten Video orientiert und sehen deswegen alle
Neuköllner so aus? Werden sie mich deswegen verschonen
und nicht umbringen oder was weiß ich mit mir machen?
Oder wollen sie gerade den Mutter-Hipster aus dem Weg
räumen, damit niemand merkt, dass in Neuköllns Straßen
nur Klone rumlaufen?

»Warum zeigt ihr denen unser Video?«, frage ich schwach
und deute auf den Bildschirm im Hipster-Nachhilfe-Raum.

»Der Chef wählt die immer aus, keine Ahnung, von wem
das ist«, sagt der erste Agent Smith genervt. Oder ist es der
zweite? Ich kann die beiden inzwischen gar nicht mehr
auseinanderhalten.

»Ist euer Chef zufällig ein nervöser Hip-Hopper mit bun-
ter Basecap und viel zu großen Hosen?«

»Jetzt halt endlich mal dein Maul«, mischt sich der andere ein. »Langsam hab ich wirklich genug von euch, immer
müsst ihr reden und reden und macht dann doch nichts.
Und eure bescheuerten Stoffbeutel, vollkommen unprak-
tisch. Warum nehmt ihr keine normalen Taschen oder so
schöne Einkaufswägelchen, die man hinter sich herziehen
kann? Und diese engen Hosen – sieht fast aus, als wolltet ihr
reiten gehen. Dann alle Hemden und T-Shirts drei Num-
mern zu groß kaufen, wie soll denn das zusammenpassen,
unten eng und oben weit? Entscheidet euch doch mal! Oder
kauft einfach einen schönen Kapuzenpulli, das ist doch eh
viel praktischer und gibt's voll billig bei C&A in den Neukölln Arcaden.« Smith eins oder zwei kommt immer näher,
sein Kopf ist jetzt direkt vor meinem, trotzdem schreit er
inzwischen fast: »Aber am scheußlichsten sind wirklich

diese riesigen Brillen, ihr seid ja alle sowieso schon ziemlich hässlich, so dürr, ohne Muskeln und keine normale Frisur, aber mit diesen Riesendingern seht ihr wie die allerletzten Idioten aus. Ihr nervt wirklich wahnsinnig! Deswegen haben wir jetzt ein Abkommen mit den Jugendlichen in Tiergarten abgeschlossen und verkaufen unsere hässlichen Hipster dorthin. Die wollen auch mal ein bisschen Gentrifizierung abbekommen.«

Agent Smith wendet sich angewidert von mir ab. Also deswegen die Verschleppungsaktionen, die Rütli-Jugendlichen haben Tiergarten als nächstes In-Viertel ausgewählt. Und ein bisschen Gentrifizierung, ein paar schöne Cafés und gute Bars würden meiner Nachbarschaft wahrscheinlich wirklich guttun. Heißt das, dass in Tiergarten bald auch alle aussehen wie ich vor zehn Jahren?

Ich lege meinen Kopf auf die kühle Tischplatte. Inzwischen ist mir kotzübel, das Klassenzimmer dreht sich, und die Smiths verschwimmen vor meinen Augen zu einer zähen Kapuzenpullimasse. Ich richte mich schwerfällig wieder auf und sehe mich hinter der Glasscheibe auf dem Bildschirm, wie ich an meinem billigen Keyboard sitze, dämlich grinsend, die ganzen Hipster-Klone davor, mich ebenfalls grinsend anstarrend.

In diesem Moment betritt jemand Großes und Schlaksiges das Klassenzimmer, geht nervös lächelnd auf mich zu, in seiner Hand einen riesigen bunten Baseballschläger. Aber dann knalle ich von meinem Sitz auf den Boden – und bevor ich wieder in Ohnmacht falle, höre ich noch seine Stimme:

»Ey, krass, Scheiße, Alter, was machen wir denn jetzt mit dem, Mann?«

19

Matrix

Ich liege auf dem dreckigen Boden des U-Bahnhofs Kurfürstenstraße. Ein Déjà-vu. Oder doch ein Fehler in der Matrix?

»Aufgewacht?«, brummt Kurt. Tatsächlich Kurt. Wo kommt der jetzt her? Er beugt sich über mich, seine Augenringe sind riesig und dunkel, scheinen die ganze obere Hälfte seines Gesichts einzunehmen.

Ich hebe meinen Kopf. Unnötig zu erwähnen, dass die Kopfschmerzen noch schlimmer geworden sind, ich hätte nicht gedacht, dass das noch geht. Irgendwann würde ich gern mal in meinem eigenen Bett aufwachen. Oder in Christinas. Vielleicht ist sie ja auch hier, ich drehe meinen schmerzenden Kopf weg von Kurts Augenringen und suche den U-Bahnhof ab. Einzig ein Kinderwagen steht neben Kurt. Von Christina fehlt jede Spur.

»Was machst du denn hier?«, frage ich schwach. »Und wo ist Christina?«

»Die Frage ist eher: Warum liegst du schon wieder mitten in der Nacht hier rum?«

Irgendwie beruhigt es mich, dass Kurt hier ist. Ich richte mich auf und schleppe mich zur nächsten Bank, Kurt folgt mir samt Wagen und setzt sich neben mich. Das sieht bestimmt ganz schön lustig aus: zwei fertige Typen mit einem Kinderwagen nachts auf einem U-Bahnhof in Tiergarten.

»Ich habe einen Anruf bekommen«, beginnt Kurt endlich zu erzählen. »Sehr mysteriös. Ein Typ war dran, der die ganze Zeit ›ey, Alter, voll krass, Mann‹ gesagt hat und meinte, er kenne dich.«

Keine Ahnung, ob er wirklich der Chef der Gang ist, aber der ADSler scheint im Gegensatz zu den Smiths ganz in Ordnung zu sein.

»Und der bestand darauf, dass ich dich an der Kurfürstenstraße abholen sollte, da würdest du nämlich liegen. Schon wieder. Ich dachte natürlich, da will mich jemand verarschen, aber er hier« – er deutet auf den Kinderwagen – »hat wieder mal nicht geschlafen, und wenn ich mit ihm spazieren gehe, schläft er immer sofort ein, also haben wir einen kleinen Ausflug nach Tiergarten gemacht. Und wirklich, du lagst schon wieder hier.«

»Und was ist mit Christina?«

»Alles in Ordnung. Ich habe sie von deinem Handy aus angerufen, während ich gewartet habe, dass du aufwachst. Ihr ist ein paar Stunden vorher das Gleiche wie dir passiert. Jetzt ist sie bei sich zu Hause in Neukölln, und dorthin sollen wir auch sofort fahren.«

Ich nicke schwach.

»Willst du mir vielleicht mal erzählen, was hier abgeht? Schaffst du die paar Meter bis zu deiner Wohnung nicht mehr allein, oder was? Ich versteh das alles nicht.«

»Oh, da geht's mir ähnlich, ich verstehe schon lange rein gar nichts mehr. Lass uns erst mal zu Christina fahren, und dann erzähl ich, was ich gerade erlebt habe. Du kommst doch mit, oder?«

»Mir bleibt wohl nichts anderes übrig. Länger als fünf Minuten Kinderwagen-Stillstand, und er hier wacht sofort auf.« Kurt steht auf und beginnt den Kinderwagen zu wippen.

Wir machen uns auf den Weg nach oben. Es ist noch tiefe Nacht, kaum eine Menschenseele unterwegs, bis plötzlich aus der Dunkelheit Dr. Alban auftaucht.

»Nicht schon wieder!« Der Doktor grinst und scheint sich fast zu freuen, mich wiederzusehen.

»Wo warst du denn die ganze Zeit?«, rufe ich.

»Ich bin nach Tiergarten gezogen – wir sind jetzt Nachbarn! Ich habe einen Art Room eröffnet und renoviere mit einem Kollegen vom Art Space eine alte Eckkneipe, da wollen wir eine Bar draus machen.«

»Dann habe ich ja doch was für meinen Artikel.« Ich hätte nicht gedacht, dass es gerade der Doktor ist, der die Gentrifizierung nach Tiergarten bringt, aber das passt natürlich bestens.

»Klar. Übrigens, ich habe gerade mit Christina telefoniert, und sie meinte, ich solle so schnell wie möglich in die WG kommen.«

»Da wollten wir auch gerade hin«, sagt Kurt. »Lasst uns ein Großraumtaxi mit Kindersitz bestellen, in das mein kleines Gefährt auch reinpasst. U-Bahnen fahren eh keine mehr.«

Zwanzig Minuten später sitzen wir in einem Taxi-Kleinbus, der uns durch leere Straßen zum Hermannplatz kutschiert. Christina erwartet uns schon in der Wohnung. Wir umarmen uns, und ich bin erleichtert, dass es ihr gutgeht. Sie wiederzusehen, lässt die Ereignisse heute Nacht noch absurder erscheinen.

Wir setzen uns alle um den Tisch in der zugemüllten Küche, dann halte ich es nicht länger aus und berichte, was mir passiert ist. Als ich die Sache mit den Hipster-Klonen erzählt habe, halte ich kurz inne. Das hört sich wirklich verdammt unglaubwürdig an. Oder eigentlich: vollkommen unmöglich. Außerdem ziemlich wahnsinnig. Die drei gucken mich auch skeptisch an. Kurt setzt wieder seinen übelgelaunten, misstrauischen Blick auf, den ich an ihm nicht mehr gesehen habe, seit er Vater ist, und wippt den Kinderwagen, in dem sein niedlicher Sohn immer noch friedlich schläft, etwas zu aufgeregt auf und ab.

»Das ist doch völliger Schwachsinn! Agent Smith eins und zwei! Gleich erzählst du uns noch, dass wir in einer Matrix leben und hier gar nichts real ist«, bricht es schließlich aus ihm heraus. »Wie betrunken warst du eigentlich?«

»Ich muss schon sagen, Mark«, meint auch der Doktor, »das hört sich ganz schön mysteriös an. Zumindest die Sache mit den Klonen. Dass es da ein paar verrückte Kinder gibt, die uns nach Tiergarten verschleppen, kann ja noch sein, aber Klone ...« Er schüttelt den Kopf.

Nur Christina sagt nichts. Sie sitzt auf einem wackligen Klappstuhl am Küchenfenster und starrt nachdenklich vor sich hin. Aus einem Berghain-Flyer hat sie geistesabwesend eine winzige Origami-Nerdbrille gefaltet und auf das Fensterbrett gestellt. Sie hat ja den seltsamen Dialog im Treppenhaus der Rütli-Schule mitgehört, der durch meine Geschichte sogar halbwegs Sinn ergibt, selbst wenn sie danach das ganze Ausmaß der Hipster-Produktion nicht mitbekommen hat. Und ihr wird wahrscheinlich auch klar sein, was das alles für sie und den Doktor bedeuten würde, wenn es tatsächlich wahr wäre: Sie wären beide Klone, erschaffen von verrückten Rütli-Schülern, angefüttert mit dem wichtigsten Hipster-Wissen und in die Neuköllner Freiheit entlassen, um schön vor sich hin zu gentrifizieren. Bis sie es übertrieben haben und die Smiths begannen, sie nach Tiergarten abzuschieben. Und bei Dr. Alban und den Art-Spacelern hat ihr Plan sogar funktioniert.

Aber seit ich gesehen habe, dass für die Klone offenbar das Stereotypen-Video auf dem Lehrplan steht, habe ich noch eine viel schlimmere Befürchtung – schließlich heißt das, dass auch Christina das Video gesehen haben muss, als ihr in der Rütli-Schule der Hipster-Kanon eingetrichtert wurde. Vielleicht hat sie mich damals im Kellerclub also nur angesprochen, weil ich ihr irgendwie bekannt vorkam. Und vielleicht hat sie sich auch nur in mich verliebt, weil sie unterbewusst das große Vorbild, das ich ja anscheinend für die Klone bin, anhimmelt. Wie oft habe ich mich gefragt, warum sie gerade mich angesprochen hat, was sie ausgerechnet an mir gut fand? Und das würde es erklären. Andererseits ist dieser Gedankengang auch völlig absurd, da hat Kurt natürlich recht.

»Du hast wohl nicht nur *Matrix* gesehen, sondern auch *Blade Runner*, was? Deine Vorliebe für alte Science-Fiction-Filme kennen wir ja.« Der Doktor kann ein hämisches Grinsen nicht unterdrücken.

Kurt wippt den Kinderwagen noch heftiger auf und ab und hört gar nicht mehr auf, die Augen zu verdrehen. »Bei *Blade Runner* konnte man die Replikanten auch kaum von echten Menschen unterscheiden«, brummt er.

Stimmt, denke ich, hieß es nicht im Film, dass die Replikanten menschlicher als menschlich sein sollten? Christina und Dr. Alban sind ja auch hipper als hip.

»Was ist mit unseren Erinnerungen?«, fragt Christina leise. »Wenn deine Theorie stimmt, sind sie nicht echt, dann haben wir gar keine eigene Vergangenheit.«

Ich muss wieder an die alte Videoaufnahme von Christina denken, auf der sie in einem Krokodilskostüm Schlittschuh läuft. Kommt nicht in diesem Film mit Natalie Portman, *The Garden State*, eine ganz ähnliche Szene vor? Es ist also wirklich wie in *Blade Runner*, da bekommen die Replikanten ja auch Kindheitserinnerungen verpasst, damit sie nicht merken, dass sie keine echten Menschen sind.

»Der große Fehler bei *Matrix* ist ja, dass ein Dualismus aufgemacht wird«, schaltet sich Dr. Alban ein, wieder ganz Nerd. »Einerseits gibt es die Matrix, also eine simulierte Welt, und andererseits die wahre Welt, wo die Menschen als Energiespender für Maschinen missbraucht werden. Das würde bedeuten, dass es hinter den Erscheinungen in der Simulation noch die Wahrhaftigkeit gibt, wenn man so will, die *Dinge an sich* – oder eben Gott.«

Der Doktor macht eine Kunstpause und blickt triumphierend in die verständnislos dreinschauende Runde. Mir kommt das alles aus meinem Philosophiestudium wage bekannt vor.

»Das ist natürlich Quatsch«, fährt er fort, »denn wenn man sicher weiß, dass es die Matrix gibt, woher nimmt man dann die Gewissheit, dass die vermeintlich wahre Welt nicht auch eine weitere Simulation ist? Traum und Wirklichkeit sind bei *Matrix* klar voneinander getrennt, anders als etwa beim literarischen Vorbild der Filme aus den sechziger Jahren, namens *Simulacron-drei*. Da ist sich der Held nie sicher, ob über seiner Welt nicht doch noch eine andere Welt existiert, die womöglich dann die wahre ist oder eben nicht.«

208

Der Doktor ist wie immer, wenn er doziert, begeistert von seinem Stuhl aufgesprungen und fuchtelt mit seiner Brille herum. Stand dieses Buch nicht auch im Hipster-Schulungsraum?

»Du meinst also, ich kann mir auch nicht sicher sein, ob ich nicht vielleicht ein Klon oder Replikant bin, erschaffen von jemandem, den ich nicht kenne, zu einem Zweck, den ich nie herausfinden werde?«, frage ich.

»Ihr seid alle vollkommen verrückt geworden«, mischt sich Kurt als Stimme der Vernunft und schlechten Laune wieder ein. »Langsam hab ich echt keine Lust mehr auf solche bescheuerten ...«

»Es gibt nur eine Möglichkeit, herauszufinden, was hier mit uns passiert«, unterbricht ihn Christina und wirft ihre Kippe in die Spüle, in der sich das schmutzige Geschirr stapelt. Es zischt leise. »Wir müssen noch mal zurück zur Rütli-Schule.«

Wir sehen alle zu ihr hin, sie wirkt ernst und entschlossen, und es ist jedem von uns klar, dass sie recht hat – und dass wir alle mitgehen werden.

»Aber nicht heute Nacht, sondern morgen, wenn Schule ist. Alles andere wäre wirklich zu gefährlich«, fährt sie fort.

Sogar Kurt wagt nicht zu widersprechen, und wir beschließen, uns noch ein paar Stunden hinzulegen und dann zur Rütli-Schule aufzubrechen.

Statt ebenfalls schlafen zu gehen, quetsche ich aber den Doktor aus, was er in Tiergarten so vorhat. Vielleicht wird ja doch was aus meinem Artikel. Und tatsächlich weiß er noch von ein paar anderen Orten, die nach Gentrifizierung und Szeneviertel riechen. Er scheint den Stadtteil, in dem ich seit Jahren wohne, inzwischen besser zu kennen als ich.

Schnell hole ich mir Christinas Laptop und schreibe den Artikel. Einfach so. Als wäre das nicht das erste Mal. Gut, ich brauche dafür die restliche Nacht, aber immerhin. Zwischendurch höre ich hin und wieder, dass Kurts Baby offensichtlich nicht mehr ganz so friedlich schläft – ich glaube, bei dem Krach können die anderen ebenfalls kein Auge zumachen. Und während draußen vor dem Küchenfenster die Sonne wie immer malerisch über Neukölln aufgeht, maile ich den fertigen Text an Javier und an den Boss. Zumindest ein Punkt auf meiner Liste ist erledigt.

Danach schreibe ich den Praktikanten noch, dass ich heute wahrscheinlich wieder nicht ins Büro komme, jedoch vollstes Vertrauen in ihre außerordentlichen Fähigkeiten habe. Das wird sie sicher freuen. Vielleicht ist es ihnen inzwischen auch egal, und sie haben meinen Job längst übernommen.

Als ich endlich den Laptop zuklappe, steht Christina in der Küchentür und lächelt mich an. Ich weiß immer noch nicht, was sie wirklich über die Klongeschichte denkt und ob sie mich für übergeschnappt hält. Ich weiß ja selbst nicht, was ich davon halten soll.

»Ich glaube, ich gehe zurück nach Konstanz.«

Für einen Moment bin ich wie ausgeschaltet, kann gar nichts denken, weil ich das alles nicht glauben will. Eigentlich hatte ich schon damit gerechnet, auch wenn ich es mir nicht eingestehen wollte. Und natürlich frage ich mich wieder, ob unser Aufeinandertreffen und damit unsere ganze Beziehung vielleicht auf etwas »Unechtem«, oder wie man das nennen soll, beruht.

»Falls es Konstanz wirklich gibt«, fügt sie lächelnd hinzu, wobei sie trotzdem traurig und unsicher wirkt. So habe ich sie noch nie gesehen, als hätte sie gar nicht geschlafen, sondern nur darüber nachgedacht, wie sie mich auf ihren Berlin-Fluchtplan vorbereiten soll.

»Ich sage jetzt noch einen blöden Satz: Es hat nichts mit dir zu tun.« Sie versucht wieder zu lächeln.

»Wahrscheinlich weiß ich wirklich nicht genau, was ich will«, sage ich und gehe zu ihr, »aber ich versuche, es herauszufinden. Vielleicht komme ich einfach mit.« Es überrascht mich selbst, dass ich das sage. *Aus Berlin weggehen,* das hört sich fast unmöglich an. Ich kenne niemanden, der je aus Berlin weggezogen ist, alle ziehen immer nur hierher, selbst die Touristen scheinen einfach dazubleiben. Wie die Matrix, man kommt nicht so einfach aus ihr raus – und wer weiß, was da draußen auf einen wartet? *Mit Christina weggehen* hört sich dagegen nicht ganz so verrückt an, das kann man schon machen. Auch wenn ich eigentlich nicht der romantische Typ bin. Aber vielleicht kommt das mit dem Alter.

»Irgendwie kriegen wir das bestimmt hin.« Das sind ja ganz neue Töne von mir, denke ich, als ich es ausgesprochen habe. Gar nicht hysterisch oder verwirrt. Vielleicht werde ich doch noch irgendwann so was wie erwachsen. Und an die bescheuerte Klonsache will ich einfach nicht mehr denken, das ist doch alles vollkommener Wahnsinn.

Christina wirkt erleichtert, und wir umarmen uns lange.

»Aber erst müssen wir noch einmal zurück zur Rütli-Schule und alles aufklären.«

Ich nicke und küsse sie.

»Wir stören nur ungern«, sagt Kurt süffisant, der auf einmal zusammen mit Dr. Alban in der Küche auftaucht, »aber wir würden dann mal los.«

Ich dachte, das fiele auf: drei Typen, eine Frau und ein Baby am Freitagmorgen in einer Schule. Aber man vergisst ja immer, dass in Berlin einfach nichts auffällt. Selbst die jüngsten Schüler würdigen uns keines Blickes und die Lehrer schon gar nicht. Wahrscheinlich denken sie, wir seien irgendwelche Teenager-Eltern (Dr. Alban und Christina wenigstens). Kurt hat seinen jetzt wieder überaus friedlichen Sohn in einer Art Tragetasche vor den Bauch geschnallt und wirkt zwar ziemlich übermüdet und schlechtgelaunt, hat aber gegen unsere Nachforschungsaktion bis jetzt noch keinen Widerspruch eingelegt.

Die Rütli-Schule sieht heute im Sonnenlicht komplett anders aus als gestern Nacht. Das Gebäude macht einen freundlichen und einladenden Eindruck, überall rennen gutgelaunte Kinder rum, und Jugendliche (ohne Kapuzenpullis) rauchen auf dem Schulhof betont lässig Zigaretten.

Wir gehen zum Treppenhaus an der Rückseite, auch hier sind haufenweise Schüler unterwegs, und steigen die Treppe zum Keller hinunter. Alles wirkt vollkommen normal und gar nicht mehr unheimlich. Die Tür zum Klassenzimmer steht offen, und wir treten in den Raum, in dem ich ein paar Stunden zuvor als Gefangener saß – keine Spur mehr von Gefängnis und den Smiths. An den Tischen sitzen harmlose Zweitklässler und warten darauf, dass gleich der Unterricht beginnt. Hier erregen wir schon etwas mehr Aufmerksamkeit, und Kurt schaut skeptisch zu mir rüber.

»Wir müssen einen Raum weiter, da standen die riesigen Reagenzgläser«, sage ich, um seinen Widerspruch gleich im Keim zu ersticken.

Wir öffnen die Tür zu dem altmodischen Hörsaal, und was wir sehen, ist unglaublich: Der Raum ist vollkommen leer, keine Spur mehr von den Reagenzgläsern. Die Glasscheibe an der Rückseite ist zwar noch da, aber dahinter sitzen keine frischen Hipster-Klone, bloß ein alter Filmprojektor steht darin. Offensichtlich dient der Raum als Vorführsaal.

»Na toll«, sagt Kurt. »Das ist doch alles Blödsinn. Lasst uns wieder gehen.«

»Hier war es aber!«, beharre ich. »Die müssen alles weggeschafft haben, weil ich es gesehen habe. Ist doch klar: Die haben Angst bekommen, dass ich damit an die Öffentlichkeit gehe.«

»Wenn die so mächtig sind, wie du uns weismachen willst, dann haben die garantiert keine Angst vor einem Kleinanzeigenbetreuer. Also ich geh wieder«, sagt Kurt, macht aber keine Anstalten, den Raum zu verlassen.

»Mmh, ich weiß nicht.« Dr. Alban sieht sich forschend um und nimmt nachdenklich den Bügel seiner Brille in den Mund. »Vielleicht wollte dich nur jemand reinlegen, Mark. Außerdem hast du ganz schön was auf den Kopf bekommen.«

»Nein!«, rufe ich. »Ich bin mir vollkommen sicher! Ihr müsst mir glauben.«

»Schaut mal da!« Christina deutet zum Lehrerpult, auf dem irgendetwas liegt.

»Da steht was drauf.« Sie hält einen Stoffbeutel hoch, so dass wir alle den Aufdruck lesen können:

»Letzte Warnung: Haut ab!«

20

Du weißt nicht, was du WIRKLICH willst

Der Stand mit den Fruchtsäften ist heute geschlossen. Es regnet, dennoch drängeln sich die Flohmarktbesucher zwischen den Ständen. Kurt ist noch nicht da, und ich beobachte zwei Kinder in identischen Ringel-T-Shirts, die vor einem Stand mit Sonnenbrillen stehen und verschiedene Ray-Bans anprobieren.

Dann tippt mir Kurt an die Schulter, der heute ein wenig besser gelaunt zu sein scheint als vor einer Woche in der Rütli-Schule und mit einer Hand lässig den Kinderwagen wippt. Ich wollte ihn noch einmal treffen, bevor wir heute Abend fliegen.

Wir setzen uns auf eine Bierbank unter den Schirm des Grillstandes und beobachten die Leute, die zwischen den Ständen flanieren und langsam vom Dauerregen klatschnass werden. Ich muss gähnen, schließlich ist es für mich noch ganz schön früh.

»Du willst das also wirklich durchziehen. Glaubst du, das ist das Richtige für dich?«

»Keine Ahnung«, sage ich und weiß es wirklich nicht. Wir schweigen ein bisschen. Vom Eingang wehen die Akkorde von Nirvanas »Smells like Teen Spirit« zu uns herüber.

»Vielleicht muss das jetzt einfach sein«, sage ich schließlich, weil Kurt keine Anstalten macht, die Unterhaltung in Gang zu bringen.

»Da hast du tatsächlich mal was entschieden. Mit Christina aus Berlin weggehen, dem Nachtleben abschwören, endlich altersgerecht altern.« Kurt muss lächeln. Das sieht bei ihm immer so aus, als hätte er in eine Zitrone gebissen.

»Weggehen ist ja immer das Einfachste«, sage ich und sehe den beiden Kindern nach, die sonnenbebrillt vom Ray-Ban-Stand davonlaufen, obwohl die Sonne heute bestimmt nicht mehr scheinen wird. »Einfach der Stadt die Schuld geben, wenn das Leben nicht mehr vorangeht, und nach Brooklyn oder Bangkok auswandern und eine Ausbildung zum Aikido-Priester machen.«

»So schlimm ist es ja noch nicht. Aber wo wollt ihr wohnen? Zieht ihr dann gleich zusammen, oder was?« Kurt runzelt die Stirn.

»Wir kommen erst mal bei Christinas Eltern unter, denen gehört eine riesige Villa direkt am Bodensee, und sie sind wohl selten zu Hause.«

Hoffentlich gibt es diese Villa wirklich. Und hoffentlich gibt es Christinas Eltern wirklich. Ein blöder Gedanke, aber ich bekomme diese Klonsache einfach nicht aus dem Kopf, obwohl wir die ganze Woche über nichts mehr entdeckt haben, was meine nächtlichen Erlebnisse wenigstens ein wenig plausibler gemacht hätte. Wir sind in Neukölln nicht einmal irgendwelchen Kapuzenpullijugendlichen begegnet; ebenso wie ihr Klonlabor sind auch sie einfach von der Bildfläche verschwunden. Aber es gibt auch so genug Probleme und Unsicherheiten in meinem Leben. Ich schaue wieder zu Kurt, der gedankenverloren den Kinderwagen auf und ab wippt.

»Weißt du, ich habe immer versucht, nichts falsch zu machen und die Codes richtig zu bedienen«, sage ich. »Ich hatte furchtbare Angst, etwas nicht mitzubekommen. Den Vorsprung zu verlieren.«

Kurt nickt nur, natürlich weiß er das. Wenn er das nicht wüsste, wer wüsste es dann? Ich sicher nicht.

»Und jetzt habe ich genug davon. Ich bin einunddreißig, ich kann doch nicht mein ganzes Leben lang versuchen, cool zu sein. Vor allem wenn solche Kids wie Dr. Alban nachwachsen, von Anfang an alles durchschauen und dabei auch noch total nett sind.«

Kurt windet sich auf der Bank, und ich merke sofort, dass er etwas Wichtiges sagen will, das ihm aber unangenehm ist.

»Es ist sogar noch einfacher«, sagt er dann. »Warum denkst du, dass die Stereotypen wieder gehört werden, gerade von den jungen Hipstern? Weil das eben gut war damals, weil das schon alles halbwegs richtig war, was du gemacht hast – auch wenn du das nicht glaubst.«

»Vor allem glaub ich nicht, was du da gerade gesagt hast«, rufe ich. »Seit wann findest du denn die Stereotypen gut?«

»Darum geht es doch gar nicht«, sagt Kurt ungeduldig. »Du weißt, dass ich ausschließlich Musik höre, die mindestens zwanzig Jahre alt ist. Aber du findest die Stereotypen gut. Und dazu könntest du mal stehen. Schließlich kannst du nicht so falschgelegen haben, wenn Christina, Dr. Alban und die ganzen Neukölln-Hipster das jetzt auch so gut finden. Meine Scheiße, dass ich so was mal sage! Ich komm mir unendlich alt vor.«

Wahrscheinlich kenne ich Kurt doch nicht so in- und auswendig, wie ich dachte. Aber vielleicht finden jetzt alle die Stereotypen auch nur gut, weil sie es so eingetrichtert bekommen haben? Weil sie den Hipster-Kanon perfekt verinnerlicht haben? Diese Bedenken offenbare ich Kurt allerdings lieber nicht.

»Du meinst, ich sollte es wirklich noch einmal mit der Musik versuchen? Und nicht immer nur an die Sicherheit denken, sondern anfangen, mich – Entschuldigung, dass ich das jetzt sage – selbst zu selbstverwirklichen?«

»Ich könnte gleich kotzen, Selbstverwirklichung ist das bescheuertste Versprechen der Werbung – ›benutze dieses Deo und werde du selbst‹.« Kurt springt kurz auf, um sich gleich wieder hinzusetzen. »Da musst du erst mal definieren, was das ›Selbst‹ überhaupt ist, du hast schließlich nicht umsonst dein halbes Leben lang Philosophie studiert.«

»Vielleicht doch.« Ich muss lachen. Zum ersten Mal heute. »Auf jeden Fall ist mir bis jetzt noch nicht der Gedanke gekommen: So, ich mach was mit meinem Philosophiestudium – philosophieren, Philosoph sein, eine Doktorarbeit schreiben, Professor werden.«

Kurt blickt in den Kinderwagen. War da gerade ein Geräusch zu hören? Zu langer Kinderwagen-Stillstand wahrscheinlich.

»Ich hoffe, eure Berlin-Flucht hat nichts mit dieser bescheuerten Klonsache zu tun?« Kurt hebt misstrauisch eine Augenbraue.

Ich schüttle den Kopf. Bringt jetzt auch nichts mehr, mit ihm darüber zu diskutieren.

»Na dann«, sagt er und steht auf. Aus dem Kinderwagen

kommen inzwischen tatsächlich Laute, die entfernt an Weinen erinnern, nur viel niedlicher klingen. »Wir müssen nach Hause.«

»Vielleicht will ich ja bald auch so was.« Ich lache und deute auf das schlafende Baby im Kinderwagen.

»Jetzt übertreib mal nicht gleich.«

Später stehe ich auf der Suche nach meiner alten Reisetasche im Keller meiner Wohnung in Tiergarten und traue meinen Augen kaum, was da unten rumliegt: mein alter Walkman. Außerdem ein Stapel Kassetten, die ich vor Jahren aufgenommen haben muss. Sofort stecke ich eine in den Walkman und drücke auf Play. Er funktioniert, sogar die Batterien sind noch voll. »Ballad of a Thin Man« von Bob Dylan ertönt durch die Kopfhörer, die noch schwarz sind und groß, und nicht weiß und winzig. Sofort renne ich wieder nach oben in die Wohnung, um endlich das Problemlösungstape anzuhören. Aber es ist verschwunden. Überhaupt finde ich meinen Stoffbeutel, auf den Christina und Dr. Alban vor Wochen die Adressen draufgekritzelt haben, nicht mehr. Wahrscheinlich habe ich ihn an der Kurfürstenstraße liegenlassen, oder er ist mir in der Rütli-Schule abhandengekommen.

Die Lösung all meiner Probleme werde ich wohl nie erfahren. Und einen Stoffbeutel besitze ich auch nicht mehr.

Aber wahrscheinlich ist es ohnehin albern, in Konstanz mit einem Stoffbeutel rumzulaufen. In süddeutschen Kleinstädten benutzen ja nur alternative Öko-Muttis »Jutetaschen« – wie sie außerhalb Berlins genannt werden – zum Einkaufen im Bio-Supermarkt, weil das so praktisch und umweltfreundlich ist.

Ich lege den Walkman in die Reisetasche und werfe noch ein paar Klamotten dazu; nur das Nötigste, der Rest bleibt erst einmal hier. Vielleicht kriege ich Kurt dazu, mir ein paar Sachen nachzuschicken, zusammen mit einem Kasten Club Mate. Vielleicht werfe ich aber auch einfach alles weg … Was für ein bescheuerter Gedanke, eigentlich ist das ja kein großes Ding, wer weiß, vielleicht komme ich in ein paar Wochen einfach wieder zurück. Trotzdem macht mir der Aufbruch ganz schön zu schaffen, da werde ich gleich pathetisch und will alles wegwerfen.

Eine Sache jedenfalls muss ich wirklich wegwerfen: meinen Job. Dabei kam mein Artikel gut an und soll im nächsten Heft erscheinen, hat der Boss gemailt. Und gleich noch hinzugefügt, dass er hofft, mich bald mal wieder im Kleinanzeigenbüro anzutreffen. Aber das hat doch alles keine Zukunft, heutzutage wird doch niemand mehr Journalist – Medienkrise allerorten, und die ist mindestens so schlimm wie die Krise der Musikindustrie. Außerdem hat die Recherche für den Tiergarten-Text ja wohl gezeigt, dass ich nicht unbedingt der Richtige für einen Journalistenjob bin. Hätte der Doktor die Gentrifizierung nicht selbst in die Hand genommen, wüsste ich immer noch nicht, was ich schreiben sollte. Und Javier möchte ich auch nicht unbedingt noch einmal begegnen.

Entscheidung Nummer zwei: Kein Brotjob mehr, ab jetzt mache ich mir Christinas Motto zu eigen: Das ist doch keine Arbeit, das macht mir Spaß. Also eher andersrum: Meine Arbeit macht keinen Spaß, und deswegen schmeiße ich sie hin. So ist der Satz doch auch gemeint, so könnte man ihn zumindest umdeuten? Vielleicht sollte ich mir das von ihr noch einmal genauer erklären lassen. Egal, das Wesentliche steht fest: Job kündigen. Heute scheint der *Tag der Entscheidungen* zu sein (das klingt irgendwie wie ein Actionfilm aus den achtziger Jahren).

Ich wähle die Nummer der Chefredaktion.

»Hallo Boss«, sage ich, als er sich meldet, und erkläre schnell, dass ich kündigen möchte, bevor ich es mir doch noch anders überlege.

»Das ist aber schade, Herr … äh, Sie waren immer einer meiner liebsten Mitarbeiter, wenn ich das so sagen darf. Immer sehr unauffällig und …«, haucht der Boss mit seiner Fistelstimme, und ich habe das Gefühl, sogar durchs Telefon seinen American-Spirit-Tabak riechen zu können. »Es ist natürlich schon der dritte Verlust innerhalb kürzester Zeit, nachdem Ihr ehemaliger Kollege – wie soll ich sagen? – abhandengekommen ist. Und auch unsere Lifestyle-Redaktion ist seit Tagen verwaist.«

»Aber diese zwei Praktikanten, die seit kurzem im Kleinanzeigenbüro arbeiten, kann ich als Nachfolger wärmstens empfehlen. Sie geben sich bestimmt mit einer festen Stelle zufrieden, die sie sich teilen.«

»Ja, das könnte eine Lösung sein. Gut, Herr … äh, falls Sie es sich anders überlegen, melden Sie sich einfach. Ich wünsche Ihnen alles Gute auf Ihrem weiteren beruflichen Weg.«

Wir verabschieden uns, und ich fühle mich erleichtert. Es ist ein gutes Gefühl, morgen da nicht mehr hingehen zu müssen. Ich habe meinen Job zwar nie richtig gehasst, er hat mir eben nur keinen Spaß gemacht. Ans Geld, beziehungsweise an das ab jetzt fehlende Geld, denke ich mal nicht. Oder doch. Aber Kurt hat recht, ich muss mehr darauf vertrauen, was ich für richtig halte. Wie ein Befreiungsschlag wirken diese ganzen wegweisenden Entscheidungen allerdings auch nicht gerade.

Weiß ich vielleicht immer noch nicht, was ich wirklich will?

Weiß ich überhaupt irgendwann mal, was ich wirklich will?

Kann man das eigentlich – genau wissen, wohin das Leben gehen soll?

Vielleicht ist das auch gar nicht so furchtbar. Da gibt es weit Schlimmeres: Mit vierzehn zu wissen, dass man Berufssoldat werden will zum Beispiel oder Fahrkartenkontrolleur. Ich bin eben nicht zielstrebig, war ich wahrscheinlich auch nie. Was soll das überhaupt für ein Ziel sein, auf das man hinarbeitet? Wahrscheinlich erinnern sich die wenigsten Menschen, wenn sie auf ihrem Totenbett liegen, an ihre herausragenden beruflichen Erfolge: »Ach, das war so toll, als ich damals zum Obersachbearbeiter der Abteilung II befördert wurde.«

Mein Handy klingelt. Als ich rangehe, erkenne ich sofort die junggebliebene Stimme von H. P. Baxxter:

»Mark, Mark, Mark!«, ruft er viel zu laut. »Shit, du wolltest mich doch zurückrufen, wir wollen euch immer noch ganz groß rausbringen!«

Ich lege auf.

»Nein«, rufe ich laut in die leere Wohnung. »Das geht nicht!«

Das Telefon klingelt schon wieder. Die gleiche Nummer. Ich warte, dass es aufhört. Es hört nicht auf, und ich schalte das Handy auf stumm. Jetzt vibriert es nur noch. Ich kann nicht bei der Plattenfirma ein Album rausbringen, die Christina gefeuert hat. Musik machen, vielleicht die Stereotypen reaktivieren, das kann ich mir vorstellen, aber nicht bei Universal. Nicht diese Art von Berühmtsein. Das weiß ich ausnahmsweise mal sicher. Glaube ich.

Ich muss an diesen Film aus den neunziger Jahren denken, *Night on Earth*, einen Episodenfilm, der von nächtlichen Taxifahrten an fünf Orten der Welt erzählt. In einer Episode wird Winona Ryder (die wunderschöne Winona, in die wohl alle – auch ich – in den Neunzigern verliebt waren, das heißt, eigentlich bin ich es noch immer) als Taxifahrerin in Los Angeles von einem Fahrgast gefragt, ob sie nicht Schauspielerin werden möchte, ihre Mitfahrerin scheint eine wichtige Filmproduzentin zu sein und könnte das arrangieren. Und Winona sagt einfach: »Nee, ist schon gut, nettes Angebot, aber ich bin eigentlich gerade ziemlich zufrieden, ich will nicht berühmt werden.«

Nicht mit H. P. Baxxter zu reden ist doch auch eine »Entscheidung«, oder? Wenn man Entscheidung so definiert, dass man einfach sagt, was man nicht machen will, dann ist heute wirklich der große Tag der Entscheidungen. Immerhin weiß ich, was ich nicht will. Besser als nichts. Mein Lebensmotto auch hier wieder. Ich weiß nicht, was ich wirklich will. Okay, damit kann ich leben. Immerhin weiß ich jetzt, was ich wirklich nicht will.

Ich sehe auf mein Handy, es hat endlich aufgehört zu vibrieren. Die Nummer von H. P. blinkt groß auf dem Display, darüber steht: »Verpasster Anruf«.

Langsam wird es Zeit, ich nehme meine Tasche und verlasse die Wohnung. Vor dem Haus fegt die alte Frau aus dem Hinterhaus in Slow Motion den Gehweg, obwohl wie immer keine Blätter auf dem Asphalt liegen.

»Na, junger Mann, geht's auf Reisen?«

»Ja, so könnte man es nennen.«

Junger Mann, denke ich, das ist auch bald vorbei. Ich gehe weiter zur U-Bahn-Station, vorbei an ein paar Prostituierten in Röcken, die so kurz sind, dass sie schon gar keine Röcke mehr sind, einem Ein-Euro-Shop, einem runtergekommenen Laden mit dem verheißungsvollen Namen »Love Sex Dreams« und einer neuen Kneipe, die der No-Name-Bar in Neukölln zum Verwechseln ähnlich sieht. Gab es die gestern überhaupt schon? Die Rütli-Smiths haben es offensichtlich geschafft, die Hipster dauerhaft in Tiergarten anzusiedeln, der Doktor war nur der Vorreiter, jetzt geht alles ganz schnell. Vielleicht ist das aber auch gar nicht echt, denke ich plötzlich, und nur eine Matrix. Aber würde das überhaupt einen Unterschied machen? Laut dem Doktor kann man ja Traum und Wirklichkeit sowieso nicht mehr unterscheiden.

Ich steige in die U-Bahn nach Neukölln, Christina abholen. Das ist ja wohl auch eine klare Entscheidung für etwas und nicht nur gegen etwas. Oder besser: eine Entscheidung für jemanden. Ich werde schon wieder so pathetisch – aber was will man an einem Tag erwarten, der sich protzig Tag der Entscheidungen nennt? Das ist eben genau so wie in einem guten alten Actionfilm: Da gibt es Pathos, krasse Sprüche, schöne Frauen, böse Bösewichte und lebensbedrohliche Entscheidungen, die getroffen werden müssen.

Und jetzt, wo ich das alles erledigt habe, kann es ja endlich losgehen.

21

Larger than Life

Die Lautsprecherdurchsage wiederholt sich scheppernd: »Aufgrund von Gleisbauarbeiten besteht auf der Linie U7 nach Rudow Schienenersatzverkehr mit Bussen. Wir entschuldigen uns für die entstandenen Unannehmlichkeiten.«

Wir nehmen unsere Taschen und steigen aus. Ein gelangweilter BVG-Bediensteter geht gemächlich am Zug vorbei und sieht kurz in jeden Waggon, ob niemand mehr darin sitzt, dann schließen sich quietschend die Türen, und die U-Bahn fährt langsam wieder an. Ziemlich schockiert, dass unser Aufbruch schon so früh ins Stocken gerät, blicken wir der Bahn nach, bis ihre Rücklichter im dunklen Tunnel verschwinden. Schließlich machen wir uns auf den Weg zum Ausgang, wo der Schienenersatzverkehr abfahren soll. Wir treten ins Freie, spähen die Straße hoch und runter, eine Bushaltestelle ist aber weit und breit nicht zu sehen. Auch die anderen Fahrgäste sind wie vom Erdboden verschluckt.

Christina deutet auf ein verwittertes Straßenschild.

»Schau mal, die Grenzallee. War hier früher nicht Berlin zu Ende?«

Die Grenzallee ist eine große, vielbefahrene Straße, hohe

graue Häuser säumen sie auf beiden Seiten wie eine Mauer, man kann sich kaum vorstellen, dass hinter den Fenstern überhaupt jemand wohnt. Ich muss sofort wieder an *Blade Runner* denken, an das dunkle, postapokalyptische Los Angeles, in dem der Film spielt.

»Keine Ahnung. Aber Neukölln ist hier definitiv zu Ende.«

Wir laufen den schmalen Gehweg entlang und suchen eine Ampel oder wenigstens einen Zebrastreifen, aber so weit das Auge reicht, ist nur die dichtbefahrene, dreispurige Straße zu sehen, und nie öffnet sich zwischen zwei Autos eine ausreichend große Lücke, um sie gefahrlos zu überqueren. Wir drehen um und laufen in die entgegengesetzte Richtung, doch auch hier das gleiche Bild. Es hat keinen Sinn. Langsam beginne ich mir Sorgen zu machen, dass wir unseren Flug nach Stuttgart verpassen.

Wir müssten eigentlich nur die Grenzallee überqueren, dann weiter durch Britz und schließlich bis nach Rudow, das schon mehr Vorstadt ist als Stadtteil, bis Berlin irgendwann endet, nicht plötzlich, sondern behutsam. Es gibt keine Mietskasernen mehr, keine Plattenbauten, sondern Einfamilienhäuser mit großen Vorgärten, darüber die Flugzeuge des benachbarten Flughafens in Schönefeld, ein immer wieder anschwellendes Brummen der steigenden und sinkenden Maschinen. Und eine davon soll uns von hier wegbringen. Noch eine Stunde, dann müssen wir spätestens am Flughafen sein, aber der Strom der viel zu schnell die Straße runterbretternden Autos reißt einfach nicht ab. Andere Fußgänger sind nicht unterwegs, weder hier auf dem Gehweg noch an der U-Bahn-Station.

Mir kommt eine Idee. »Vielleicht gibt es eine Unterführung, vielleicht hätten wir einfach den anderen Ausgang nehmen sollen.«

Wir rennen die Stufen zum Bahnsteig hinunter, zurück auf den menschenleeren Bahnsteig, und laufen zum anderen Ausgang, der aber – wie wir schon von weitem sehen – mit Brettern vernagelt ist. »Wegen Bauarbeiten ist dieser Ausgang geschlossen. Bitte benutzen Sie den Ausgang Grenzallee auf der gegenüberliegenden Seite des Bahnsteigs«, höhnt uns ein Schild entgegen.

Wir sehen uns nach einem BVG-Mitarbeiter um, aber es ist vergeblich. Resigniert gehen wir wieder zum anderen Ausgang. Ich stelle mir die rasenden Autos über unseren Köpfen vor, meterdicker Erdboden, Beton und Asphalt trennen uns von ihnen. Es muss doch möglich sein, diese bescheuerte Grenzallee zu überqueren, raus aus Neukölln, raus aus Berlin und zum Flughafen zu kommen. Unser Aufbruch kann doch nicht schon hier zu Ende sein. Fast wirkt es so, als wolle die Stadt höchstpersönlich verhindern, dass wir ihr den Rücken kehren.

Als wir wieder die Treppen zur Grenzallee hinaufgestiegen sind, steht plötzlich der ADS-Jugendliche vor uns. Ich zucke zusammen, den hätte ich hier am wenigsten erwartet. Ängstlich blicke ich mich um, ob sich in irgendwelchen Hauseingängen vielleicht ein paar Agent Smiths verstecken, aber der ADSler scheint allein zu sein. Er lächelt uns freundlich an, ich kann kaum glauben, dass er wirklich in die Vorgänge in der Rütli-Schule verwickelt ist, seinen bunten Baseballschläger hat er auch nicht dabei.

»Wo kommst du denn jetzt her?«, rufe ich.

»Das könnte ich genauso gut euch fragen.«

Hat der ADS-Jugendliche gerade wirklich einen normalen Satz gesagt, ohne »ey Alter«, »du Opfer« oder »Bitch«? Auch sonst wirkt er ruhiger, kaum noch nervös, und wenn diese Beschreibung nicht der ganzen Erscheinung des ADS-lers zuwiderlaufen würde, könnte man fast sagen: Er ist entspannt.

»Wollt ihr zwei etwa weg aus Berlin?«

Wir starren ihn ungläubig an.

»Das hat doch nichts mit der Klonsache zu tun, oder?«

Christina findet als Erste ihre Sprache wieder: »Weißt du, wie wir hier über die Straße kommen?«

Er lacht auf. »Wollt ihr wirklich wegen der Geschichte in der Rütli-Schule verschwinden?«

»Was weißt du denn davon?«, frage ich.

Der ADSler setzt eine ernste Miene auf, was bei ihm allerdings ziemlich lächerlich aussieht. »Ihr habt doch sicher schon mal was von Performance-Theater gehört, oder?«

»Ja, und was hat das mit uns zu tun?« Christina wiegt den Kopf genervt hin und her.

»Sehr viel, meine Lieben«, sagt der ADSler immer noch gutgelaunt. »Heutzutage wird der traditionelle Theaterraum zugunsten einer offeneren Form transzendiert«, doziert er in bester Dr.-Alban-Manier. Ihn solche krassen Fremdwörter aussprechen zu hören ist echt voll ungewohnt, Alter. »Man geht nach draußen und lässt das Spiel ins wahre Leben einsickern. Mit Hilfe dieser postdramatischen Herangehensweise verschwimmen die Grenzen zwischen Realität und Simulation, und die Gewissheiten der Rezipienten werden in Frage gestellt.«

Jetzt also auch noch postdramatisch. Diese ganzen Post-Begriffe gehen mir wirklich auf die Nerven. Ich sehne mich immer mehr nach der Zeit zurück, als man beim Wort »Post«

noch an Briefe und umständliche Beamte mit Schnauzbärten dachte.

»Lasst uns mal nach unten gehen. Da wartet eine Überraschung auf euch.« Der Ex-ADS-Jugendliche deutet auf den U-Bahn-Eingang und grinst.

»Was denn jetzt noch?« Langsam wird es mir echt zu viel, aber er steigt schon die Treppen hinunter, und Christina und ich folgen ihm stumm.

Auf dem Bahnsteig erwartet uns tatsächlich eine Überraschung. Dort steht nämlich gutgelaunt und verlegen lächelnd: Gary.

»Du bist wieder zurück!«, rufe ich und umarme ihn. Er scheint ganz der Alte zu sein, gutaussehend und trotzdem immer unsicher.

»Dachtet ihr wirklich, ich wäre in die Sächsische Schweiz gefahren?« Gary zwinkert mir verschwörerisch zu, was mich nur noch mehr verunsichert.

Wo warst du denn sonst die ganze Zeit, und woher kommst du jetzt plötzlich?, will ich rufen, sage aber lieber nichts, weil ich Angst habe, mich lächerlich zu machen. Die ganze Situation hier wirkt so verdammt selbstverständlich.

Ich nehme Christinas Hand, die genauso irritiert dreinschaut wie ich. Was sollen wir denn jetzt machen? Weiter versuchen, nach Schönefeld zu kommen? Wirklich nach Stuttgart fliegen und dann weiter zum Bodensee? Ein gesetztes Landleben führen? Ich war mir doch so sicher (also zumindest halbwegs), dass ich es jetzt mal woanders was anderes probiere, mit Christina vor allem. Aber auf einmal hört sich das alles ziemlich abwegig an.

»Da kommt eure U-Bahn«, ruft der ADS-Jugendliche.

In diesem Moment fährt die U7 krachend in den Bahnhof ein. Gary, Christina und ich verabschieden uns mit Handschlag von dem Ex-ADSler und steigen ein. Als sich die U-Bahn wieder in Bewegung setzt, blicke ich zu Gary, der Christina und mir gegenübersitzt und uns die ganze Zeit leicht debil angrinst, als wäre er immer noch auf irgendwelchen Drogen. Ich kann das nicht recht glauben, diese komische Aufklärung, alles, was der ADSler gerade gesagt hat. Gibt es die Klone wirklich nicht? Und die Smiths waren nur ziemlich gut schauspielernde Statisten? Das ist doch viel zu viel Aufwand für so eine Theaterperformance. Und was soll damit bezweckt werden? Andererseits ist die Klongeschichte auch nicht gerade total glaubwürdig. Und Beweise für meine nächtlichen Erlebnisse haben wir ja auch nicht mehr gefunden.

Vielleicht kann Gary mir erklären, was es auf sich hat mit dieser postdramatischen Performance, aber ich weiß gar nicht, wo ich anfangen soll zu fragen, und ich glaube, Christina geht es genauso, also sagen wir nichts. Ich wünschte, Kurt wäre jetzt hier und könnte als Stimme der Vernunft alles aufklären.

Die Bahn fährt in den nächsten Bahnhof ein, und ich merke, dass wir auf dem Weg zurück nach Neukölln sind. Nur noch drei Stationen bis zum Hermannplatz. Wir sind wirklich nicht weit gekommen.

»Wo ist denn Dr. Alban?«, fragt Gary.

»Der wohnt jetzt in Tiergarten«, sage ich. »Und baut da ein neues Szeneviertel auf.«

»Neukölln ist auch langsam over«, sagt Gary und lacht sehr laut. Vielleicht ist er doch nicht mehr ganz der Alte. Je länger ich ihn beobachte, desto mehr fallen mir seltsame

Gesten und Gesichtsausdrücke an ihm auf, als würde ein mittelmäßiger Schauspieler den alten Gary imitieren. Aber bevor ich weiter darüber nachdenken kann, fahren wir in den Bahnhof Hermannplatz ein. Christina und ich steigen aus, und Gary sagt, er müsse noch in die Redaktion.

»Du bist gefeuert«, informiere ich ihn.

»Ach, ich hab das geklärt. Anscheinend ist eine Stelle in der Lifestyle-Redaktion frei geworden, und der Boss meint, ich könne da anfangen.« Er lacht wieder viel zu laut. »Für dich wäre da bestimmt auch noch Platz, das Lifestyle-Büro soll ziemlich groß sein.«

Ich sehe den neuen Gary skeptisch an, der unschuldig zurücklächelt, dann schließen sich die Türen, und die U-Bahn fährt wieder los.

Als Christina und ich auf den Hermannplatz treten, ist alles wie immer: Die Abendsonne taucht die Häuser in mattes Vintage-App-Licht, einige Hipster mit Stoffbeuteln schlendern an uns vorbei und unterhalten sich auf Dänisch.

»Als wären wir nie weg gewesen«, sage ich.

»Wir waren nie weg.« Christina schützt mit der Hand ihre Augen vor der milchigen Sonne, die gerade hinterm Karstadt untergeht. »Vielleicht kommt man von hier einfach nicht weg.«

»Was machen wir denn jetzt?«

Christina zuckt mit den Schultern. »Wir können in die No-Name-Bar gehen.«

Ich nicke, und wir machen uns auf den Weg. Wir laufen sogar einen kleinen Umweg, um nicht an der Rütli-Schule vorbeizukommen, aber wahrscheinlich ist es egal, wir begegnen keinen Jugendlichen in Kapuzenpullis, die Hipster scheinen den Stadtteil inzwischen fest im Griff zu haben. Einmal kommt uns sogar ein Pärchen entgegen, das fast genauso aussieht wie wir.

Wir sind nicht mehr weit von der No-Name-Bar entfernt, da sehen wir wieder den Hertha-BSC-Alten. Wie immer steht er bewegungslos an einer Straßenecke, die Selbstgedrehte scheint ihm an seinen gelben Fingern festgewachsen zu sein, neben ihm stehen mehrere leere Mate-Flaschen auf dem Boden.

Christina kann sich natürlich nicht beherrschen und fragt ihn, ob er auch zu der Theaterperformance gehört. Er betrachtet uns ernst, ohne zu antworten, und erst da bemerke ich, dass er unter seiner Lederweste ein T-Shirt trägt, auf dem »Berlin« steht, vielleicht sogar »There's just Berlin«. Wir gehen weiter, und als wir schon einige Meter von ihm entfernt sind, ruft er uns plötzlich hinterher: »All eure Träume werden Wirklichkeit.« Ich drehe mich nach ihm um, aber er ist verschwunden.

Endlich erreichen wir die No-Name-Bar. Wir finden einen freien Tisch am großen Fenster und lassen uns auf die Sperrmüllsessel fallen.

»Ich bin ganz schön müde«, sagt Christina und zündet sich noch im Hinsetzen eine Zigarette an.

Sofort steht der Barkeeper neben uns und lächelt uns an. Seine Augen sind leicht mit Kajalstift umrandet, und ich bin mir fast sicher, dass es Frank N. Furter ist, obwohl er heute keine Federboa trägt.

»Zweimal Club-Mate-Wodka«, ruft Christina, ehe ich etwas sagen kann. »Zum Aufwachen.« Frank N. entschwindet, um nur ein paar Sekunden später wieder mit zwei Flaschen Club Mate ohne Etikett aufzutauchen. Wir trinken jeweils einen Schluck ab, Frank füllt die Flaschen mit Wodka auf und schüttelt sie, bevor er sie uns wieder aushändigt.

Wir schauen uns kurz an, halten die Mate-Flaschen in der Hand, natürlich ohne anzustoßen, und ich denke: Wir haben es versucht, wir waren schon auf dem Weg, aber vielleicht hat Christina wirklich recht – hier kommt man einfach nicht weg. Ein weiteres gewöhnliches Mysterium. Genauso wie die Klone, die Rütli-Jugendlichen, die Rückkehr von Gary und der Hertha-BSC-Alte.

Vom Tag der Entscheidungen ist auch nicht viel übriggeblieben. Oder eigentlich doch: Ich sitze hier mit Christina. Und morgen ist schließlich auch noch ein Tag, vielleicht versuchen wir dann einfach noch einmal wegzugehen, vielleicht bleiben wir aber auch hier sitzen. Meinen Vorsprung habe ich zwar verloren, die jungen Neuköllner haben mich längst in allen Belangen überrundet, aber ich weiß jetzt immerhin, dass das gar nicht so wichtig ist. Auch wenn ich nicht alles durchschaue – oder eigentlich fast nichts –, ich muss mir und meinen Freunden einfach vertrauen, dass wir schon irgendwie das Richtige tun.

Ich nehme einen großen Schluck Club-Mate-Wodka, und in diesem Moment beginnt ein neues Lied aus der uralten Anlage der No-Name-Bar zu scheppern, und ich kann nicht glauben, was ich da höre. So kann es doch jetzt nicht aufhören, aber was soll ich machen, sie spielen tatsächlich die Backstreet Boys. Zum Glück ein anderes Lied, ein unbekannteres, aber natürlich genauso nerviges. Ich glaube, es heißt »Larger than Life«.

Danke!

Annika.

Marc-Uwe Kling, Maik Martschinkowsky, Julius Fischer, Kolja Reichert, Stefanie Werk, Ivan Kiss, Leif Greinus, meiner Familie.

Inhalt

Sebastian Lehmann
Kein Elch. Nirgends
Geschichten von Zuhause und von weit weg
208 Seiten. Broschur
ISBN 978-3-7466-3084-7
Auch als E-Book lieferbar

„Wenn wir die Katze zugrunde richten, dann fragt uns wenigstens keiner mehr, wann wir denn endlich Kinder kriegen", sagt meine Freundin.

Zuhause sind alle so erwachsen geworden und langweilig. Da macht Sebastian nic1ht mit. Also raus aus Berlin und rein in die Welt. Er sucht das Unbekannte und eine Antwort darauf, wie man zwischen Biokiste und Ironic Wedding überleben soll. Aber findet zwischen Stockholm und New York immer nur die gleichen Probleme, mit denen er sich schon zu Hause nicht herumschlagen will. Trotzdem sucht er weiter. Weil er gerne mal irgendwo ankommen würde. Das scheint fast genauso schwer, wie einen Elch zu finden. Denn vielleicht gibt es gar keine Elche.

»Sebastian Lehmann hat ein Auge für die Stadt und ein Ohr für die Sprache der Nacht.« Berliner Zeitung

Regelmäßige Informationen erhalten Sie über unseren Newsletter.
Jetzt anmelden unter: www.aufbau-verlage.de/newsletter

Tom Liehr
Leichtmatrosen
Roman
352 Seiten. Broschur
ISBN 978-3-7466-3073-1
Auch als E-Book lieferbar

Das Leben ist eine Schleuse

Sie sind bestenfalls Bekannte: Simon, der Handwerker mit dem Handy-Tick, Henner, der Pfarrer, der gestärkte Hemden liebt, Mark, der Berufschaot, der noch zu Hause wohnt, und Patrick, der Lektor mit Liebeskummer. Aus einer Laune heraus buchen sie eine Tour auf einem Hausboot. Kaum haben sie die erste Schleuse passiert, hat Patrick sein Erlebnis: Er sieht, wie eine wunderschöne Frau in einem Kanu mit ihm flirtet und dann davonfährt. Was die vier danach erwartet: eine wunderschöne Landschaft an der Havel, ein paar besonders »leichte Mädchen«, eine verliebte Schleusenwärterin, die albanische Mafia – und die Erkenntnis, dass sie ihr Leben ändern sollten …

Vier Männer und ein Boot – ein Roman, der Lust auf den nächsten Sommer macht und ein wenig mehr.

Regelmäßige Informationen erhalten Sie über unseren Newsletter.
Jetzt anmelden unter: www.aufbau-verlage.de/newsletter

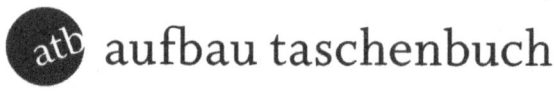

aufbau taschenbuch

Ellen Berg
Alles muss man selber machen
(K)ein Frauen-Roman
382 Seiten. Klappenbroschur
ISBN 978-3-7466-3949-9
Auch als E-Book lieferbar

Legal, illegal – total egal!

Für Kosmetikerin Nele kommt es ganz dicke: Erst lässt sie der Ex im Stich, dann läuft's auch noch beruflich mau, zusätzlich reißen die explodierenden Preise tiefe Löcher ins Budget. Als auch ihre Freundinnen Fiona und Hermine unverschuldet in existenzielle Nöte geraten, ist Schluss mit lieb und nett. Tatkräftig, unerschrocken und mit ein klein bisschen krimineller Energie versuchen die drei Frauen, ihre Familien über Wasser zu halten. Dumm nur, dass Nele ausgerechnet jetzt den Polizisten Nick kennenlernt – und dass sie ihn eigentlich verdammt anziehend findet …
Ein wunderbar komischer Roman über drei Frauen, denen keine andere Chance bleibt, als sich zu nehmen, was sie zum Leben (und Lieben) brauchen – typisch Ellen Berg!

Regelmäßige Informationen erhalten Sie über unseren Newsletter.
Jetzt anmelden unter: www.aufbau-verlage.de/newsletter

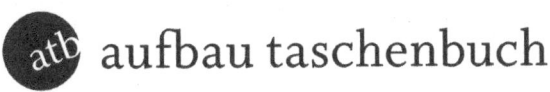

aufbau taschenbuch